JN207498

学問と人生のはざまで

徳本正彦
Tokumoto Masahiko

花乱社

装丁　前原正広

はじめに　学問と人生のはざまで

私は、一九三一（昭和六）年の一月に生まれました。ですから今私は、「米寿」の日々を噛みしめながら、「卒寿」を迎えようとしています。誰しもそうなのでしょうが、これだけ齢を重ねてきますと、来し方を振り返ることが多くなってまいります。私もそういう状態になってきていまして、その中で、わが人生の残り時間もあとわずかだが、ここらあたりが最後の節目なのではなかろうかと思うようになり、そこからこの本をご覧に供することとなった次第です。

初めに、なぜこの本が『熟年に生きる─学問と人生のはざまで─』という題名になっているのかということについて、少しだけ語らせて下さい。

若い頃の私は、人間の一生は、幼少期から青年期、壮年期をへて老年期に至るのだと、至極当たり前のことをただ漠然と想像していただけでしたが、懸命に過ごした青・壮年期の終わりを感じ始めた頃（五〇歳頃）から、当時使われはじめた「熟年」という言葉に親近感を覚えるようになりました。逆に申しますと、「老」という言葉は、私には遠かったのです。ちなみに『広辞苑』によれば、「熟年」という言葉は、「人生の経験を積み円熟した年ごろ。『老年』に代わるものとして、一九七〇年代後期に作られた語」とあります。

他方、サミュエル・ウルマンの「青春の詩」を知ったのも、同じ頃のことでした。そして「青春とは人生のある期間をいうのではなく、心の様相をいうのだ」「年を重ねただけで人は老いない。理想を失うときにはじめて老いがくる」という言葉にいたく共鳴したのでした。

こうして私は、あまり口には出しませんでしたが、心中では青春の魂を失うことなく、熟年にふさわしい生き方をしていこうと思いました。以来今日までの四〇年は、大学に在職していた二〇年を前期とし、退職後の二〇年を後期とする、熟年の時代を生きてきたというわけなのです。そして今、この熟年の時代が終わりに近づきつつあることを予感するようになり、それを生きた証の一端を示すことによって、最後のメッセージとしようと思うに至ったのです。

この私のメッセージは、熟年前期に書いたいくつかの論文（第一部）と、熟年後期に記した数十のエッセイ（第二部）とから成り立っています。論文とエッセイという、いささか趣の異なるものを、なぜ一冊の本にするのかということについては、疑問に感じられるむきもあるかもしれません。だがここには、できれば両方を読んでほしいという、私なりの密かな思いがあります。

と申しますのも、ここに収録した論文とエッセイは、私の中ではいわば双貌の記録でして、前者と後者とは、己の熟年時代の存在証明であって、学を問うての苦吟があったればこそ、旅や読書の愉しみにひたれたというふうに、両者は繋がっていて、そこに学問と人生とのはざまに生きた葛藤が込められているからです。

実際には、政治学への志向をお持ちでない方々の場合には、第一部はとっつきにくいかと思われますが、第二部を読んでいただいたあと、少しでも興味があれば、第一部にも目を向けていただければ幸甚です。そうすれば、政治の学なるものは、個々の政治現象の研究に留まるものではないことを理解していただけるかと存じます。

第一部について

私は十五年戦争と共に育ち、敗戦から欠乏と混乱の戦後に思春期を過ごした者です。激動の真只中で、人間いかに生きるべきか、を模索していく中で自ら確認していったのは、二度と戦争を繰り返してはならない、自分が生きる道は、少しでも世の中が良くなることを目指すということでした。その密かな決意は、やがて私の人生の原点となり、同時に私を政治の勉強に向かわせ、政治を批判する原動力となっていきました。

私の社会人としての第一歩は、若さに駆られての、きわめて能動的なものでした。すなわち、一九五三（昭和二八）年の春、二二歳にして九州大学法学部の助手となった私は、早くも五月には九大教職員組合の書記長となり、しかも他方では、自分の未熟を顧みずに、同年秋の日本政治学会で研究発表を行って、最初の論文「アメリカ・ファシズム」（今中次麿他『ファシズムと軍事国家』〔勁草書房、一九五四年〕所収）を執筆したのです。むろんまだ、学問とは何かということは、まったくと言っていいほど判ってはいませんでした。しかし、政治のことを勉強して、それを社会に役立てていかねばならぬという、ある種の使命感にも似た思いとその行動は、その後も揺るがず、私の青壮年時代を貫いていくことになります。

四年後、私は九大教養部に職を得て、研究と教育とを本務とするようになりますが、大学の外での社会活動もまた、年とともに活発となっていきました。その全体をふりかえれば、学習会や講演会に出かけたのは一〇〇〇回を下らず、新聞への執筆やラジオ・テレビへの出演も三〇〇回を超え、街頭デモへの参加も五〇回くらいにはなるようです。とにかく猛烈に多忙で、懸命に時代を駆けていたのです。

では研究活動の方は、どう展開していったのかと申しますと、年とともに、私の問題意識の中では、次のような自覚が生じていきました。政治の研究においては、政治現象の実証的な解明が欠かせないが、同時に他方では、その研究成果の位置づけもふくめて、全体的な認識の方法点検がたえず行われていなければならない、というのがそれです。前者については、筑豊産炭地の実態調査に始まり、『石炭不況と地域社会の変容』（法律文化社、一九六三年）の発表のあとも、地域政治の調査を続け、それとの関連もありまして、「町の政治を見つめよう」学級の育成にも力をそそいでおりました。しかしやがて四〇代に入った頃からだったでしょうか、自分の研究活動の不十分さを強く意識するようになりまして、自分が育った北九州を対象にした実証的な研究に打ち込むことにしたのでした。それから十余年の歳月をかけて完成したのが、『北九州市成立過程の研究―合併論・合併運動を中心として―』（九州大学出版会、一九九一年）で、私はもう熟年期の真只中にいました。

他方、後者の主題にむけての接近も、なかなか思うように進みませんでした。学問とは、学を問うと書きます、その学を問うという精神が弱かったからです。一般的に申しますと、個々の政治研究と政治の学とは同じではありません。前者は特定の政治現象の分析をもって成し遂げうるのに対し、後者は、政治現象の全体を認識の対象とする、認識主体の自己点検の過程だからです。

若い頃の私は、必要にもせまられてテキスト類を作るのに精一杯で、自分なりの政治学観をまとめてみたのは、四〇代も半ばになってのことでした。『政治と人間と民主主義』(法律文化社、一九七七年)がそれですが、それはまだ読み物の域を出ず、政治の学の原理的考察にはほど遠いものでした。それからさらに一〇年、私が多少なりとも原理論的な考察を行ったのは、『政治学原理序説—全体的認識にむけて—』(九州大学出版会、一九八七年)においてであり、これまた熟年の時代に入ってからのことです。しかもそれはなお、政治学原理論の追求が、ようやく緒についたという域を出るものではありませんでした。

政治学が対象とする政治の世界は、きわめて価値的な世界です。そこでは実に様々な人間とその集団が、競い合い、せめぎ合い、抗い合っています。しかもその政治のありよう如何が、人間社会の、ひいては地球社会の未来を左右します。政治の学徒自身もまたその渦中にあって、この対象と向き合い、何が真実かを追究していかなければならないのです。この課題への接近に終わりはありません。政治の学を問うという活動は、つねに現在進行形であり、その過程で産まれる作品もまた、個別的な実証的作品とは違って完成はなく、考察の継続こそが求められるのです。

この第一部で提示しますのは、このような私の研究活動の流れの中で生じてきた、考察の継続の一部です。二十数年前のものをあえて再発表しますのは、むろんここで追究している課題は、その基本的な姿勢とその方向性において、今日もなおその意義を失ってはいないとの認識があるからですが、加えてこれらの論文は、いずれも地方私学の紀要に掲載されたものなので、お目にかける方々が限られていたからです。

しかしながら、これらの論文を今再検討してみますと、その不十分な面を反省せずにはおれません。とりわけここでは、核問題への考察が大きく不足しておりますし、中国の台頭に代表される覇権システムの変化への展望の不十分さや、未来予測における射程期間の取り方の不備も目につきます。本来ならば、こうした自己批判を踏まえて、現時点での考察を提示しなければならないのに、それを行うことができないのはまことに残念です。

ですからありていに申しますと、この第一部は「学を問う」という知的営為が中途で挫折した記録であり、その限りにおいて、後続の学徒への参考に供するという域を出るものではありません。

第二部について

ところで、私は七〇歳になった時点で大学を去ることになったのですが、学業の継続ということからすれば、この時ほど、「日暮れて途遠し」ということを実感したことはありませんでした。

しかし同時にまた、自分としては、この半世紀を精一杯に生きてきたという実感もありました。そこから己を見つめれば、私自身は、人間の世の有様を、もっと見たい、知りたい、確かめたい、そして味わいたいという思いが強く、退職後にこそ、それを実行していけるだろう、という期待感を抑えがたくなっているのでした。

世の中には、少数ではありますが、芯から学問が好きで、まるで学問のために生まれてきたかのような方がいらっしゃいます。非凡な方々だと言えましょう。そこへゆくと、学究に徹しきれなかった私は、凡人というほかはありません。かくて私は、退職に際しては、周囲の方々に「すべての公的な場から引退する」と言い、これから世界一周の旅に出ることを伝え、それが私の「第三の人生への旅立ちともなるだろう」と告げたのでした（『蒼茫はるかなり』私家版、二〇〇一年）。

当然のことですが、この船旅をきっかけに、私の熟年後期のライフ・スタイルは大きく変化しました。そこにかける時間とエネルギーからすると、依然として読書が第一位ですが、そこでの書物選択の動機は、「読まなければならないから」から「読みたいから」へと変わり、その次には国内外への旅行がその位置を占めるようになったのです。また日常生活でも、時に碁盤を囲み、時に気のおけない仲間たちと歓談し、その合間を縫って少しばかりの社会活動を行うというのが普通となり、家族と談笑する時間も増えていったのです。

この間にも私は、執筆活動だけは続けてきましたが、もはや学術論文を仕上げるような余裕はなく、そのほとんどはエッセイということになりました。私の場合、学問と人生との交錯は、基本的には熟年前期に限界を迎えていたことになります。ただ私の認識においては、政治の学は、つまるところは人間の自己認識の学だという確信がありまして、そこからすれば、熟練後期において、人間世界についての見聞をさらに広げることができたのは、政治を見る目をさらに豊かにしてくれたと言うことはできましょう。

以上をまとめて申し上げますとこうです。子供の頃を除いて、私の人生においてもっとも長期にわたるのが熟年の時代（四〇年間）であり、その熟年の時代は、その前期と後期において対照的です。前期においては学業の中間的なまとめを行い、さらにその継続を目指したものの時間切れとなり、後期においては人間世界を観察し、実感し、味わうことができました。前者は苦闘の時代、後者はゆとりの時代だったとも言えますが、ともに生きがい感のある、充実した日々でした。私はそうした熟年の時代を生きてこれたことを、深く感謝しています。

ここでご披露しますのは、その題意にそっての、身辺雑記や時局への感想などを除いた、私流の、旅と読書の物語の一端ですが、加えて、当然のことながら、その間にも政治の動きは見つづけていたわけですので、最後にその過程での二つの文章を、付け加えることにしました。私自身の問題意識からすれば、さらにこの後に、沖縄の基地問題についてのホットな文章をもって締めくくりとしたかったのですが、紙数の関係もあって、それは断念せざるをえませんでした。ここではただ、「オール沖縄」は、私の言う「生活の政治」という政治空間の、具体的な表現そのものだということを記すにとどめておきます。

ともあれ、これが良くも悪くも、旧世紀から新世紀にかけての激動の時代に熟年を生きた、一人の凡人の姿です。その言わんとするところは、つまるところは次のようになるでしょう。

人間は矛盾に満ちた存在だが、その世界は広く、味わい深く、生きる歓びを与えてくれます。だが忘れてはならないのは、そのありようを左右するのが政治だということです。ですから、本来政治の学は、人間の学であり万人の学だと言えるでしょう。私は熟年を生きる中でようやく、この政治の学が今日直面している課題は、政治の原理論的課題の追究の上に立っての、デモクラシー論の再検討と環境政治学の構築であり、その実践的な命題としての、「生活の政治」の具体化ではないかと認識するに至ったということなのです。

熟年を生きて、初めて学問と人生の奥深さを知る。そんな私ですが、この私のメッセージが、読んでくださる方々との間で、少しでも通ずるところがあれば、私のよろこび、それに過ぎるものはありません。

二〇一九年一月

徳本正彦

熟年を生きる——目次

第二部　人の世を見つめる　七〇~八〇代のエッセイより

第一部　政治の学を問う

六〇代の論文より

一　転換期の歴史的位相について

はじめに

政治学はいま、まったく新しい歴史的段階の中にあって、新しい出発をし、新しい地平を切り開いていくことを問われている。とりわけ原理の学としての政治学は、全政治社会を対象とするがゆえにこそ、自らの限界をただしうる思考方法にささえられつつ、抽象化過程の現実性を不断に問いなおしていくことなしには生きた学たりえない。われわれが迎えるに至った転換期のこの新時代は、そのことをわれわれにつきつけてやまない。新しい政治学の出発点は、まずはこのことを確かめることから始められなければならない、というのが本稿の動機である。

小論は右のような反省に立った、新しいグランド・デザインに向けての筆者の問題意識の要約であるが、ここに発表するのはその最初の部分である。

1　マクロ政治学と時代認識

現代は「不透明の時代」に入った、といわれている。この言い方は、状況の変化が複雑でめまぐるしく、それゆえに全体の動きが見えにくいし、その先もよく見えないという今日的状況を表現する言葉として妥当する。政治学は、それが個々の政治現象についての個別的研究においてではなく、本質的にマクロな一般理論を指向するかぎりにおいて、体系的な学としての存在根拠をもつ以上、いやおうなしにこの「不透明な時代」と、正面から向き合うことを余儀なくされる。

この時代との対峙は、それがいかに困難な課題であろうとも、政治学者にとっては決して避けて通ることのできない道である。そして言うまでもなくその道は、状況を凝視しつつも状況に追随せず、状況の意味するものを全体的に認識しようとする道であり、「不透明な時代」の全体像に接近していく道である。言い換えれば、状況の変化に触発されつつも、その状況の変化を的確に把握しえなかったこれまでの原理的視点を根底から問いなおしつつ、新たな原理的考察へと出発しなおしていくことによって、そこから状況変化の意味を問うていく、そういう原理の学としてのマクロ政治学の時代認識が、まずは求められてきているのだと言わなければならない。それは新しい政治学の再出発を意味する。

一般的に言えば、科学的研究の進展は科学活動の専門的細分化を促進し、対象へのより精度の高い微視的な分析に道をひらいていく。政治科学もまたその例外ではない。それはまず直接的には、信頼するにたるミクロの情報を成果としてもたらすかぎりにおいて有用であり、つづいて間接的には、そうした情報の集積のうえに、検証可能な範囲の事象についての経験的理論への接近という効果を生み出す。ひるがえって現実の政治世界をみれば、表象化された政治の様相がこれほどまでに複雑化した時代はかつてなく、そしてまたそれらがたえず重層的にからみあって連続的に変化していく、いわば状況変化の常態化した時代を人類は知らなかった。いきおい政治の研究者に対する状況説明へのニーズは増大する一方であり、それに科学的に対応するための、情報の収集と解析に研究者は追われがちである。個別実証的な研究の枠を超えて、現代政治のこうした状況変化のひだに立ち入り、そこからつづいている連鎖の糸を科学的に解き明かそうとしてみれば、一つの部分的状況の解明さえもはるかに遠く、ましてや全体世界の把握など途方もないことだ、ということになる。

だがこの場合はっきりさせておかなければならないことは、政治現象の全体的認識は、個別実証的な研究の集積によって得られるものではないということである。後者は前者に材料を提供するが、前者に取って代わることはできない。後者が事実過程の科学的な分析作業であるのに対し、前者は際限のない抽象化をとおしての理論的認識の過程だからである。端的に言えば、検証された科学活動の有用性だとか、効果とか精密性といったものは一定の認知ではあるが、その認知は対象を不断に全体との関連においてとらえていくという認識活動と結びついていなければ、政治についての認識の発展ということにはならないのである。なぜなら、全体との連関をぬきにしてその中の特定部分をきりはなし、その特定部分をそれ自体としてのみ把握するにとどまる時には、そこから得られた成果なるものは、対象世界の全体的連関の否定という、その意味では現実性を喪失した、断片化された知識の集合にすぎないからである。そこには表象の一端についての認知はあっても、表象化されていることの意味を問いうる認識は空虚なのだと言わなければならない。

むしろ問われるべきなのは、個別的対象への認識主体の埋没なのであって、全体の問題は研究対象にはなじまないとして、それと向き合うことを避けている方なのである。実際には、いかなる政治学者も、あらゆる事象が世界の一環につながっており、自らもその中にあってそれなりに世界を認識し、それに基づいて語り行動していることを熟知している。このことは、いかなる歴史観も世界観ももたない政治学者が存在しうるか、ということを考えてみただけで明瞭であろう。昔も今も、政治の全体的な認識に向けての知的営為は政治学者にとっては欠かすことのできない課題であるが、ただ今日においては、これまでの政治学と現実政治とのかかわりについての歴史的経験のうえに立って、認識主体が自らの歴史的被規定性を対自的にとらえかえすことにおいて、ひときわ厳しくあらねばならないということなのである。

政治の学は、本質的に全政治社会を対象とする、すぐれて歴史的な論理的考察であり、それゆえにまた、具体から抽象へ向けての現実性にささえられつつ、自らの限界をたえず乗り越えていきうる思考方法と一体でなければ、生きた学たりえない。時代をどのように読み取り、そこでの理論的課題をどのように受けとめるかは、そこでの限界克服に向けての問題意識や理論的視角を大きく左右する。そしてまさにわれわれが迎えるに至ったこの新時代は、このことの重要性を決定的ならしめているのである。

ところでこの時代認識の第一歩は、原理論的に言えば、新しい時代を、巨視的な歴史認識の中で、どのような歴史的新段階として把握するかということにかかわる。そこから小論はこの問題への接近を試みるわけであるが、この接近にあたっては、かつて一九五〇年代を中心に、主としてマルクス主義史学において展開された時代区分の方法をめぐる一連の論争[1]を、理論的に克服しておかなければならない。むろんここではそれらの論争にいちいち立ち入る余裕はないしその必要もないが、結論的にはっきりさせておかなければならないのは、主として次のような点である。

かつてのマルクス主義における時代区分の方法は、その時代区分の基本的特徴を階級対立もしくはそれを反映する階級闘争に求めるという点でほぼ共通しているが、そこに『矛盾論』の視角を援用するにせよ、基本的階級と副次的階級の区別を導入するにせよ、はたまた社会構成体の客観的諸矛盾と階級闘争との関連を重視するにせよ、その基本には社会関係の総体としての社会構成体の規定的な関係を、土台・上部構造論に立っての生産関係の総体としての経済的社会構成体に求め、その自然史的過程における社会発展の法則的必然性が、人間の能動的活動としての、階級関係を反映した階級闘争によって貫徹されるとする見地が存在する。社会認識の系譜から言えば、社会構成体論ならびにそれに基礎を置く階級闘争史観は、社会の立体的な構造認識に向けて一定の理論的寄与をしたことはこれを認めることができる。だがその寄与は、二〇世紀世界の展開、とりわけ先進型社会の進展によってもはや過去のものとなり、今日ではその方法上の弱点があらわになってきていることを直視しなければならない。それは弁証法的命題の教条化の結果だと言うことができよう。単線的な社会発展論や機械的な土台・上部構造論がとっくに破産していることはすでに自明であるが、それに加えて今日正しておかなければならないのは次のような諸点である。

その第一は、生産関係の重視に伴う社会発展の規定的要因としての生産力の軽視である。生産力の発展は、産業構造をはじめとして社会的な人間関係を変化させ、能動的な活動の主体としての人間の社会的意識を変化させる。その中で、生産力と生産関係との矛盾は、生産関係の形態変化によってその爆発が制御され、市場経済原理のもとで、生産関係は生産力のさらなる発展の桎梏となっていくことを回避する。言い換えれば、経済構造のメカニズムにおける自己安定装置もまた発展をするということである。

その第二は、生産関係上の地位からとらえられる階級社会論の限界の露呈である。生産関係上の地位それ自体が複雑に変化して階級概念だけでとらえることが困難になってきていることに加えて、能動的主体としての、つまり意識的階級としての政治的階級は、高度産業社会においてますます希薄化する。いわれていたところの「虚偽意識」は、余暇と教養の増大にもかかわらず拡大していき、「虚偽意識」が虚偽意識でなくなっていく中で社会的意識の多元化が進行する。

その第三は、社会発展の位相を、一つの視角、一つの尺度、一つの論理でとらえることの一面性があらわになってきているということである。社会の有機的構成の高度化と国際化、そのもとでの人間の社会的アイデンティティの変容、さらには知識社会の進展が、社会的秩序の態様を複雑化させ、社会の動的要因を重層化させており、その全体像をとらえるには、複眼的な視座こそが必要になってきている。もとよりこのことは、世界が一つの統一ある全体をなすものであることを否定するものではないが、その全体を把握するためには、単線的な論理は短絡的にすぎるということである。

以上のことから、時代区分の方法は、少なくとも現代史に関するかぎりは、まったく新たに問いなおされなければならない。ましていわんや、それが世界史的な段階区分の問題ともなればなおさらである。このことに充分留意しつつ、以下、われわれがその中に立たされるに至った歴史的新時代の位相について、その骨子となるところを要約してみることにしよう。

2　ソ連・東欧圏崩壊の位置

一九八九年一一月九日のベルリンの壁の崩壊に始まり、九〇年一〇月三日の東西ドイツの統一、九一年八月のソ連保守派のクーデターの失敗につづくソ連共産党の解体宣言、同年一二月二一日の独立国家共同体（ＣＩＳ）の設置決定に至る二年余のクライマックスが、第二次世界大戦後の世界における最大の政治変動であったことを否定する者は誰もいない。ソ連・東欧圏の崩壊が、時代の転換を世界史の上に刻印したことを、まずは確認することから始めよう。

ソ連・東欧圏の崩壊は、東西両陣営の対立を骨格とした戦後世界政治の構造が解体することを意味した。そこから巷間では、ソ連・東欧圏の崩壊をもって冷戦時代の終焉とし、それを画期としてポスト冷戦の時代に入ったとする見方が一般的である。米ソの超大国をそれぞれの極とした、東西冷戦の時代が終焉を迎えたことは明らかであり、そのことはただ世界政治の構図が変わったというにとどまらず、東西冷戦期における各国政治のあり方の転換をうながしてくるという点においても、現実政治認識としては欠かしてはならない視点である。パワー・ポリティクス論に立つと否とにかかわらず、東西対立の構造が崩れ去ったということが、ソ連・東欧圏の崩壊から直接的に認識される、画期としての第一の意味である。

ただし、ただ一般的にポスト冷戦の時代だとか、冷戦構造の崩壊だとかいわれることについては、事柄は東西冷戦時代の崩壊なのであって、冷戦そのものの終焉というわけではないということに注意を喚起しておきたい。もとより冷戦の概念を東西間のそれに限定するというのならば別だが、戦争なき対立の構図は南北間にもあるわけであり、しかもそれは近年においてよりあらわになってきている。とくに湾岸戦争以後の新世界秩序のとらえ方をめぐっては、たとえばクロッカーのように東西間の対立から南北間の「新冷戦（new cold war）」への転化を指摘する声があがっており[2]、さらにはアミンのように「カオスの帝国」を論じ、実存する資本主義を「野蛮

(barbarism)」以外のなにものでもないと断ずる主張も出てきている。[3] アミンの指摘は一面の強調にすぎるとはいえ、南北間の矛盾と対立が進行してきていることは、これを認めなければならない。もとより東西間の矛盾・対立と南北間の矛盾・対立とは、その性格や態様は異なるわけであるが、たとえ「面従腹背」であるにせよ、この南北間の国際的な利害の対立を冷戦と呼ぶことは可能であろう。つまり、冷戦には東西間の冷戦と南北間の冷戦とがあると考えれば、ポスト冷戦時代という言葉の一般的な使用は、南北間の冷戦を認めないことを意味するわけで、学問的には適切ではなく、ただし書きを必要とするということである。

しかしさらに、ソ連・東欧圏の崩壊はただ冷戦時代の転換を示すにとどまるものではない。それは同時にソ連型社会主義の崩壊にほかならず、そのことは、中国や北朝鮮、ヴェトナムやキューバ社会主義の存在があるにせよ、それら諸国における社会主義の前途へのかげりの増大もふくめて、権力樹立に成功した運動としての社会主義の、システムとしての社会主義建設の失敗という意味をあわせもっている。ソ連に代表される、勝利した社会主義の敗北という歴史的事実が現代史においてもっている位置と役割を問いなおすならば、そこからはなによりも、ロシア革命をもって始まった単一世界市場の崩壊と体制間矛盾の成立の時代が、これをもって終わりを告げる段階に入ったことが把握されなければならない。そのことはつまり、第一次世界大戦とロシア革命をもって始まった現代史が、終焉を迎えるに至ったことを意味する。「現代」という用語に対して「今代」という言葉が登場してくるのも、このような認識において了解されるのである。

ソ連・東欧社会主義の崩壊が、現代を前期と後期に分かつ画期であるならば、その画期をもって始まる転換の時代は、ただポスト冷戦の時代というにとどまらず、両体制併存時代の崩壊と単一世界市場への回帰によって特徴づけられる新現代であると言わなければならない。崩壊したのはソ連型社会主義であって、社会主義そのものではないという主張がありうることは重々承知しているが、そのことを留保するとしても、右のことは、現代史を認識するにあたって存在していた、資本主義↓資本主義と社会主義の共存↓社会主義、という図式的な認識枠組の崩壊を意味する。もっとも中には、この画期は巨視的にみれば両体制共存時代の中での画期にすぎないと強弁する者もあるかもしれないが、そのような視角をもってしては、今日の時代の転換を問うことは到底できないであろう。ソ連型社会主義がいかなるものであったにせよ、時代認識においてこの場合重要なのは、ロシア革命から始まった時代が終わったということであり、しかもそれが終わるべくして終わったということなのである。言うまでもなくこの世紀の転換は、ただ国家や政治集団などの政治のレベルにとどまらず、経済活動や文化活動の全般にわたっての転換を伴わずにはおかないし、同時にまたその変動の波は、ソ連・東欧にとどまることなく、全世界へと及んでいる。歴史の時代区分は、世界の構造的転換を代表するような出来事をもってメルクマールとするほかはないが、そのことをふくめて、一九八〇年代末から九〇年代初頭にかけてのソ連・東欧社会主義の崩壊は、一九一七年からの七十余年にわたる一つの時代に終わりを告げるものだったのである。

一つの時代が終れば、当然のことながら新たな一つの時代が始まる。だがこの、始まったばかりの新たな時代は、その全体像が未だ不透明であり、民族的・宗教的紛争の頻発、南北間格差の拡大、「先進国病」の蔓延、不況の慢性化と、その様相は発展的というよりは停滞的もしくは退嬰的であって、その全体的な特徴は、新時代の成立というよりは歴史的な転換期の混乱を示すものと言う方がふさわしい。この混乱の時代をまがりなりにも秩序づけているのは、経済的には市場経済による国際的な統合であり、その中心にはアメリカ、日本、ECが位置し、その全体的な政治へゲモニーをめぐっては、軍事超大国のアメリカを先頭として、西欧諸国と日本ならびに第三世界の主要諸国がしのぎを削っている。こうした新時代とその性格についてアミンは、「一九八九年秋にはじまったヨーロッパ共産主義体制の崩壊は、歴史における真の転換点であった」[4]とし、国家間世界システムの見地から、アメリカと日本とドイツを中心とし、その周辺に旧ソ連や西欧諸国ならびに第三世界の主要諸国が位置する関係を、中間期（intermediate period）の秩序として「カオスの帝国」と呼んでいる。[5] ここには支配―従属論の視角が顕著であるが、ソ連・東欧圏の崩壊以後、世界が混沌（カオス）の時代に入っていることは確かだと言わなければならない。この混沌の時代の歴史的位相をとらえるためには、さらに広い視野からの考察を必要とする。

3　転換期の歴史性

一九八〇年代末から九〇年代にかけての変動をピークとする歴史的転換期への移行は、共産圏の崩壊だけによって特徴づけられるものでは決してない。巷間に流行った、共産主義の敗北に対する自由民主主義の勝利を謳うような議論は、これまた複合的な視点を欠いた短絡的な見解であって、自由民主主義のシステムもまた、同じ時代の力の中で深刻な制度疲労に陥ってきているのである。

自画自賛論は論外として、西側世界における時代の転換を論ずる議論も少なくないが、ここでは対照的な二つの議論をまずみてみよう。一つはスチュアート・ホールとマーチン・ジャックスによって編集された、イギリスにおけるマルクス主義者たちの集団討議の報告であり、いま一つは、ラリー・ダイアモンドとマーク・プラットナーの編集による、アメリカの代表的な政治学者たちの議論である。前者の討議は一九八八年に開始されたものであるが、その名も『新時代——一九九〇年代における政治の変貌』と題するこの報告書は言う。世界は質的に変化してきており、イギリスならびにその他の先進資本主義社会は、多様性、相違性、部分性によって性格づけられるようになってきている。[6] 運動の多様性にもみられるように、新時代は政治の性格を変えつつあり、左翼の危機はこの第二次世界大戦以後における最も深い一連の変化を的確に把握できなかったことにある。[7] そこで「新時代宣言（Manifesto for New Times）」は六つの基本点をおさえなければならないとして、①政治領域の拡大、②国家の役割の変化、③政治の国際化、④ラディカルな新思考の必要性、⑤新しいアイデンティティの興隆による古い社会的忠誠心の断片化、⑥古い左右両極政治の変貌、をあげている。[8] 詳しくふれる余裕はないが、ここからはベルリンの壁崩壊前の段階で、時代の転換が認知されていたことがうかがわれるし、指摘された六点もそれなりの妥当性をもつものであったと言うことができる。しかしここでは眼前のサッチャーイズムの役割や、英国労働運動の課題にとらわれての制約などもあって、なおより大きな時代の転換期を展望するには至らなかった。

他方、後者のアメリカの政治学者たちのとらえ方も、その書物の題名『民主主義の世界的復活』に象徴的である。その巻頭論文を書いているハンチントンによれば、一九七四年から九〇年の間に、世界では少なくとも三〇カ国が民主主義への転換を進めており、それは一八二〇年代に始まった民主主義の第一の波、一九二〇年代から第二次世界大戦にかけての第一の逆流期、戦後から一九六二年にかけての第二の波、同六〇年から七五年にかけての第二の逆流期につづく、民主主義の第三の波を形成するという。[9] そしてこの民主主義への転換の第三の波をもたらしている主要なファクターは、①民主主義的価値が受容された世界での深まりゆく権威主義的体制の正当性問題、②生活水準の向上、教育の普及、都市中産階級の拡大をもたらした六〇年代の地球規模での経済成長、③カトリック教会の権威主義体制から反対側への転換、④ＥＣ諸国、アメリカ、ソ連などに顕著な国際的アクターの政策上の変化、⑤民主化のモデルをめぐる第三の波の初期段階でのデモンストレーション効果、の五つであるとしている。[10]

またケン・ジョヴィットは、「新世界の混迷」と題する論文において、自由資本主義的民主主義（liberal capitalist democracy）の勝利を語りつつ、その危機をそれが多様な反対者に直面してきているというところでとらえ、民主主義の道のりは長いとしている。[11] ここでの時代認識は、いずれも西欧型自由民主主義の発展過程という軸にそっての、現象面からみた現代史の変遷という観点からなされていて、西欧世界それ自体の質的変化をとらえる視点が弱く、したがってまた西欧民主主義が内からの危機に直面してきているとの認識がうすい。このことは、マクロな観点から言えば、歴史が西欧世界をふくめて大転換に入ってきているとの認識が弱いということを意味する。

そこへいくと、より注目されるのはペーター・ドラッカーの新著『ポスト資本主義社会』である。本書もまたその基調にはアメリカ流の価値観が強く働いており、加えて社会科学的概念の恣意的乱用にみられるように、学問的厳密さにも欠けるきらいがあるが、それにもかかわらず本書は、今日の歴史的転換期の意味を、より包括的にとらえようとしていて興味深い。

ドラッカーは、「一九八九年と九〇年の出来事は、ただ一つの時代の終りというだけでなく、一つの歴史の終焉を示しているのだ」[12]とする。彼によれば、マルクス主義と共産主義の崩壊は、一つの世俗的宗教によって支配されてきた二五〇年に幕を閉じるものであるが、同時にそれをもたらしたおなじ力が、二五〇年にわたる資本主義の形骸化を進めているのであり、資本主義とマルクス主義の両者は、新しい異質の社会すなわちポスト資本主義社会によって、急速に取って代わられつつあるというのである。二五〇年の歴史の終焉というのは、換言すれば近・現代史の終焉ということにもなるが、その中味は、ルソーに始まってその後に社会の支配的イデオロギーになっていたマルクス主義と、社会の支配的な現実であった資本主義が、ともに終わりを迎えたというわけである。では、新しいポスト資本主義社会というのはどのような社会なのかというと、それは「反資本主義社会」でもなければ「非資本主義社会（non-capitalist society）」でさえもないとしていてこちらが当惑するのであるが、つまるところは「知識社会（knowledge society）」に至るということである。

このポスト資本主義社会への移行という認識をめぐって、筆者がとくに注目するのは次のような点である。すなわちドラッカーは第一に、今日の転換期を世界の政治、経済、社会、倫理の様相を変えるに至った全歴史的なものとしていること[13]、第二に、新しい社会の主要な資源は知識であり、知識の仕事への適用から「知識の知識への適用（applying knowledge to knowledge）」をとおして、知識が資源の中核となったという事実が、ポスト資本主義社会を決定づけるということ[14]、第三に、政治体制に関しては、われわれは「ポスト主権国家（post-sovereign state）」の時代に移行しつつあり、国民国家から巨大国家への移行が袋小路に入ったからといってもはや国民国家へあと戻りすることはできず、国民国家は外部からはグローバリズムと地域主義（regionalism）によって、内部からは種族主義（tribalism）によって解体されはじめているということ[15]、第四に、この大きな転換期は一九七〇年代から二〇一〇年ないし二〇年代におよぶ歴史的な過渡期であり、われわれはその渦中にあるがまだ「知識経済」をもつにすぎず、「知識社会」はその先であって、「ほとんどの問題に対する解答はなお未来の胎内にある[16]」ということ、である。ドラッカーの指摘する他の論点については、筆者は必ずしも賛同するものではないが、右の四点については、今日の歴史的転換期をとらえる重要な視点としておさえておかなければならないと考える。

だがドラッカーの問題提起には、さらに重要な三つの視点が無視もしくは軽視されている。その第一は世界システムにおける南北問題のインパクトであり、その第二は転換期を担う主体としての人間のアイデンティティの問題であり、その第三は地球環境問題の重要性である。この第三の点については次節で取り上げることにして、第一と第二の点について問題を提起しておこう。

第一の点についてドラッカーは、先進社会の利害が第三世界にあることを認めつつも、転換期を推進する力は先進世界のそれであり、ポスト資本主義社会の課題への解答は第三世界にはないとしているが[17]、それは彼が先進社会での「知識」に目を向けるあまり、第三世界の圧力の効果を軽視しているからにほかならない。世界システムについていえば、ソ連・東欧圏の再編入後の世界経済と世界政治の両システムは、米・日・欧の三極を中心とする統合資本主義世界経済システムと、米を頂点とし欧・日がそれにつづく不安定的覇権システムの二重構造からなっているが、第三世界における経済力の増大とそれに裏づけられた世界秩序への異議申し立ての力の増大は必至であって、その圧力の強大化が、まずはこの不平等システムとしての世界政治システムの再編へ向かうことは避けがたい。一方では世界経済のさらなるグローバル化が進みつつ、他方では世界政治システムの脱中心化が進行する時、多元化するインターステイト・システムの再編がどのように進むかはまったく予断を許さない。東西問題から南北問題への転換は、そのような事態の進展を予想させるし、そのことが先進社会をゆさぶりかえす可能性は高いと言わなければならない。

第二の点についても、ドラッカーのとらえ方はいささか安易である。彼は緩慢だが確実に進行してきた家庭の崩壊や多様な新しい社会運動のもっている意味、近年の民族的、宗教的紛争の激化、国内における住民の帰属意識の変化などに注意の目を向けていないが、そこにはユートピアへの信頼性の喪失はもとより、国民国家をささえてきたアイデンティティの喪失が反映されているのであって、この全体的社会像とそのもとでの連帯意識の崩壊こそが、国民国家の存立基盤を弱体化させてきている第一の要因なのである。この点については、最近発表された加藤節教授のすぐれた論文[18]が参考となろう。筆者は同教授の所論の多くに賛成であって、その二番せんじは控えるが、筆者もまた、今日、国民国家はその疑制性をあらわにしながら「人間のアイデンティティの根源としての実体性を喪失し」、「人類史的課題に対する限界を露呈しつつある[19]」と認識する。わが国などの場合には、この背景にさらに家の論理の弛緩による、国家をめぐる共同体意識の崩壊を付け加えることもできよう。

以上のごとく、一九七〇年前後から胚胎し進行しはじめ、八九年から九一年にかけての世界史的激変を突出したメルクマールとしつつ今日なお進行中の時代の転換は、地球大での人類の政治・経済活動、文化活動の歴史的な大転換期として把握されなければならず、しかもその様相は、重層的、かつ包括的にとらえようとすればするほど、全体的には混沌としていて不安定であって、比較的長期にわたる過渡期の徴候を示していると言わなければならない。ここでは近・現代にわたる合理主義的西欧文明に代表されたイデオロギーと制度、文化的価値の全体がゆさぶられており、それに代わるものを見出しえないまま、人類は新たな試行錯誤をくりかえそうとしている最中である。転換期の先の新たな安定した時代の像は、まだ見えてこないと言うべきであろう。そしてこのことは、人間と自然との関係を見つめることによって、さらによりあらわになってくるのである。

4 人類史的転換の時代

今日の歴史的転換期の位相を最もグローバルに決定づけているのは、人類がかつて経験したことのなかった、しかも人類が自らつくりだした、地球環境の破壊へという未曽有の段階への移行である。それは、全人類史を貫く人間と自然との共生の関係が危機的段階に入ったことを意味する。転換期の歴史性は、この歴史的事実の全体性によって、さらに明確に刻印されると言わなければならない。

その昔、人間は自然の圧倒的な支配の下におかれていた。旱魃には飢え、洪水には流され、寒気にはふるえるしかなかった。やがて人間は、灌漑を進め、堤防を造り、暖をとるようになったが、それは自然の恩恵に生きつつ、自然から自らを守る営みであったと言えよう。その長い歴史のあと、いくつかの産業革命を経ていく中で、人間は生存のためというよりは物質的な豊かさのために、天然資源を掘りおこし、水路を開き、動植物を捕えていった。自然の大規模な利用が人間社会を豊かにしていく中で、人間は時としてその自然の恣意的な改造を企てるようになっていったのである。だがそれでもまだ、二〇世紀の前半までは、自然と人間社会との調和はかろうじて保たれていたといえるだろう。

しかし、人間のより大きな富、より高い消費への欲求は止まるところを知らず、科学・技術の発展がさらにその道を拡大していくことを可能にした。この過程は社会形態的な面での、農村型社会から都市型社会への人類史的転換と重なりあっている。人間は、地球大の規模で進みはじめた巨大な都市人工環境システムを維持、拡大していくべく、さらに大規模な自然への工作を開始していったのである。核爆発の開始に始まり、一九五〇年代から六〇年にかけて先進型諸国において拡がった公害問題や環境汚染の激化は、自然に対する恣意的な改造の危険な側面を示すものであったと言えよう。むろん世論の高まりにも押されて、公害対策も或る程度は進展した。だがそれらは基本的に一国内のそれに止まり、その間にも地球規模での乱開発は進行した。海洋や空気の汚染、森林の砂漠化が進み、生態系の破壊が始まったのである。そうした事態の中で、一九七一年、ローマ・クラブが「成長の限界」を発表して、恣意的な成長政策への注意を喚起したのにつづき、一九七二年六月、ストックホルムで開かれた第一回国連人間環境会議は「人間環境宣言」を発表して、人間と地球環境との関係に危機が迫っていることに警鐘を鳴らした。地球環境問題をめぐる研究や議論、環境保護運動などの動きが国際的に高まっていくのはこの頃からである。

一九七〇年代から八〇年代にかけて、人間社会の側における事実上の問題の焦点は、経済成長か環境保護かというところにあった。七三年末のオイル・ショックがその論議を加速させたことは周知のところであろう。その中で、一方からは地球資源の有限性の指摘とその枯渇への警告が出されつつ、他方からは地球大での生活環境汚染への抗議と反対の声が増大をみた。だが高度成長の時代が過去のものとなり、世界的な不況が慢性化の様相を示しはじめていく中では、産業界の側からする規制緩和の要求が強まっていく。そこから、もはや高度成長は望みえないにしても、安定成長の持続的維持のためには、企業活動のダイナミズムに意を払いつつ、それと地球環境との調和をはかるべきだという考え方が支配的になってきたのである。

環境政策をめぐる争点が、言葉のうえでは「開発か環境保護か」から「エコノミーかエコロジーか」に変化してきても、そこにおける政策決定の主要な推力が、経済的戦略を反映するそれであった以上、八〇年代の初頭以来提唱されてきた「持続可能な開発（sustainable development）」という概念が、地球環境政策の基軸を基本的に開発をどう進めるかという視座においてきたことは、否定しがたいところだと言わなければならない。

言うまでもなく、この間にも、地球環境の破壊はさらに進行した。地球緑地帯への侵蝕と砂漠化はひきつづき、オゾン層の破壊と地球の温暖化、生態系の破壊と生物種の危機がいちだんとあらわになってきたのである。最も緊急を要するとされたオゾン層問題について言えばこうである。人間をはじめ生物に有害な紫外線を防ぐ役割を果しているオゾン層が、人工のフロンによって破壊されることをローランド博士が警告したのが一九七四年、実際に広大なオゾン・ホールが生じていることを日本の南極観測隊が観測したのは一九八二年であったが、今世紀中にフロンの全廃をめざすとした「モントリオール議定書」が発効したのは、やっと一九八九年になってからのことであった。

では、地球温暖化問題についてはどうであろうか。科学的な測定によれば、温暖化の主原因である二酸化炭素CO_2の大気中濃度は、一九六〇年頃より急上昇しはじめており、この傾向は今後もつづくと予測されている。したがって地球の温暖化は避けられず、海水面の上昇と土壌の乾燥化がさらに進むのは必至である。ようやく一九九二年に至って国連環境開発会議がこの問題を取り上げたが、それが実効をみる目途はまだ立っていない。

さらに深刻なのは、この二酸化炭素を吸収すると同時に、動植物をはぐくみ、水源を保ち洪水を防ぎ、時には木材資源の供給源ともなる森林が、急速に失われつつあるということである。ちなみに一九七一年を一〇〇とした一九八六年の世界の森林面積は九三・七であり、このわずか一五年間に六・三%も減少しているのである[20]。今日ではさらにその指数が下ってきていることは言うまでもない。一九八〇年末、国連食糧農業機構（ＦＡＯ）は、八一年から八五年までに毎年およそ一一三〇万ヘクタール、日本の本州の約半分の森林が消失していくと推計していたが[21]、最新のワールドウォッチ研究所のレポートでは、「世界は熱帯林だけで毎年約一七〇〇万ヘクタールの森林を失っている」とされており、この一〇年間で、マレーシア、フィリピン、ガーナ、コンゴ、エクアドル、エルサルバドル、ニカラグアの国土面積の合計に等しい熱帯林が消失したと計算されているのである[22]。

こうして破壊された森林のかなりの部分は、もはや回復不可能であり、そのほとんどは長期的に生産性を維持することができない。森林の破壊は、水系の崩壊に伴う砂漠化の拡大や土壌の浸蝕をもたらし、二酸化炭素の吸収減と伐採によるその放出を進め、生態系の破壊による野生生物の減少や絶滅を招いていき、土壌の肥沃度を急速に低下させていくからである。人間によるこのような地球環境の破壊が、今日では人類社会の存続そのものにかかわる問題になってきていることについては、もはやこれ以上の多言を要しないであろう。

右にあげたレポート、すなわち『地球白書（State of the World）一九九三―九四』は、その第一章を「地球新時代の幕開け」と題しつつ、全一〇章にわたって最新の情報を提供しているが、その全体を総括して同書はこう述べている。「各地でさまざまな努力が行われているにもかかわらず、一〇年前に存在した環境劣化のおもな動向は、いまなお続いている。地球上の森林は減少を続け、砂漠は拡大しつづけている。また、全耕作地の三分の一は、いまなお過渡の浸蝕に見舞われ、人類と地球を共有する動植物種の数は減少し続けている。大気中の温室効果ガスの濃度は年々高まるばかりであり、オゾン層も新たな調査結果が出るたびに、破壊速度が増している」[23]と。むろん破壊のさらなる進行を抑止しようとする努力は、これからも行われていくにちがいない。だが地球人口の絶対量の増加と、生産と消費の増大が今後もつづくことは必至である。そのことの環境への悪影響を克服して、さらに余りある努力の成果を期待できる見通しは出てきていない。

一九九二年六月、リオ・デ・ジャネイロで開かれた「地球サミット」は、「環境と開発に関するリオ宣言」、「森林に関する原則声明」、行動計画「アジェンダ21」の三文書を採択して、地球環境問題が今日の人類社会の中心問題になってきていることを示したが、同時にそこでは先進諸国とりわけアメリカと途上国との間で、環境保護をめぐる規制のあり方や、環境保護をめぐるコスト負担をめぐって深刻な対立があることが露呈され、事態の改善が容易でないことも改めて示されたのであった。「アジェンダ21」は、今日人類社会が当面しているグローバルな課題として三八の項目をあげたが、その中の一四項目は直接地球環境にかかわる課題であった。すなわち「大気保全」「陸上資源の管理・計画」「森林減少対策」「砂漠化と干ばつの防止」「持続可能な山岳開発」「持続可能な農業と村落開発」「生物多様性の保存」「バイオテクノロジー」「海洋の保護」「淡水資源の質の保護と管理」「有害化学物質の環境上健全な管理」「有害廃棄物の環境上健全な管理」「一般廃棄物の環境上健全な管理」「放射性廃棄物の環境上健全な管理」の一四項目がそれである。

人間社会が取り組むべき行動計画の目標は、ここにきてようやく掲げられるに至ったが、その推進は容易でないというのが現段階の実態である。言うまでもなく、こうした地球環境破壊の主要な推進者は先進諸国であり、その克服へ向けての主要な力もまた、コストの問題もふくめて先進諸国をおいてほかにはありえない。だが、先進諸国における実効的な政策推進体制はいまなおできていない。早い話が、一九九三年東京サミットの貧弱な結果ひとつとってみても、そのことは如実に示されていると言ってよいだろう[24]。

大局的な見地に立って以上を総括して言えば、人間社会は自然の大規模利用と恣意的改造の段階から、自然の破壊へと突き進み、そのことが人間社会の持続的発展を危うくすることから、ようやく自然に対する保護と破壊からの防衛を意識しはじめたものの、その実効的な発展的展望は、まだほとんど見えるに至ってはいないということである。この問題と正面から向き合っていくためには、人間自身がこの人間と自然との関係における人類史的転換期に立つに至ったことについての、根底的な問いかえしをしていくことが必要なのである。端的に言えば、長い間、人間が自然を改造しその利用を拡大していくことや、人間が生産力を高め消費生活を豊かにしていくことは、人類の進歩だと考えられてきたが、それがここにきて、もはやそうしたことは進歩でもなんでもなく、かえって人類の自滅に通じかねないということが、あらわになってきつつあるということである。それはわれわれが、人類史的な価値の転換期に立たされていることを意味している。むろん現実的な対応にあたっては、合理的で実効性のある政策選択が問われよう。だがそれらの政策選択を一貫して可能ならしめ、それを発展的に持続させていく根源的な力は、この未曽有の人類史的危機を、英知を結集して原理的に見つめなおしていく努力なしには確立されえないのである。

二〇世紀の後半期、とりわけ第四四半期から二一世紀にかけて、われわれはこのような重大な歴史的転換期に立っているのだと言わなければならない。

おわりに

このようにみてくると、今日の歴史的転換期は、戦後史や現代史を前後期に分かつ新時代への移行というにとどまらず、この新時代そのものが、大きな歴史の終焉から、(もし人類社会が発展をつづけうるならば)またもう一つの大きな歴史への、大きな転換期としての歴史的過渡期にあたっていることが諒解されるのである。この転換期の様相は、まさにそれが過渡期に相応しているのにふさわしく、「不透明」であり、「混沌」としている。そしてその先はまだはっきりと見えてはいない。それを無理に裁断し、一定の方向とそれへの道のりを示さなければ、つまり早急に理論的展望を明らかにしなければ原理論にはならないと考えるのは、再び前者の轍をふむおそれが大きく危険である。むしろ短絡した理解を許さないというところにこそ、この転換期の特質をみてとるべきであろう。

現時点において、この大転換期における歴史的動揺をつうじて、ここで筆者が指摘しておかねばならないと考えるのは、さしあたりは次の諸点だけである。第一に経済の領域においては、統合世界市場とそのもとでの市場経済原理が世界の経済を動かしていくことは確かであるが、その下で雇傭問題が抜本的な解決をみるということは困難であり、くわえて中進国や途上国のさらなる経済成長に伴い、各国間ならびに各地域相互間の矛盾・対立は激化する。しかしそれ以上に重大化してくるのは、南北問題とからみあっての地球環境問題の深刻化である。すでに今日、「現存する経済システムが、それを支える環境システムの劣化とともに、ゆるやかな自己破壊の道をたどりはじめていることは明白な事実である[25]」が、地球規模での消費の抑制という課題ひとつとってみても、それからの脱出はとても容易ではない。

それらの難問が重なりあって、資本主義経済は最大の危機に直面する。雇傭問題や南北問題を解決し、消費の抑制や環境の保護を進めうる、持続可能な経済システムの構築が、不可避的に緊急の課題となってくるからである。そこでは当然のことながら、私企業の論理をして公共経済や公共政策の論理に現実的に従属せしめていくことが必要となろう。言ってみればそれは新しい社会主義的機能の拡大である。知識と知識の生産、知識所有者の比重はこれからもひきつづき増大していくが、それがかかるかたちでの新しいシステム創出の主体もしくは推進力たりうるかどうかは、まだ未知数である。

第二に政治の領域においては、世界ならびに各国社会における多元化のさらなる進展を背景として、国民意識の稀薄化と政治的無関心の増大がひきつづき進行する。政党、官僚、業者団体と一般国民との乖離はさらに拡がり、コーポラチズムは大衆的基盤を欠いていくことによって空洞化する。国民国家はその中にあって、一方における分権化、他方における国際化の進行によってその主権性を弱めつつ、その統治能力を回復しようとして、自由主義的諸傾向と衝突していく。また世界政治システムにおいては、南北対立の激化を基軸に、先進諸国間における覇権システムをめぐる競合関係は深まり、グローバル・ポリティクスの共通課題に向けての世界権力の創出は、大国の「国益」を統制できないまま不安定に推移する。多極共存型デモクラシーから体制内デモクラシーへと移行していく中で、国内においても世界においても、最も正当性をもっていたはずの民主政治のシステムが、課題解決に向けては機能不全におちいり、そこから新たな安定的秩序と強力な政治指導体制を求めての、混迷と模索の時代が継続する。

第三に、思想、イデオロギーの領域においては、マルクス主義はもとより自由民主主義をはじめとする既成のイデオロギーは、その現実的な力を失いつつ抜本的な問いなおしを求められていく。代わって各種のナショナリズム、リージョナリズムならびに宗教が影響力を強めるが、それらはかかる人類の社会的課題を解決しえず、イデオロギーは全体として衰退する。だがそれはイデオロギーの終焉ということではなく、一時的混迷ということであって、その中からやがて人類は、歴史的遺産の批判的継承のうえに、生活意識に根ざした普遍的価値の再確認へと向かう。それは新しいイデオロギーの創出の過程であるが、そこでは、一方において日常的生活意識に基礎をおく住民自治意識が再生していくとともに、他方では人間と人間との共生、人間と自然との共生を嚮導理念とするグローバル・ヒューマニズムの思想が育っていくものと思われる。それは一言にしていえば「グローカリズム（グローバリズム＋ローカリズム）」の実質化ということになろう。しかしながらそうした新しいイデオロギーが、さし迫る大破綻に向けてただちに人間を動員させたり安心させたりできるわけではなく、現実世界では動員と安心のための神話がたえずつくりだされていく。つまり現象的にはイデオロギーの混迷状態がつづくものとみなければならない。そこからの脱出の鍵は、二一世紀の条件に対応した、新しい民主主義思想を創出しうるか否かにかかっている。

現段階ではここまでしか言うことはできない。それは、ここで指摘しうること自体が示しているように、この転換期が、未曽有の危機の時代にほかならないからである。ドラッカーの見方は楽天的であるが、それはこの危機の時代という認識が弱いからにほかならない。ましていわんや一時はやった西欧世界の勝利といった議論に至っては、なにおかいわんやである。今日の世界の内実を見つめて、そのいったいどこから全体の明るい展望がひきだせるというのであろうか。われわれが立っているこの歴史的転換期の位相は、制度的にもイデオロギー的にも未曽有の危機の時代への突入というかたちで特徴づけられるほかはないのである。この危機は、直接的には危機を示す出来事や状況の厳しさを示すデータによって示されているが、それ以上にこの危機が深刻なのは、危機管理さらには危機克服の展望が見えないというところにある。はっきり言って、現状は危機克服の展望はおろか危機管理の危機が問われなければならない事態なのだ。このことについては、さらに稿を改めて要約提示することにしたい。

注

（1）この一連の論争は、一九四九年のソ連におけるパジレウィッチとドルジーニンの問題提起以来、五〇年代の中国における胡縄、孫守任、范文瀾の議論、ならびにそれらの紹介をふくめた日本における議論によって代表されている。秦玄竜「ソ同盟における時代区分の問題」（『歴史学研究』第一六八号、一九五四年）、小林良正「ロシア史の時代区分」（『専修大学論集』一九五五年六月号）、「中国歴史学会についての翦伯賛教授との討論」（『歴史評論』一九五六年一月号）、岡本宏「日本政治史の時期区分―明治統一国家の成立より「八・一五」まで―」（佐賀大学『法経論集』第六巻一・二号、一九五九年）、那須宏・木坂順一郎「日本近代史の時期区分」（名古屋大学『法政論集』第十三輯、一九五九年）など、参照。

（2）Arthur and Marilouise Kroker, eds., *Ideology and Power in the Age of Lenin in Ruins*, St. Martin's Press, 1991, p.xiv.

（3）Samir Amin, *Empire of Chaos*, Monthly Review Press, 1992, p.120.

（4）Ibid., p.56.

（5）Ibid., pp.119-120.

（6）Stuart Hall and Martin Jacques eds., *New Times: The Changing Face of Politics in the 1990s*, Lawrence & Wishart, 1990, p.11.

（7）Ibid., p.448.

（8）Ibid., pp.449-452.
（9）Samuel P. Huntington, "Democracy's Third Wave", Larry Diamond and Marc F. Plattner eds., *The Global Resurgence of Democracy*, Johns Hopkins Univ. Press, 1993, p.3.
（10）Ibid., p.4.
（11）Ken Jowitt, "The New World Disorder", ibid., pp.247-256.
（12）Peter F. Drucker, *Post-Capitalist Society*, Harper-Collins Pub., 1993, p.7.
（13）Ibid., p.3.
（14）Ibid., pp.42-47ff.
（15）Ibid., p.142.
（16）Ibid., p.4.
（17）Ibid., pp.14-15.
（18）加藤節「国民国家のゆらぎと政治学」（岩波講座『社会科学の方法』第一巻、岩波書店、一九九三年、所収）。
（19）加藤節、同論文（同書）六九頁。
（20）本間慎監修『データガイド地球環境』青木書店、一九九二年、三四―三五頁。
（21）同書、同頁。
（22）レスター・ブラウン編著、加藤三郎監訳『地球白書　一九九三―九四年』ダイヤモンド社、一九九三年、六頁。
（23）同書、vi頁。
（24）なお詳しくは、右の二書のほか、環境と開発に関する世界委員会『地球の未来を守るために』（福武書店、一九八七年)、人類とエネルギー研究会編『地球環境と人間』(省エネルギー・センター、一九八九年)、NHK取材班『地球汚染』(NHK出版、一九八九年)、日本科学者会議編『原子力と人類』(リベルタ出版、一九九〇年)、増田善信『地球環境が危ない』(新日本出版社、一九九〇年)、ワールドウォッチ研究所による一九八四年以来の各年次『地球白書』など、参照。

(25) ブラウン、前掲書、二二四頁。

(『姫路法学』第一四・一五合併号、姫路獨協大学法学部、一九九四年)

二 「知の冒険」をめぐる理念と現実 小畑清剛『レトリックの相剋』によせて

はじめに

今日という時代は、未曽有の歴史的転換期の時代であり、危機の時代である。飽食と饑餓の同時存在の下で、飽食の社会を生みだした「先進社会」は、緊張感を欠いた閉塞状況の中にあって、差し迫る危機に対して機能不全の状態にある。そうした現実を前にして、この数百年の間、人類社会を動かし推進してきた、科学、技術、文化の総体とそのありようが、根底から問いなおされなければならなくなってきているのではないか、という思いが筆者にはある。この問いなおしは、近・現代において権威づけられ常識化されてきたものを、新たな原理的視角から問いただし、その批判的継承からさらに進んで、未知の時代に向けての知的戦略をどう構築していくかという性格のものである。それへ向けての試みは、これを「知の冒険」と呼ぶにふさわしい。政治学原理論のマクロな視座からすれば、今日の時代は「知の冒険」の時代でなければならないのである。

本稿は、そのような模索をしている筆者が、若き僚友小畑清剛の近著『レトリックの相剋——

合意の強制から不合意の共生へ』（昭和堂、一九九四年）を読んで受けた知的インパクトに触発されて、ただ今現在の自らの問題意識と小畑の研究とをつきあわせてみることによって、自らの問題意識をたしかめようとするものである。小畑の著書は、その専門領域（法哲学）を超えて、レトリック論の観点から現代における社会科学共通の原理的課題と取り組んだ力作であり、そこにおけるアクチュアルな問題意識と鋭利な論理的追究は、原理論の創出に逡巡しがちな状況に対して覚醒をうながすものがある。同書は、筆者のいう「知の冒険」へ向けての、積極的な問題提起の書であると言うことができよう。そして同時にまた、その「知の冒険」が刺戟にみちたものであればこそ、その論点をめぐっての疑問や、その論旨が政治の原理論へ転化されることへの批判も出てくるのである。本稿はそういう気鋭の学究による「知の冒険」に対する、自らの馬齢をかえりみている者からのささやかなレスポンスであって、主題の性格からしても、中間的な試論の域を出るものではない。

なお、お断わりしておかなければならないのは、筆者はレトリック論には門外漢であって小畑の著書を専門的に評する資格はなく、またここではその精緻な分析の過程を忠実に紹介していく余裕もないということである。筆者がここで行おうとするのは、筆者の問題意識や視角を開陳していく中で、それと小畑の著書のエッセンスとのかかわる部分をとらえ、それに対する筆者の反応を示し、筆者の側からの問題点を提示することを通して、筆者が現段階において考えている「知の冒険」の課題の輪郭を要約してみることである。この過程を貫いているテーマは、一言にして言えば「知の冒険」をめぐる理念と現実とのかかわりをどうとらえればよいか、ということになろう。それはレトリック論内での議論にはならないので、あるいは小畑にとっては不満が残ることも懸念されるが、本稿はどこまでも右の事情に立ったうえでの、政治学原理論の立場からの論点の提示であり、筆者自身の側における問題点の要約であることを諒とされたい。

以下、第一節において政治学のサイドからみたリベラリズム対コミュニタリアズムという主題の今日的な位置をとらえ、第二節において小畑の著書の前半部（第一章）のエッセンスに対するレスポンスを、第三節において同後半部（第二章）のエッセンスに対するレスポンスをそれぞれ示し、第四節において「知の冒険」をめぐる筆者の課題認識のアウトラインを提示して、最後にそれらの簡単なまとめを行うこととする。

1　危機の時代における思考原理の相剋について

さきにも指摘したように、[1]今、われわれは大きな歴史的転換期に立っている。この転換期の様相は、状況の変化がいわば常態化した、「不透明」で「混沌」としたものであり、その全体像をとらえるのは容易なことではない。だがそれにもかかわらず、この時代の意味するものをいささかなりとも見抜こうとするかぎりは、この転換期がかつてなかった危機の時代であることだけは、これを窺い知ることができる。

この危機の時代のはらむ全体的な問題性は、直接的には各国ならびに世界の新秩序のありようをめぐる国内的・国際的な対立と矛盾、地球環境破壊に表出された人間世界と自然との衝突などに対する、政治的無関心の拡大や統治能力の低下に伴う政策的対応の立ち遅れに代表されているが、より内在的には、その立ち遅れをもたらしているところの、危機の時代を克服していくに足るだけの、新しい価値原理や思考原理ならびにそれに基づく政治原理の未確立にその根源を有している。したがってこの危機の時代に向けての学問的対応には、大きくわけて二つの問題領域が存在する。すなわちその第一は、眼前に進行しつつある危機的状況に有効に対処しつつ、かつそれをとおして長期的な発展を展望しうる科学的政策原理をどのように確立していくかという当面する政策課題をめぐる領域であり、その第二は、その科学的政策原理のよって立つところの、人間観・世界観にまたがった、思考原理や政治原理における相剋と混迷をどう乗り越えていくかという根底的課題をめぐる領域である。もとより、この二つの領域が相互に密接に連関しあっていることは言うまでもない。

政治学の観点からすれば、この二つの領域が連関しているところで現出しているのが、グローバルな意味でのアイデンティティ・クライシスである。このクライシスは、既存のアイデンティティの「ゆらぎ」というにとどまらず、その「内からの衰退」と「外への拡散」が注意されなくてはならない。それはマクロな観点からすれば、歴史としての近代が生み出した国民国家が、急激な社会的変化の中で、一方におけるトランス・ナショナルな関係の進展と他方における人々の私的生活へのさらなる傾斜をつうじて、その擬制的合意をあらわにしはじめてきたことの反映である。したがってこの「ゆらぎ」は、止まって元に戻るということのない「ゆらぎ」なのである。加えてこのクライシスを深刻にしているのは、それにかわって次の時代をささえていくべきアイデンティティの発展的展望が見えてきていないということである。

「先進社会」においては、生産と消費の過剰化の中で、一方では社会主義への幻滅と期待感の喪失が進み、他方ではリベラル・デモクラシーの統合力もまた低下しつつある。イデオロギーの閉塞状況の進行とともに、公的主体としての市民像が稀薄化してきているのである。もとよりその中にあっても自律的集団の活動は続いているが、ラディカリズムもライブリー・ポリティクスの運動も、多様ではあるが少数者のそれを出ることはできず、そこに内外での民族や宗教さらには各種のエスニック・グループの自己主張が重なりあって、社会集団相互間でのアイデンティティをめぐる混迷の度は深まっている。

こうした様相をみせているアイデンティティ・クライシスの底には、アイデンティティという言葉の本来の出発点であるところの、「自分という存在の証明」の危機が進行していることを見逃してはならない。言葉を換えて言えば、今日の危機の時代が深刻であることの特質は、人間社会の深部において、一方では国家に代表されるような政治共同体や労働組合に代表されるような既成組織集団のアイデンティティ（ここでは自己同一性）が衰退しつつ、他方では個人個人のアイデンティティ（ここでは存在証明）の喪失が進行中だというところにあるのである。

しかしながら本来ポリス的動物としての人間は、共同体への参加欲求を根底にもちつつ、アイデンティティもしくはそれに代わるものを求めてやまない存在である。したがってアイデンティティの「衰退」や「喪失」が進行するということは、同時にまたそれに代わるものへの渇望が強まっていくということにほかならない。

かくて世界の現状が端的に示しているように、自然保護運動や差別撤廃運動からナショナリズムやリージョナリズム、宗教的な原理主義から果てはアド・ホックな市民集団に至るまでの、様々な存在主張行動が叢生してくることとなる。まさにこの渦中にあって、二一世紀における新たな人間の存在証明の確立が、個人的にも社会的にも問われるに至っているということなのである。

してみれば、今日の時代におけるグランド・セオリーの立脚点が、さきの第一の問題領域における政策科学的原理の創出とならんで、第二の領域における、個人と集団にまたがる共通の基盤をもった新たなアイデンティティの樹立へという視座に立たなければならないことは明らかであろう。この新たなアイデンティティの樹立に向けては、当然のことながら近代から現代にかけての価値原理や理論枠組の問いなおしと、それに代わる新たな思考原理とそれに基づく理論的パースペクティブに向けての、積極的な問題提起を必要とする。それはいわば、自らの知的精神の全体性を絶えず問いなおしていく中での、批判的思考の追究ということにほかならない。まさにそれゆえにこそ、今日問われているのは「知の冒険」ということなのである。

　ではこの「知の冒険」に踏み出していく場合の、問いなおしの対象となる近・現代の思想的原理は何か。そこには相互に重なりあう複数の対象軸とも言うべきものが存在する。自由の原理と平等の原理、個人の原理と全体の原理、資本主義の原理と社会主義の原理、人間の疎外と疎外からの回復の原理、さらには人間と自然との共生の原理などがそれである。そしてこれらの対象軸のうち初めの二つについて、近年活発な「知の冒険」の試みが展開されているのが、リベラリズムとコミュニタリアニズムをめぐる論議にほかならない。それはマルクス主義からの知的インパクトを受けることの少なかったアメリカ合衆国を中心として始まり、ソ連・東欧圏崩壊後の今日では、すべての「先進社会」における政治哲学的論究の現段階を代表している。ではここでの問題の焦点はどこにあるのであろうか。

　一般的に言えば、コミュニティの実在形態をめぐる諸問題やそれをめぐる論議が古代ギリシアから続いてきており、またリベラリズムの思想的営為やその現実化過程がJ・ロック、A・スミスそしてJ・S・ミル以来続いてきていることは周知のことである。その意味ではリベラリズムとコミュニタリアリズムをめぐる論議の淵源は古代ギリシアに端を発し、近代におけるリベラリズムの登場が両者間における思考原理の対立を示してきたと言いえよう。しかし一九世紀から二〇世紀にかけてのいわゆるリベラル・デモクラシーの外在的な進展と、それにつづく現実科学としての政治科学の発展は、この原理的な政治哲学的課題の追究をその背後におしやってきたのであった。ところが二〇世紀における高度産業社会の急展開の現実は、アイデンティティ・クライシスの進行とともに社会のあるべき姿についての問いなおしを、いやおうなしに迫ってくるに至り、そこに「政治哲学の復権」を求める声が高まってくることとなったのである。

だが、筆者自身はこれを政治哲学の問題だと限定するのには賛成しがたい。なぜなら、今日われわれがこの問題を、危機の時代という認識の下に追求しようとするかぎりは、問題はリベラル・デモクラシーの総体を問いなおすということにならざるをえないからである。言うまでもなくそこには、政治哲学上の問題だけでなく、思想や運動とその実在形態をめぐる多様な諸問題が、分かちがたく存在している。求められているのは、理念とその現実にまたがった政治原理の追求なのだと言うべきであろう。その意味では、リベラリズム対コミュニタリアニズムの検討も、J・ロールズの哲学論としての『正義論』（一九七一年）からではなく、その前のT・ローウィの現代政治論としての『自由主義の終焉』（一九六九年）から始められなければならないのである。

ローウィは、一九三〇年代に始まり六〇年代において決定的となった「利益集団自由主義」による自由民主主義体制の堕落を剔抉しつつ、「依法的民主主義（juridical democracy）」による新たな共和制の樹立という課題を提起したのであったが、[2] ロールズの『正義論』はそれへの政治哲学の側からの解答の意味もこめていたに違いない。ここではそれ以後の、政治原理論の主要テーマとなっている論争において、問題の所在が奈辺にあるかを窺うかぎりにおいて若干の言及をしておこう。

ロールズの議論は、これを前期と後期とに分けてとらえることができる。すなわち一九五八年の論文「公正としての正義（Justice as Fairness）」から七一年の『正義の理論（A Theory of Justice）』の刊行に至る段階と、それ以後のコミュニタリアンからの批判への応答という内容をふくんでの、一九九三年の『政治的自由主義（Political Liberalism）』の刊行へ至る段階がそれである。『正義の理論』の出版が、「一九七〇年代から八〇年代での政治理論のルネッサンスに向けてのもっとも重要な刺戟であった[3]」ということは、右の政治哲学の復権という流れにおいて了解される。そこにおける有名な正義の第一原理とは、「各人は、他の人びとに対する同様な自由と両立しうる最大限の基本的自由のための平等な権利をもつべきである」であり、その第二原理とは「社会的、経済的不平等は、（a）もっとも恵まれていない人びとの最大の利益のために、そして（b）公正なる機会の均等という条件のもとですべての人に開かれている仕事や地位に結びつけられて、配置されるべきである」というものであった[4]。

この両原理については、わが国でも、藤原保信をはじめとしてかなりの人々による検討が行われてきたところであって、ここで改めて立ち入るつもりはない。要するにロールズの正義論のエッセンスは、自由の原理と平等の原理という二つの対象軸に対して、二〇世紀後半の時代的環境とりわけ福祉社会化への趨勢に対応しながら、市民的自由の原理を再確認しつつそれと平等主義との調和を基礎づけようとするところにあった。第一原理と第二原理の明示と、それにつづく第一原理の第二原理への優越、第二原理における「機会均等原理」の「格差原理」への優先などはそれを示している[5]。

このロールズを軸として、リベラリズムの中でもその平等主義との調和を重視する立場と個人の自由をより重視する立場（〝リバータリアン〟）との相違が出てくるのであるが、それらをふくめてより原理的にリベラリズムを批判しようとしてきたのがコミュニタリアンであって、その代表格と目されてきたのがM・サンデルにほかならない。サンデルからすれば、ロールズがその第一原理を優越原理とすること自体に疑問と批判が発せられる。すなわち自由の権利をすべてに優先させることは、共同社会のよって立つ基盤であり目標である善なる生活よりも権利を優先させるということを意味するが、そのような道徳性を欠いた、それゆえにまた国家に道徳への中立性を求めてやまない主張は、公共善を否定することになる。

「ロールズの善の理論は任意的なものである。それに対してわれわれの基本的な目的や価値ならびに善の概念はわれわれにとっては選ぶべき対象なのであり、その選択をつうじてわれわれは自らの行動をすすめるのだ[6]」とサンデルは言う。彼からすれば、ロールズの前提となっているものは、本質的に「公」に対する「私」からの出発であり、そこから出発するかぎりは、そこでの市民は他人の権利を尊重するという制約をもちつつも、基本的に善の問題は各人の任意性のもとにあって、自らの私的利益に基づく権利の行使にとどまり、共通善に立っての「善き社会（good society）」を目指すことが自然であるような、より豊かな人間的市民たりえないということなのである。

サンデルのロールズ批判において、そのキー・ワードをなしているのは、自由主義の前提となっている「負荷なき自我（the unencumbered self）」という概念である。彼はそれをカントにおける先験的命題の移行だとみて、それが現実性を欠いた理念だとして批判を進めているのであるが、その言わんとするところは、つまるところ次のようになるであろう。すなわち、「負荷なき自我」とは、「私」の目的や属性に先行する形而上学的な主体としての自我である。それは自己が選択するいかなる目的にも自己の同一性を依存せしめないがゆえに自由で独立した主体と考えられているが、そのことは自我を経験を超えたところに置くことを意味するし、自己の同一性の「構成的目的（constitutive ends）」を排除することになる。「私」としての自己の同一性についての省察を欠いた「負荷なき自我」の選択は、もともと恣意的な意志の発動にすぎないのに、それが正義論の前提となっていることは認めがたいのである、と。[7]

ロールズの後期は、このサンデルをはじめA・マッキンタイア、C・テイラー、M・ワルツァーらの批判に対する、レスポンスとして展開される。善や道徳、政治社会や公共的市民のとらえ方をめぐる批判に対して、ここでもロールズは、すべて人は自由で平等な存在として扱われなければならないというのが自由主義の理念そのものなのだということを強調しつつ、そこに出発する政治的自由主義のありようについて新たな論及を試みる。『政治的自由主義』におけるキーワードとしての「理性的多元主義（reasonable pluralism）」や「公共的理性（public reason）」の提起がそれである。その言わんとするのは、つまるところ、市民はそれぞれの善の概念をもち自分の立場に立っているが、そうした多元的な関係を「公共的理性」をつうじて合意の契機に結びつけ、それらの多元性を包括的に容認しうる「理性的多元主義」を前提とすることによって、政治的自由主義は自由で平等な民主主義社会を担うことができるのだというところにある。[8] ロールズによれば、「公共的理性」は「政治的自由主義の構成概念」であり、[9]「理性的多元主義」は人間理性の長期にわたる結果にほかならない。そのうえで彼は「重複する合意の合流点としての政治概念それ自体」として「共通基盤（common ground）」という概念を提起するに至るのである。[10] そこには、全体として、コミュニタリアンの側からの批判的論点に対する前進的な対応をみてとることができるであろう。

右の過程に代表されているリベラリズムとコミュニタリアニズムとの間の論争は、それが個人的自由か共同体かといった対立から、いかなる条件のもとでの誰に対するどのような自由か、そしてまたどのようなコミュニティをどのように作るのか、といった問題へと、その焦点が推移してきていることを示している。そこに、この論争が収斂の方向をたどっているとする見方も生じてくるのである。最近では、リベラリストの側からは、「サンデルはリベラリズムに取って代ろうとしているのではなく、それの再起をはかろうとしているのだ」との位置づけが生まれ、「コミュニタリアン・リベラリズム」の名称の下に、サンデルは、諸個人をして公共善を身につけていく市民として自らを確認させていくリベラリズムを擁護するものとの把握がなされているし、[11] 他方、コミュニタリアンの側では、たとえばS・ミュルホールとA・スウィフトは、一九八〇年代以降のロールズをコミュニタリアンとして把握しており、[12] またM・デイリーは、コミュニタリアニズムの論集を編集するにあたって、その論集に「新公共倫理学（A New Public Ethics）」という副題をつけ、コミュニタリアン的思考の幅が「保守主義から進歩主義ならびに多くの学問分野にまたがる」ものであることに注意を喚起しながら、「コミュニタリアニズムは自由主義以後の哲学である」[13]と位置づけるに至っている。

たしかに論争それ自体をとれば、それが個人的自由の問題をふくめてコミュニティの維持と発展をどのように進めていくのかという方向で収斂しつつあるようにみえるが、そのことによってこの論争の根底における原理的対立が解決されたと考えるのは早計であろう。〝リバータリアン〟を別としても、リベラリズムに立つ共同体論とコミュニタリアニズムに立つ共同体論との間には、そのままでは決して融合することのできない原理的立場の相違があるのであって、その相違の論理構造とそれをささえる価値的原理の解明、ならびにそこにおける対立の止揚の問題はまだ残されたままなのである。

リベラリズムとコミュニタリアニズムをめぐる論議の大要は、右のデイリーの編集書に収録された三十余編の多彩な論文によって知ることができる。しかし問題はそれに尽きるわけではない。両者を根底においてささえている価値原理とその論理構造の解明とその克服という困難な課題があるわけだし、筆者の場合にはさらにそれに加えて、人間疎外をめぐる原理的な諸問題の追究が必要だと考えるものである。いずれにせよ、リベラリズムとコミュニタリアニズムをめぐる一連の論議の登場が、今日のアイデンティティ・クライシスの反映であり、同時にまたそれへの対応にほかならず、しかもそれはなお基本的には未解決なままであることを承知しておかなければなるまい。

ところで小畑清剛の『レトリックの相剋—合意の強制から不合意の共生へ—』は、小畑自身が今日の危機の時代をどこまで自覚化しているかにかかわりなく、その内容それ自体が、アイデンティティ・クライシスの反映とそれへの対応をめぐっての、右にいう未解決の課題に向けての日本における最も鋭角的な思惟活動の一つという位置と性格をもっている。小畑は今日の危機の時代をまったく論ずることなく、いきなり丸山眞男と清水幾太郎におけるレトリックの相剋から始めているのでその時代認識は定かではないが、本書の随所に窺われるのは「合意の強制」という副題の表現にもみられるように、個人の尊厳に対する侵害や、社会的弱者、マイノリティに対する圧力の増大への危機意識であって、そこには時代の中での人間の尊厳に対する危険な気配が、敏感に嗅ぎとられていると言ってよいであろう。またリベラリズムとコミュニタリアニズムとの対立と交錯について言えば、第一章の八「レトリックと公的空間」において直接的に論じているというだけでなく、その内容からすれば本書の全体がこの主題をめぐって展開されていると言って過言ではないのであって、むしろ小畑のそれは、外国での議論の直輸入によるものとしてではなく、日本での議論を対象とした日本における考察というところに、そのオリジナリティをもった積極性があると言うことができるのである。

それでは以下、小畑の考察のエッセンスに踏みこんでみることにしよう。

2　丸山―福沢と清水―ヴィーコにおける「レトリックの相剋」をめぐって

小畑はさきにその前著『言語行為としての判決―法的自己組織性理論―』において、法的言語行為における垂直的関係重視論と水平的関係重視論がはらむそれぞれの問題性を衝き、「『〈開かれた〉批判的コミュニケーション共同体』におけるすべての成員――とくに当該共同体における少数者――の思想の自由・表現の自由・信教の自由などの『基本的人権』を擁護する」という観点に立って、あえて「ナナメ」関係に定位した法的言語行為論を展開した。それは彼が、批判的コミュニケーション共同体における少数者の対話主体としての資格を基本的人権として保障することが、わが国においてはとりわけ重要であると考えたからにほかならない。この時すでに小畑には「既存の『共通感覚（常識）』あるいは『社会通念（エンドクサ）』をいったん解体したうえで『相互主体的な合意形成を必要とする社会を創出する』ことを目指すレトリック論」の構築という、「知の冒険」に向けてのさらなる批判的問題意識が杯胎しており、その延長上に『レトリックの相剋』は書かれている。[14]

さて、わが国においてレトリックの相剋現象を分析しようとする時、そこでの問題設定において「キー・パースン」とされたのは丸山眞男と清水幾太郎である。それはこの両者が日本現代思想における主要な対立としての自由主義と共通感覚論を代表する、「類い稀れな思想家」[15]であると判断されたからにほかならない。そしてその丸山と清水の理論において「キー・パーソン」となっているのが福沢諭吉とG・ヴィーコであり、その両者のレトリックの相剋の中に、リベラリズムとコミュニタリアニズム、インディヴィデュアリズムとコレクティヴィズムという社会観の相剋や、対立する「政治的人間」と同化する「性的人間」という二元的人間観に象徴されるような人間観の相剋が含意されている、というのがその出発点であると同時にまたその内容をなしている。

まずこの日本現代思想の「キー・パーソン」のとらえ方から言えば、丸山と清水を現代日本におけるレトリックの相剋をその思想的原理において代表する存在であると把握すること自体については異論はない。ただし清水については、その前期、中期、後期の中の後期清水であることを明示することがより適切であると思うが、それ以上に言いすぎだと思われるのは、清水を肯定的な文脈において「類い稀れな思想家」だとすることである。清水がわが国における傑出した社会学者の一人であることは、なによりも『清水幾太郎著作集』全一九巻が示すとおりである。だがそのことと、清水がとびぬけてすぐれた思想家であるかどうかということとは別問題である。清水自身はヴィーコの転向に自らのそれを重ねあわせて胸をはっているのであるが、彼の転向（戦時下での、戦後になっての、六〇年代からの）には思想家としての内在的一貫性があると言えるであろうか。また、文字どおりヴィーコを「キー・パーソン」とする清水に、思想家としての卓越したオリジナリティがあると言えるであろうか。むしろそれ以上にそこで特徴的なのは、自らの言説に対する責任倫理の弱さであり、自己批判の不徹底性である。小畑の言う「全力を尽くして格闘した」ということと、思想家にとって欠くべからざる責任倫理への厳しさ——自己自身への省察——とは異質の問題であり、そのことを問うならばこのような評価は出てこなかったであろう。後期の清水は、現代日本におけるレトリックの相剋をとらえるにあたっての、一方における格好の対象である。このことについての小畑の目には狂いはない。ただ気になるのは、小畑自身がくりかえしレトリック論への限定を言っているにもかかわらず、やはりそこから清水論へのふみこみが窺われるということである。

次に丸山の「キー・パースン」を福沢とすることについては、若干の限定が必要だと思われる。小畑が丸山論ではないと断わっている事情は充分に理解できるが、それでも「キー・パースン」を特定しようとするからには、そこに小畑なりの丸山論が前提されていることは自明のことであって、それゆえに一言しておくとこうである。丸山のように学問的造詣が深く、自らの思想的営為を自律的に進め、しかも周到にして慎重な議論を展開する人物の「キー・パースン」を特定することは、一般的にいって難しい。その著作をひもといていけば、丸山は実に多くの先達からの摂取をしてきていることが窺えるし、中でもその思想史学における荻生徂徠と福沢、その政治学におけるM・ヴェーバー、H・J・ラスキ、H・ラスウェルの影響は顕著である。しかも丸山はそれらの先達の遺産をいわば自家薬籠中のものとしつつ自らを練り上げていくのであるから、その意味では丸山には特定の「キー・パースン」は存在しないと言うことも可能なのである。丸山を相対主義者だとする見方もまたそこから出てくるのであろうが、そうした中において、小畑が丸山における思考原理の原型を自由主義だとし、その「キー・パースン」を福沢としたのは決して的をはずれてはいない。筆者も、丸山を全体としてとらえると、そこにはその原理的立場の根底に、徂徠→福沢→自由民主主義の系譜を見てとるのであって、それはたとえば安藤昌益やレヴェラーズなどに始まる系譜とは異質のものである。丸山が福沢の再発見に向かったのもまたそのためであろう。ただ同じように「キー・パースン」といっても、それとの関係は清水ほどにはストレートではないのであるから、そのことについては一言あってしかるべきだったのではあるまいか。

それでは本題に進んでみよう。小畑はまず、丸山―福沢と清水―ヴィーコにおけるレトリックの相剋を、「主体的作為」と「人間的自然」のとらえ方、ならびにそれに伴う「学問の転回」における対立においてとらえる。すなわち丸山―福沢においては「自然」から「作為」への思惟様式の転換が重要なのであり、「社会秩序と自然秩序の自同性の意識」（丸山）を克服していくことが肝要なのである。それは学問的に言えば、自然的法則と人間的規範とを分離していくということであって、倫理学から数学・物理学へ、象徴的にはアリストテレスからデカルトへの学問観の転換が肯定されなければならないのである。これに対して清水―ヴィーコは、丸山―福沢が批判する「社会秩序と自然秩序の自同性の意識」を「不透明な自然に包まれた人間的確実性」（清水）として肯定する。ここでは「作為」の「人間的自然」への吸収こそが必要なのであり、法則と規範の分離から人間的自然の回復こそが目指されなければならないのである。したがってそこでは逆に数学・物理学から倫理学への、象徴的にはデカルトからアリストテレスへの転換が促されなければならないということになる。この両者の相剋を、「人間的自然」が陥る「古習の惑溺」（福沢）に抑圧されていた近代的思惟が有する散文的・未来志向的な想像力に対する、「主体的作為」の前提となる近代的思惟に抑圧されていた、「共通感覚（常識）」に基づく詩的・過去志向的な想像力の対立だとした小畑の指摘は正鵠を射て鋭い[16]。

丸山―福沢における「主体的作為」は、レトリックの敵としての「無議の習慣」の克服を目指すものにほかならず、それゆえに「多事争論」（福沢）が強調され、レトリック＝スピーチが重視されるのであるが、清水―ヴィーコにおける「人間的自然」は近代の知としての「方法としてのクリティカ」（デカルト）の克服を目指すのであるがゆえに、レトリック＝トピカの復興や擁護が課題となる。それゆえに、そこでは「論拠の在り場所の発見」にかかわる方法ないし技術であるトピカの、「妥当性の吟味」にかかわる方法ないし技術であるクリティカに対する先行性が強調されるのだとの、レトリック論ならではの把握は、思想の原理論的認識にとって示唆に富む。

続いて小畑は、両者におけるこのレトリック＝スピーチとレトリック＝トピカの相違を明らかにするために、両者における議論領域の相違――議会（政治）的弁論と法廷（裁判）的弁論――を指摘するのであるが、議論領域に相違があることは容易に理解されるものの、そこから生ずるそれぞれの命題が、「『レトリックの敵』として措定された克服対象が互いに本質的に相違することに起因する、『蓋然性』『習慣』『伝統』『歴史』等々に関する尖鋭な対立を帰結」[17]（傍点筆者）するとの把握には首肯しがたいものがある。小畑は議論領域の相違が対立の原因だと考えているのであろうか。レトリックの相剋を生み出すものは、基本的には両者の社会観・人間観に根ざした思考原理の対立に発しているのであり、議論領域の相違はそれを際立たせる条件であったと解するのが筆者の認識である。小畑の論旨にはこの区別と連関が不明確なきらいがある。

ところで丸山―福沢と清水―ヴィーコにおけるレトリックの相剋は、まさにそれが方法的原理の対立に根ざすものであるがゆえに、当然のことながら価値基準の相違から真理論における対立にまたがっている。すなわち丸山―福沢においては、「人間精神の主体的能動性の尊重」（丸山）とコロラリーをなしての「価値判断の相対性」が強調され、「惑溺」という現象を介しての価値基準の固定化への警鐘が鳴らされる。そこでは「信の世界に偽詐多く、疑の世界に真理多し」（福沢）との認識のもとに、真理の探求に向けての多事争論の間における自由探求の精神の不可欠性が強調されるのである。これに対して清水―ヴィーコにおいては、蓋然性に基づく「共通感覚」こそが実践理性の基準であり、「蓋然的なものは殆どつねに真理であり、極めて稀にのみ虚偽である」（ヴィーコ）という命題が前提となる。ここでは法廷での実践におけるように、「具体的存在としての人間の間において真理であるためには、真理は『真理らしく』見せることができるように、『共通感覚（常識）』をその基準とするレトリックによって自らを真理として示さなければならない」[18]。だから、真理の探求にあたって、丸山―福沢においては、「人間的自然」の有する「真理の半透明の広大な世界」において「惑溺」が生ずることが問題なのに対して、清水―ヴィーコにおいては、「客観的自然」の有する「真理の透明の極端に狭い世界」において共通感覚を喪失することが問題となる。

小畑はさらに、前者を課題性を担う弁証法的発展に対応するものとし、後者を所与性の性格を帯びる有機体的発展に対応するものとしつつ[19]、この「トポスとしてのクリティカ」に基づくレトリック・スピーチ（主体的作為）と「方法としてのクリティカ」を克服しようとする「方法としてのトピカ」の双方が、双方におけるトピカの物象化的錯視が生み出す「真理の独裁」の克服という課題を負っていることに注意を喚起して、そこにおけるコミュニケーションの非対象性を指摘する[20]。ここに至る分析の過程もまた緻密で説得力に満ちている。

しかしそれにもかかわらず、真理論に関しては小畑の追求にやや物足りなさが残るのをぬぐい切れない。それはなぜかといえば、福沢にせよ清水にせよ、両者ともにいとも安易に真理を口にしているように見えるのに、そのことに対する小畑の批判的精神がほとんど窺われないからである。福沢や清水が説いている「真理」とは、どこまでも日常語としてのそれであって、学問的厳格さをもったそれではない。そこで「真理」の名の下に語られる言説は、その論理性、その体系性をほとんど問われてはいない。それはかの厳密にして壮大なG・W・F・ヘーゲルの知の体系などとは、到底比すべくもないのである。仮にそのことを措くとしても、少なくとも認識主体の被制約性や真理の相対性などへの反省的自己省察に欠けていることくらいは指摘すべきではなかろうか。なぜならこのことは、そのレトリックの客観性や主観性にかかわる問題だからである。

結びの節、第一章の八「レトリックと公的空間」は、こうした両者におけるレトリックの相剋を、今一度内外の論議の検討をつうじて位置づけなおしつつ、小畑自身の分析と見解をさらに押し進めようとしたものである。彼はそれを次の三つの視角から行っているのであるが、それぞれについて一言するとすればこうである。

まず第一のリベラリズムと共同体論の視角からのアプローチについては、小畑はそれを主として井上達夫のすぐれた要約に依拠して進めているのであるが、さきにも指摘したように、リベラリズムとコミュニタリアニズムとの相剋は、丸山―福沢と清水―ヴィーコのそれと原理的には共通の課題をめぐる相剋である。だが同時にまたそこには、その相剋の位相とその展開をめぐって、似て非なる面があることも見逃してはならない。小畑はこの相剋の歴史的位相の相違に関しては、近代化が完了した西欧社会における自我観・共同体観の地平における対立と、近代化ないし西欧化の是非とその功罪に関わる「非西欧社会」における自我観・共同体観の地平における対立であり、後者のそれが〝時間〟の契機が不可避的に介在する「進歩観」の対立をも含意すると、論理としては的確な指摘を下している[21]。

だがそうであれば、前者との対比において、なぜ「非西欧社会」におけるそれが、すでに「先進社会」に突入したといわれている現代日本において最も重視されなければならないのかということについて、もっと説明があってしかるべきであろう。これは理念論と現実論との間の問題である。また相剋の展開に関しては小畑は言及していないが、前者においては後期ロールズをみてもわかるように、そこには討論——批判と反批判——をつうじての一定の発展がみられることに注意を喚起しておきたい。ロールズにおける「共通基盤（common ground）」の追求はその現れであろう。福沢における「異端妄説」のすすめと、ロールズにおける「共通基盤」への前進との間には、歴史的位相の相違があることはむろんだが、同時にそこにはリベラリズムをめぐる原理的な問題点の推移が存することもまた確かなのである。

第二のインディヴィデュアリズムとコレクティヴィズムの視角については、その視角をリベラリズムとコミュニタリアニズムの視角とは別の視角だとすることについては疑問がある。もとより異なった用語法自体が示すように、両者を同じものだとすることはできないが、歴史的な議論形成の過程に若干の相違はあるにしても、思想史的なパースペクティブからすれば、その原理的な視角は共通のものではあるまいか。ちなみに、オックスフォード大学が出版した、コミュニタリアニズムとリベラリズムの代表的な論文を集めた論集の表題が『コミュニタリアニズムとインディヴィデュアリズム』とされるのもそのためであろう。[22]

第三の「政治的人間」と「性的人間」の視角は、大江健三郎、小野紀明の議論の検討を中心に、「公的空間」の内実における「政治的人間」と「性的人間」の分裂や融合という問題を問うことの積極的な意味をとらえようとしたもので、従来の政治学や思想史学の間隙をついて斬新である。小野は、従来の政治概念や権力政治観が公的領域と私的領域を峻別することを前提としてきたのに対し、自己意識と共同体の観念の連関から、意識・倫理・共同体の関係を解明しうる理論を構築しようとしているが、そこで注目されているのは、「近代の合理的思考による〝生活世界〟の隠蔽」のような原因により「意味喪失」の状態に陥った時の「自己意識」の姿である[23]。意味喪失が進行する現代社会に生きるわれわれは誰でも〝不幸な意識〟に陥るとの小野の指摘は、今日のアイデンティティ・クライシスの根源を衝いて鋭い。大江の提示した、対立する政治的人間と同化する性的人間という把握は、小野によって問いなおされることによって政治学に対してより説得力のある問題提起となり、小畑はそれを受けて、その「レトリックの相剋」の背後にあるものへの省察を深めていく。有意味な公的空間は、個人が根付くべき生活空間とその生活空間を批判する自由な主体的個人によってこそ担われるというのが、その結果にほかならない。かくて、リベラリズムが、個人がそこに根ざすべき「土壌」＝「生活世界」なくしては有意味な「公的空間」を存立させることができないように、共同体論も、その「土壌」＝「生活世界」を批判する民族的・宗教的少数者などを含む自由な主体的個人が存在しなければ有意味な「公的空間」を存立させることはできない、との小括は説得力をもつが、ただ「（民族的少数者や宗教的少数者などを含む）自由な主体的個人[24]」というのは、概念の拡張であろう。マイノリティ・グループを個人と同位置でとらえたいという小畑の意図は理解できるにしても、たとえ少数者であれ、集団を個人の概念範疇でとらえるのはいささか乱暴であると言わざるをえない。

つづいて右の三つの視角からの検討のうえに、小畑が提起するのは「共通感覚（常識）」概念のもつ二面的性格である。彼は、われわれが「世界疎外」＝「土壌喪失」の状態に陥ることからわれわれを保護して具体的問題状況における「実践的判断（実践理性）」の規準になるその肯定的側面を「共通感覚1」と呼び、その「自己本位」的性格によって戦争を生じたり多数者による少数者の抑圧をもたらす原因となるというその否定的側面を「共通感覚2」と呼ぶ。そのどちらの面を重視するかによって論者の論点や論旨の方向は異なるというその整理は有効である。そのうえで小畑は、「トピカのクリティカへの先行性」命題を主張する清水－ヴィーコ理論ではこの1と2を分離することができないのであるから、その「共通感覚」に対する危惧には正当な根拠があるという。この指摘は当を得たものと言うことができる。

ここに至る小畑の分析は、周到かつ綿密で、簡単には他者の追随を許さないものがあり、しかもそれを貫く思考態度は動的で、開かれた螺線を進む可能性を思わせるものがある。第一章の末尾で、田中成明の『法的空間』における「強制」と「合意」という分析枠組に対して、「合意の強制」と「不合意の共生」という分析枠組を提示し、「パースペクティヴの多様化」の実現を目指す課題性を担った丸山－福沢理論が、「多様なパースペクティヴ」の存在を前提とする所与性を帯びた清水－ヴィーコ理論に先行すると考えることによって、さらに一層「パースペクティヴの多様化」を進めることが可能となる、とするのはその表れであると言っていいだろう。

以上のように本書第一章の目的は、レトリック論としては充分に達せられていると思われるのであるが、もしレトリック論の門外漢からの望蜀の言が許されるならば、現実論の観点からみた二人の「キー・パースン」について、なお残る疑問を付言しておきたい。まず福沢については、その基軸が自由主義に立つものであることは承知しているが、リベラリズムの原理とはいささか趣きの違う福沢の他の側面、たとえば脱亜論にみられるような一種のナショナリズムや明治天皇制を前提としての官民調和論などにおけるレトリックは、この場合どう解すればよいのであろうか。現実論からすれば、それは福沢の自由主義とは無関係なのだとは言いきれない。またヴィーコについては筆者は知るところが少ないのであるが、清水をとおしてとらえられたヴィーコのレトリックの中に神の問題が出てこないのはなぜであろうか。ヴィーコにおける神の摂理の重視とそのレトリックとの関連如何という素朴な疑問が残るのである。ついでに言えば、ヴィーコの現代的再評価の中心となったのはB・クローチェであったと承知しているが、ファシズムの全体主義に一貫して反対し自由の擁護のために精魂をかたむけた彼が、ヴィーコを現代によみがえらせようとしたのは、その「共通感覚」のレトリックのゆえであったのであろうか。疑問は残る。

小畑はレトリック論は人物論ではないと念をおしている。レトリックの相剋の構図を解明するためには、双方のレトリックをその一貫性においてとらえることが必要であり、そのためには具体的、現実的な人物像からそのレトリックを切り離して追求してみることも首肯できないことではない。しかし小畑自身この著者の冒頭で、「現代日本の社会諸科学にとって、きわめて重大な意義を有している」からこそこの主題を取り上げたことを明言してるのであるから、社会科学的な見地からすれば次のような問題は残るということを指摘しておくことは許されるであろう。

すなわち、レトリックやレトリック論が登場してくるには、それを生み出すに至った動機やエトス、ならびにその思想的背景をささえるところの個人的な資質や環境、さらには歴史的、社会的・政治的、文化的環境がある。さらにまた、そのレトリックがレトリック実践へと進む場合にもそうした諸条件がからまりあう。それは法廷というような限られた舞台から、政治というような広がりの大きな空間になればなるほどそうなのであって、そこに理念そのものとその具体化との間のずれが生じるのである。丸山―福沢対清水―ヴィーコという対置がなされる場合、その四者間におけるレトリックの共鳴や反撥ならびにその現実化過程には右の事情が不可分にからまっているのであって、たとえ「レトリックの相剋」それ自体をその内在的論理において解明することが目的であるとしても、このことは方法のレベルにおいて明確に留保されておかなければならない。この留保が抜きにされて、法哲学が政治哲学となり、それが政治の原理だとされてくると、そこには理念から現実政治原理への飛躍が生ずることとなる。これは政治哲学と政治原理論との差異だと言うことができよう。端的に言えば、政治哲学が理念やレトリックをそれ自体として追求すれば足りるのに対して、政治の原理論は、理念やレトリックの形成過程や理念やレトリックの現実化過程、そこに働く多様なファクターやそこに生ずるズレをその射程の中にとらえることができなければならない。なぜならそうした理念と現実との関係こそが、まさに政治の世界なのだからである。

3 レトリック論における「強制」と「合意」をめぐって

小畑の著書の後半は、「第二章レトリック・パラドックス・リベラリズム―『新たなレトリック論』の地平へ―」である。彼はこの章の目的を、『レトリック実践が（司法権を含む広義の）政治権力により抑圧されることを、レトリック理論が正当化する』という『レトリックのパラドックス』とでも名づけられる逆説的事態の構造を理論的に解明し、社会的意思決定方式としての合意形成の射程を『リベラリズム』の観点から限界づける必要があることを示すことである[25]」とし、それへ向けて「津地鎮祭違憲訴訟最高裁判決」と「閣僚の靖国神社参拝問題に関する懇談会報告書」を素材として、「レトリックのパラドックス」の具体的な現象形態をとらえ、つづいてその理論的検討を深めていく。

小畑はまず、「社会通念」や「共通感覚」が西欧ではレトリックを支えるものとして考えられてきたのに対し、わが国の法実践においては、それらが逆にレトリックを妨げるものとして、弁論や議論の抑圧＝阻止機能を果たしていることを指摘する。レトリック理論が重視する「社会通念」や「共通感覚」によってレトリック実践の抑圧が正当化されるというこの矛盾を、小畑は「レトリックのパラドックス」と呼ぶのである[26]。この「レトリックのパラドックス」は、ヴィーコの「共通感覚」によって結びつけられている清水のレトリック理論と治安維持法論においても、根底で互いに通底する思想的文脈において現出しているとしつつ、小畑はアリストテレスやヴィーコのレトリック・トピカに依拠して法の領域における「賢慮（実践理性）」の復興が試みられる時、そこで重視される「社会通念」や「共通感覚」に基づいて形成される合意が、結果として多数者による少数者の抑圧をもたらすのではないかということに警鐘を鳴らすのである。

ここから出発して小畑は「レトリックのパラドックス」の構造を理論的に解明すべく、「社会的パラドックス」と「意味論的パラドックス」を比較・検討していく。ここで検討の対象となっているK・R・ポパーや市井三郎のパラドックス理論に立ち入ることは筆者の任ではない。ペレルマンのレトリック理論についても同様である。ヴィーコのそれについての検討もふくめて、筆者としてはその緻密な検討の過程に学んだということを率直に述べておきたい。中でも、「社会通念」や「共通感覚」に基づいて合意形成を目指す法哲学的レトリック論が、方法としてのクリティカを強く意識する結果、「量のトポス」に過大な価値を付与する反面、「質のトポス」の価値を否定してしまうという点[27]や、方法としてのクリティカに対する先行性・優越性の根拠として「包括性」を挙げる方法としてのトピカが、一つのトポスとしてのクリティカを排除するゆえに真の「包括性」を現実にもちえないというところに[28]、レトリックのパラドックスの根本原因を見出しているのは示唆的であった。そのうえで小畑は言う。「問題は、《方法》としてのクリティカと《方法》としてのトピカは共に、その一方が他方を否定することにより成立するという相剋関係にあるゆえに、同時に存立することが論理的に不可能なことである[29]」と。

　ここから小畑は、方法としてのクリティカとトピカを《トポス》としてのそれへ移行させる要を説く。なぜなら、同時に並存・競合する《トポス》としてのトピカと《トポス》としてのクリティカにして初めて、相互に対立しつつ協働して弁論や議論の促進＝活性機能を果たすことができるのだからである。方法としてのトピカが、原則として「話し手の聞き手への順応」という非対称的な「話し手―聞き手関係」を基礎に理論構築されており、「同質社会」におけるコミュニケーションの構造的な歪みを指摘する少数者による現実批判の契機をもちえない以上、「共通感覚」に基づいて形成される擬制的合意の少数者に対する抑止機能を回避していくには、トピカとクリティカの存在論的身分を《方法》から《トポス》へ移行させなければならず、そうすることによって「法哲学的レトリック論は、リベラリズムの《共生》理念と両立可能で、『レトリックのパラドックス』の出現を回避できるものへと、再構成することができる[30]」とされる。「弁証法論理の媒介契機」としてのトポスの意義に着目してのこの立論は、論理的には説得的かつ前進的である。

　しかしヴィーコの延長線上に位置するという、田中成明の「対話的合理性」理論との関連において、小畑が「共通感覚」に基づいて形成された合意が弁論や議論の抑圧＝阻止機能を果たさない場合もありうるとし、「プライバシーの権利」や「日照権」などその法的正統性が相当広範囲にわたる社会的コンセンサスによって承認され、その権利主張が明確かつ具体的な内容・範囲をもったものは、権利としての法的性格が理論的に承認されるとの田中の主張を諒とし、「たしかに、この場合、『社会通念』や『共通感覚』――『一般人の（正義・衡平）感覚』――等は、裁判という『公正な状況のもとでの対話的な法的議論を通じて潜在的コンセンサスを顕在化させ、社会の正義・衡平感覚をより適正に反映した社会的コンセンサスを形成する』基礎となるものであるから、それは、『少数者や弱者の権利主張を促進し支える作用』をもつ[31]」とする時、そこにおける論理的一貫性もしくは整合性はどのように解すればよいのであろうか。筆者もまた専門外ではあるが、右の田中の主張を認めつつ、同時に小畑と同様に「平和的生存権」や「宗教的人格権」をめぐる多数者による合意の強制が、「対話的合理性」理論に解決困難な問題を提起していると考えるものであるが、この場合見逃してはならないのは、「プライバシーの権利」や「日照権」などと「平和的生存権」や「宗教者人格権」などとの、当該社会における社会的性格、もっとはっきり言えばそのイデオロギー性や政治性の相違ではなかろうか。そもそもひと昔前には「プライバシーの権利」や「日照権」にしてからが法廷をまかりとおってはいなかったのであるが、今日でも多くの違憲訴訟をめぐる経験的事実が示すように、法廷でのレトリックには、当該訴訟のもつ社会的・政治的影響に対する顧慮というバイアスがかかるということである。このバイアスは「社会通念」の変化に応じて変化する。もしそうであれば、この問題の解明にあたっては、レトリック論そのものとは別の視角、つまり「社会通念」を変化させるものの解明という視角の導入が必要だということになろう。

現実論の観点からすれば、法廷において一つのレトリックが勝利していくためには、それを可能ならしめるところの、当該レトリックと相即相補の関係にある社会的・政治的諸条件の成熟が必要なのである。いずれにせよここではレトリックとは別の、もう一つ媒介の論理が必要であるように思えてならない。

ところで「トポスとしてのトピカ」と「トポスとしてのクリティカ」の相乗への理論枠組の変革を主張する小畑は、そうすることによって「トポスとしてのクリティカ」にささえられた少数者の主張が公的な場で存在すべきことが根拠づけられ、同時に少数者への差別や抑圧がレトリック実践において正されることを説く。多数者と少数者との共生というアクチュアルな課題意識と結びついた、小畑自身のレトリック実践としてのトポス論は、「現実と遊離した理論知に自閉してしまって」[32]いた従来の法哲学的レトリック論に対する痛烈な批判をなしている。そして小畑は、「トポスとしてのクリティカ」の存在を根拠づける政治哲学こそリベラリズムだとするのである。

このリベラリズムのとらえ方については、小畑は井上達夫の所説をひいて基本的にそれを正しいとし、ただ一つ、井上が少数者間の「異質性」や「生の諸形式」の「多様性」を看過している点をただしている。この小畑の批判的部分については、筆者も同意するものである。[33]だがそれ以上に、ここにおけるリベラリズムのとらえ方、とくにそれと民主主義との関係のとらえ方についてては一言せざるをえない。

まず小畑がひく井上の、「異質で多様な自律的人格の共生」を根本理念とする「リベラリズム」は、「個人の自由を尊重するが、自由な個人の関係の対等化と自由の社会的条件の公平な保障を要請する平等の理念をも重視し、自由と平等とを、共生理念によって統合する」ものであるとの規定[34]は、含蓄のある規定ではあるが、それは歴史的概念としてのリベラリズムではなくて、リベラリズムの系譜のうえに今日的段階での大きな修正を加えた、リベラリズムというよりはむしろ、自由・平等主義的な共生の概念とでも呼ぶべきものである。「共生」こそがリベラリズムの根本理念だというのは、リベラリズムの思想的出発点である方法的個人主義にふたをするものだし、自由を尊重し平等を重視するというのも、自由の原理と平等の原理の相互関係において自由の原理を優先原理とする、リベラリズムのリベラリズムたるゆえんを曖昧にするものである。念のために付言しておけば、筆者はここにいう共生の理念それ自体を否定しているのではない。むしろ逆に筆者もまたそこに「知の冒険」が目指すべき課題を見出すものである。ただそれをリベラリズムそのものだとするいささか主観的と思われる解釈には同意できないということである。今日われわれが問おうとしている「共生」の理念は、自由主義の原理と平等主義の原理の批判的継承のうえに、いわばそれらから発展的に脱皮した、新しい統合的な理念として追求されるべきものであるというのが、「共生」とリベラリズムとの関連をめぐる筆者の基本的理解である。

次に小畑は、井上が「『リベラリズム』と『民主主義』は、政治権力の捉え方を、根本的に異にする」とし、「民主主義は、政治的決定過程への民意の反映ないし人民の参加を、政治的決定の正当化根拠とするが、リベラリズムは民主的決定手続き自体の存在理由を、異質な自律的人格の共生に求めると同時に、民主的な政治過程がかかる共生を破壊する帰結をもつ可能性を直視し、多数者が獲得する民主的権力の専制化に対する制度的抑制の確保にも、重大な関心をもつ」とした、両者の相違点の強調を踏襲する。そして二人は、「『多様なものの自由かつ対等な共生という、この社会の理念に最も適合的な集合的決定方式』はやはり『民主主義』である」ことを認めつつ、「民主的意志決定そのものの射程を限界づける政治哲学」であるリベラリズムが、「この社会の根本的な政治原理とされなければならない」ことを主張する。[35] 政治学のサイドからすれば、このようなとらえ方にはいくつかの疑義をさしはさまないわけにはいかない。

第一に、民主主義とはなにかという問題はそれ自体が大問題であるが、それをおくとしても、ここで対比されている民主主義は政策決定システムのレベルでしかとらえられておらず、思想としての民主主義や運動としての民主主義をとらえる視角が、その視野の中から欠落している。ありていに言えば、ルソーの政治思想でもよい、あるいは黒人解放運動の歴史でもよい。そうした民主主義の発展を進めてきた思想や運動を検討してみるだけでも、民主主義を集団的意志決定方式に限定することの一面性は、おのずと明らかになってくるはずである。しかもここではそれを政策決定システムとしてとらえるにあたっても、もっぱら政治参加と多数決原理に基づく決定方式にのみ目が向けられていて、少数意見の尊重という問題や間接民主制の限界といったような問題をふくむ、審議の原理をはじめとした代表制民主主義をめぐるこれまでの議論の蓄積がほとんど無視されているようにみえる。民主主義論の観点からすれば、制度としての民主主義の成立の下における民主主義の空洞化や形骸化を問いうる、民主主義という言葉の一般化の下での民主化、の課題を追求しうる民主主義の思想と運動こそが重要なのである。ここでの民主主義のとらえ方からは、そのような民主主義の内実を問う民主主義論の姿が見えてこない。

第二に、ここでは民主主義と自由主義とがあたかも対立物であるかのようにとらえられているきらいがあるが、仮にそうではないとしても、ここでは民主主義は「決定手続き」の問題であり自由主義はその存在理由を問いなおしその内実における限界をただすものとの認識がみられる。言い換えれば民主主義は決定方式のレベルのものなのに対し、自由主義は人間の基本的諸権利の擁護を問うというレベルのものなのだという対比がなされているのであるが、これもかなり主観的な区別であろう。たしかにその概念の成立過程からしても、その概念のよって立つ基本原理からしても、自由主義と民主主義とは同じものではないし、民主主義の現実態としてのポリアーキーにおいては、それが自由主義と対立する場合もありうる。だが民主主義論の観点からすれば、「民主主義」という用語の恣意的な乱用に対して、その総括的な問いなおしを迫られてきた過程があり、その中において今日、近・現代の政治史や思想史の発展過程を、自由主義の発展を包摂して広義に、民主主義の発展過程としてとらえる史観が成立するに至っているのである。

仮にイギリスを例にとってみただけでも、自由主義にささえられて選挙権は拡大し代議政治のシステムは進展してきたわけだし、J・S・ミルからT・H・グリーン、E・バーカーからH・J・ラスキへと自由主義思想の進展が現代民主主義思想の内実に転化してきたことも否定することはできないであろう。リベラル・デモクラシーの概念はそのうえに成立してきたことを忘れてはならない。しかし井上、小畑のとらえ方からは、論理的にリベラル・デモクラシーの概念など出てきようがないのではあるまいか。換言すれば、ここで自由主義の真髄として説かれているものは、今日では民主主義の内実をなすべきものとしてとらえられるに至っているということである。

第三に、右のような認識の違いから出てくるのであろうが、リベラリズムと民主主義は政治権力のとらえ方を根本的に異にするとして、「『リベラリズム』は『民主主義』と異なり、《共生》の確保のために『政治権力を制約する必要』を強調する」というのも、民主主義のとらえ方としては首肯しがたいところである。民主主義が「政治権力を制約する必要」を認めないというのであれば大変な事実誤認であるし、強調の程度が低いのだというのであれば——そういう認識自体が曖昧だが——右の文脈や表現とはそぐわない。ついでに言えば、「多様なものの自由かつ対等な共生という、この社会の理念に最も適合的な集合的決定方式」はやはり民主主義であるとするのであれば、それを生み出し、それの目指すべき目的に向けてその内実を豊かにしていく発展的な民主主義の原理こそがその社会の基本的な政治原理でなければならないと思われるのに、そうではなくてリベラリズムが根本的な政治原理とされなければならないのだというのも納得しにくい。なぜそう言うのかという著者の側の理念はそれなりに理解できるのだけれど、それは制度の運用、政策の推進にあたって当事者が留意すべき倫理原則のようなものであって、政治システムとその発展に対応しうる原理ではないのである。ここにはそもそも政治原理とはなにかということについてのとらえ方のずれがあるということなのであろう。

ただこのような疑問点や批判点があるにもかかわらず、それらをつきつめていくと、課題の認識そのものについては、井上、小畑と筆者との間にさして距離があるとは思われない。なぜなら、前者が「(多数者支配的)民主主義」から出発しそれをただしていく根本原理が自由主義だというのに対し、後者は民主主義が多数者支配的なものにとどまることがないように、民主主義が目指すべき理念を具体化していく道を発展的に追求していかなければならないと考えているわけだし、両者はともに制度としての民主主義が「最も適合的な集合的決定方式」であることを承認しつつ、その下で前者が「基本的諸権利が民主的決定に先行」することを主張するのがリベラリズムだとするのに対し、後者は基本的諸権利の擁護は民主主義の重要な課題であって、決定はそれは侵すものであってはならない、と考えているのだからである。そうであれば問題はつまるところ、前者が自由主義こそ民主主義よりもより根源的な根本原理だと考えるのに対し、後者は民主主義を自由主義をふくむ包括的な発展的概念だととらえるというところに帰着する。この相違が出てきたのは、前者がもっぱらレトリックの追究に集中しているのに対し、後者がレトリックの追究よりもむしろ近・現代史の総括に重きをおいているからではあるまいか。

それでは最後に、小畑の結論的問題とも言うべき「新たなレトリック論」に移ろう。小畑は従来のレトリック論に対して新しいレトリック論を提起し、前者を「レトリック論(A)」、後者を

「レトリック論（B）」と略して論述しているので、ここでもそれを援用する。レトリック論（A）は、ヴィーコ理論に基礎をおき、「社会一般の（正義・衡平）感覚を基礎に、それに対話的吟味を加えつつ、社会的合意の拡大・強化を目指す」[36]ものであり、「量のトポス」や「トポスとしてのトピカ」に依拠する「（多数者支配的）民主主義」と「対話的合理主義」理論に方法論的基礎を提供する。これに対してレトリック論（B）は、現代の日本社会では「パースペクティブの多様化」が未だ不充分であるという認識を前提として、丸山－福沢のレトリック・スピーチを基礎に、常識という装置を根源的に批判し、擬制的な「社会的合意」をいったん完全に解体することにより、あえて多様な生の「せめぎあい」と主体的に直面してそれを顕在化させるものである。[37]前者がリベラリズムと提携はできるが原理的な緊張関係をはらみ、とりわけ同質社会ではむしろ共同体論に接近しリベラリズムと原則的に両立不可能となるのに対し、後者は「質のトポス」や「トポスとしてのクリティカ」に依拠して、リベラリズムとともに「（多数決や合意形式による）集合的決定の限界問題」を主題化する。小畑はこの二つのレトリック論の相違を、日本での法的議論における論理構造の解明をつうじて明らかにしている。ここにおける「対話的合理主義」理論の批判はあざやかである。

ところで、日本での法的議論を解明していくうえで、小畑が最も力を入れているのは少数者問題であり、それだけにそこには小畑レトリック論の特質が最も尖鋭に表れている。彼が少数者を、多数者が潜在的少数者性をもつ「少数者（A）」と多数者が潜在的少数者性をもたない「少数者

（B）」とに区分し、「少数者や弱者の権利主張も、法的に正しいものとして受け容れられるためには、潜在的多数者の正義・衡平感覚によって支持・承認されうるものでなければならない」とする田中成明の主張を引いて、それが妥当するのは「少数者（A）」であって「少数者（B）」ではないと指摘するのは、現段階におけるこの問題の焦点をついていると言ってよい。プライバシーの権利や日照権を侵害される少数者（A）と、「（民族的または宗教的に）異質であるがゆえに、多数者により異質なものとして差別・抑圧・排除される少数者」とは、明らかにその性格は異なるし、後者の少数者（B）に対する差別の歴史は、多数者が潜在的少数者性をもたない場合の少数者（B）に対する潜在的多数者の支持の困難性を示してきたからである。

しかしここでも筆者がひっかかるのは、少数者（A）は「（参加）民主主義」によってその権利主張が正当化されるべきものであり、少数者（B）はリベラリズムによって権利主張が支持されるべきものという位置づけに始まって、「『リベラリズム』ではなく『民主主義』によって『固定化された意見＝ドグマ』である法律が制定されることにより、円滑な法的相互行為の実現という社会的機能をもつ教義学的思考に基づく『法的議論』の遂行が可能となる。他方、『民主主義』ではなく『リベラリズム』によって『思想および良心の自由』『学問の自由』『表現の自由』等が保障されることにより、真理や正義の無条件的・根源的追求という認識的機能をもつ探究学的思考に基づく『一般的な実践的議論』の遂行が可能となる[38]」と断言するまでの、小畑の民主主義観とほとんど完全なまでに一本化されたそのリベラリズム論理とも言うべきものである。

筆者は小畑の論理展開を理解できないというのでもなければ、承認できないというのでもない。むしろその論理展開の鋭さには畏敬の念さえ覚える。だがそれにもかかわらずひっかかるというのは、小畑はそのレトリック論をもって、重層的・復合的な問題を単線的に裁断してしまっているのではないかという疑念が残るからである。実際にこの少数者問題にしても、歴史をふりかえってみれば、少数者（A）に関しても自由主義はかかわってきたし、少数者（B）に関しても、かくべつに自由主義が力をもたなくても、民主主義的条件の発展とともにそれは一定の前進をとげてきたのである。

現実の歴史的過程を全体としてみれば、少数者問題への取り組みのし方は、「同質社会」という条件とあいまってのレトリックの構造だけからではなく、もっと広い社会経済的諸条件の変化、それを反映しての社会的意識や価値観の変化、自由と平等の原理の具体化へ向けての、諸思想や諸運動の発展の中で進んできていると言うべきであろう。そしてそれらを全体として民主主義の前進とわれわれは呼んでいるのである。もとより筆者は、こうした動きの中での法廷におけるレトリックの相剋を論理的に解明することの意義にいささかも疑念をはさむものではない。ただそこにおける論理の解明からただちに、現実の事実過程の総体についての判断が下されることには同意しかねるということなのである。

ここにおける小畑の論理のエッセンスを、最も短かい言葉で要約するとすれば、こういうことになろう。すなわち、「レトリック論（A）」は（多数者支配的）民主主義との差異を主張するが、それは集合的決定の射程の限界づけを主題化できないゆえに、根底的には「数・力」の論理と結合している。それはもっぱら「強制」と「合意」の狭間を問題とするが、それに対して「レトリック論（B）」は、それに加えて「合意の強制」と「不合意の共生」の狭間にも関心を向ける。もし「レトリック論（A）」が先行すれば、「社会通念」や「常識（共通感覚）」が多数者によって普遍妥当的な形式論理学上の「真理」であるかの如く錯視され、それに立脚して形成された擬制的な社会的合意が、それを反省化して批判しようとする少数者（B）のレトリック実践を公的な場から排除することにより、弁論や議論の抑圧機能をはたすという、「レトリックのパラドックス」が出現することを回避することができない。「レトリックのパラドックス」を解消していくためには、「レトリック論（B）」を先行させることによって多数者の精神構造の変革を要請し、そうすることによって「同質社会」を解体していくことが必要なのである[39]。「レトリック論（B）」は、「トポスとしてのトピカ」と「トポスとしてのクリティカ」の相乗において、「強制」と「合意」に加えて「合意の強制」と「不合意の共生」という理論枠組をもち、「合意の強制」から「不合意の共生」へという志向を有するのである[40]、と。

4　「知の冒険」の今日的課題について

以上のように、小畑清剛の『レトリックの相剋―合意の強制から不合意の共生へ―』は、リベラリズムと「共通感覚」論もしくは共同体論を原理的基軸として展開される実践哲学としてのレトリックの相剋を、その基本命題からレトリック実践に至るまで詳細かつ明晰に分析し、そこにおける問題点を剔出することによって新たなレトリック論の構築を提起した、意欲的な知的探求の書である。同書の冒頭に示された目的は、やや読みづらいきらいはあるものの基本的に達成されたと言ってよく、この実りある成果には讃辞を惜しまない。それゆえにこそ、本書のエッセンスを貫いているラディカルな問題提起は、「知の冒険」にふさわしいインパクトを与えるに充分である。筆者の見るところ、そのレトリック論としての方法上の焦点は、「方法としてのトピカ」の「方法としてのクリティカ」への先行性を前提とする従来のレトリック論から、同時に両立可能で相互に並存・競合する「トポスとしてのトピカ」と「トポスとしてのクリティカ」の相乗を前提とする新たなレトリック論の構築へというところにあり、その政治哲学上の焦点は、「(集合的決定方式である)民主主義」と「(民主的意志決定の射程を限界づける)リベラリズム」との関係が、右のレトリック論と「原則的にパラレルなものだ」と認識するところにある。[41] 筆者はこのレトリック論の焦点については及ぶところではなく、ただそのとらえ方から政治の原理論がひきだされてくることについて若干の疑問を提示したにとどまる。

　しかしながら、もとより筆者にも筆者なりの「知の冒険」の課題への認識はあるわけで、以下その要点を、小畑の所説との関連をとおしながら提示してみることにしよう。もとよりこれは、小畑の著書への注文ではなく、筆者はこう考えるがどうだろうかということの開陳にすぎない。

最初の問題は、今日の日本社会の歴史的位相をどうみるかということにかかわる問題である。小畑はその著書のいたるところで、現代の日本が西欧やアメリカ合衆国などとは異質の「同質社会」であることを強調し、それとの関連において、日本ではとりわけリベラリズムのもつ役割が重要であることを指摘しているのであるが、それは日本社会の深部になお尾をひいている「同質社会」的意識構造を、自律的個人の確立をとおしてレトリックにおいて根底的に解体しようという意義をもつとはいえ、総体としての日本社会の現実は、さらに次の段階へと移行してきているということを指摘しないわけにはいかない。「古習の惑溺」はもはや日本社会の一般的な傾向ではなく、丸山に代表された、西欧近代モデルから日本社会のおくれを照射する視角も、すでに今日ではその歴史的限界をあらわにしてきているのである。日本社会をとらえる場合、たしかにそこには日本特殊論を条件づける要素が存在してきたことは看過してはならないだろう。地理的・歴史的・文化的諸条件の中で形成されてきた、特殊日本的民族共同体の伝統的秩序とそれに対応する意識形態の残存は、市民社会の未成熟とあいまって、日本社会の深部にリベラリズムの理念を定着させるに至ってはいないからである。だがそうした側面をかかえこみつつも、日本社会は急速に「先進社会」へと移行してきているということがより重要な現実となってきているのだ、ということである。

「先進社会」とはなにか、ということをめぐっては様々な議論がありうることは充分に承知しているが、さしあたりここでは次のような点だけをあげておこう。すなわち、産業・経済の面では、まず第一次産業就業人口の大幅な減少と第三次産業就業人口の急増に代表される産業構造の変化をあげなくてはならない。わが国は、一九六〇年代から七〇年代にかけての高度経済成長期を過渡期として、大量生産・大量消費の時代に突入してきており、科学技術の発展とあいまっての先端産業や情報産業から「流通革命」に至るまでの産業活動と消費パターンの急激な変貌は、日本人のライフ・スタイルや生活意識を大きく変化させてきている。次に社会形態の面では、戦後改革からすでに半世紀に近くなろうとしている中で、伝統的な「家」秩序の解体は決定的となり、地縁的・血縁的紐帯はくずれ、同時に他方では都市型社会への進展とともに、流動化、情報化、管理化、国際化の傾向が加速してきている。それらが日本人の生活意識や社会意識を大きく変化させてきていることは言うまでもあるまい。わが国で大衆社会論が盛んとなったのは一九六〇年代のことであったが、それからもう三〇年が経過しており、「新人類」という言葉が登場してからでもすでに一〇年以上、『先進社会＝日本の政治』と題した本[42]が注目をひいてからでも一〇年近くが経過しているのである。

もとより意識形態は、生活条件や制度の変化に即応して変化するものではない。しかし生活環境の変化は、その積み重ねの中で確実に生活意識を変化させ、その生活意識の変化は社会意識の変化に連動する。この変化の過程にはオピニオン・リーダーやメディアが介在しているが、その現実的な影響力は、たとえ一時的にせよ、こうした動向が生み出す状況に見合う中でしか拡大しえない。念のため付け加えるが、ここにいう「状況に見合う」というのは、支配的状況に追随することだけを言うのではなく、その支配的状況に矛盾があればその矛盾を批判する場合もふくんでいる。問題は、この急激な変化の過程のうえに現出している今日の日本社会は、もはや「同質社会」に対するリベラリズムという理論枠組で把握しきれるものではないのだということなのである。

では、今日の日本社会における支配的な状況を、意識形態においてみた場合には、どのような特徴を見出すことができるであろうか。この場合、念頭に置いておかなければならないのは、高度成長期以後に大人になってきた人々がすでに人口の過半数を占めるに至っているという事実であるが、ここで最少限指摘しておかなければならないのは次の二点である。すなわちその第一点は、かつての防衛的とも言える私生活中心主義から消費拡大型の私生活中心主義への移行であり、それにつづく不定形な社会意識の多様化と政治意識のさらなる稀薄化である。またその第二点は、生活行動様式における即物的・実感的要素の増大であり、それにつづく社会的・政治的諸問題についての理論的思考への違和感の増大である。この二点をかかえこみつつ、一方では公的世界に対する私的要求をもちながら、他方では公的諸問題に対して観客化する状態が日常化してきているのである。そこでは一方で消費パターンが画一化してきていながら、他方では一人一人の行動様式は不定形であり、価値基準が莫然としたままフィーリングやイメージが先行する。人々は自己自身の存在証明が果たせないまま、国家をはじめとする伝統的な上からの擬制的合意への帰属意識を弱めつつ、それに代わるアイデンティティを自己の外に求めようとして、例えば新興宗教やプロ・スポーツへの熱狂などに象徴されるような多元的な行動の間を彷徨する。それは一言にして言えば、不透明で混沌とした状況の中での、アイディティティ・クライシスの姿にほかならない。現代日本社会の認識を進めるための理論枠組の設定は、まずはこのような今日的な現実を直視することから始めなければならないであろう。

つづいてリベラリズム論に関してであるが、今仮にわれわれがリベラリズムとはなにかという問題を立てるとすれば、これまでの歴史的経験のうえに、少なくとも次のような位置づけだけはその出発点においてしておかなくてはならない。それは井上や小畑が言うところの、軸象的な観念の世界におけるリベラリズムと、それが一定の社会的諸関係の中で現実化し具体化してあらわれてくる段階での社会的イズムとしてのリベラリズムとの、区別と連関の認識が必要であるということである。もっと端的に言えば、リベラリストの説く抽象的・観念的次元におけるリベラリズムの理念と、政治運動や経済活動のリーダーが掲げる具体的・現実的次元におけるリベラリズムの主張との間には乖離があるということである。前者を哲学的リベラリズムと言うとすれば、後者は経済的リベラリズムと政治的リベラリズムによって代表される。

経済的リベラリズムはA・スミス以来の自由経済競争主義、今日においてはすぐれて市場経済原理をささえる競争原理によって代表されており、政治的リベラリズムはJ・ロック以来の権力分立論をはじめとする権力制限的リベラリズムと、個人の側からする「権力からの自由」論や「権力への自由」論に代表されている。そしてまさにこれらの経済的自由主義や政治的自由主義こそが現実の社会関係を動かし、歴史をつくってきたのであって、リベラル・デモクラシーもまたそのうえに成立してきたのである。

客観的存在としての、それゆえにまた歴史的な概念としてのリベラリズムは、こうした経済的自由主義や政治的自由主義の実存形態を抜きにしては考えられないのであって、そのことに何らふれることなく、(本来の?)リベラリズムの理念だけが論じられるとすれば、その言説は少なくとも政治学、経済学以前のものとして、「哲学的」と言わざるをえないのである。筆者はリベラリズムの理念を追求することの意義については、いささかもそれを疑うものではない。ただそのことをもって、現実化してきた経済的リベラリズムや政治的リベラリズムが、換言すれば社会的諸関係の中での現実的・具体的なリベラリズムの役割や機能が同時に律しられることについては、疑問を禁じえないと言うのである。今日的な「知の冒険」の課題として考えれば、社会科学的には、政治集団間の緊張関係の弛緩、ガバナビリティの低下、政治参加からの大衆の離脱など、かつてなかった危機に直面しつつあるリベラル・デモクラシーと正面から向き合い、その抜本的な再検討をつうじて、むしろ経済的自由主義の原理や政治的自由主義の原理とされてきたものの問いなおしをしていくことこそが求められてきていると言わなければならない。哲学的リベラリズム論は、どこまでもその端初ではあっても全体ではないと言うべきであろう。

次に少数者問題に関連してであるが、「同質社会」の実態的内容の変化は、当然のことながら多数者なるもののとらえ方の相違をもたらす。ありていに言えば、多数者は観客へ、それも傍観的な観客に転化してきているのだということである。今日の多数者にとっては、それが日照権問題であれ津地鎮祭問題や靖国公式参拝問題であれ、自分に直接的なかかわりがないかぎりは他人事にすぎない。閣僚が公式に参拝しようがしまいが、「どっちでもいいじゃないの」ということなのである。どっちでもいいのであるから、決まったことには反対せず、消極的にそれを容認することになるが、それは「同質社会」における「惑溺」現象からくる合意の圧力とはいささか趣きを異にする。つまりそれは、現代型無関心に流されている多数者にほかならない。そうであれば、判決をめぐるレトリックを外部からささえる主たる要因は、多数者対少数者という対置以外のところにも求めなければならないであろう。それを筆者は当該訴訟問題それ自体のもつ社会的・政治的性格と政治権力との関連、ならびにその影響度如何というところに求めなければならないと言うのである。

ところでそれにしても、小畑のいう「少数者（B）」が、今日、外国人労働者の益々の増加によってより大きな存在となってきている時でもあり、それへの「合意の強制」に対して「不合意の共生」というレトリックを対置しなければならないとするのはもっともな主張である。だがこの「不合意の共生」の原理がリベラリズムなのだとすることについては、その論旨を理解したうえでもなお留保をせざるをえないものがある。

その第一は、ここでもリベラリズムとはなにかという問題にかかわってくるのであるが、レトリック論者における根本原理としてのリベラリズムと、現実の政治社会における嚮導概念としてのリベラリズムの政治原理との間にはずれがあり、政治学においては、後者の、政治的役割をともなった実在的な政治思想としての、そしてまた歴史的概念としてのリベラリズムの現実的な機能に注意の目を向けなくてはならないということである。実際に例えば、国家財政の縮少や民営化の実施という形での競争原理の導入などを、政治学や経済学では自由主義原理への回帰と呼んでいるわけだし、「社民リベラル」といったような表現が一般化していることも周知のところであろう。言うまでもなくその場合の自由主義は「少数者（B）」の論理と直結するものではないのである。ただ自由主義の原理には、「合意の強制」に対して異を唱える自由の主張が根本的に存在することもまた確かであり、そこに発するレトリックが「少数者（B）」の立場や主張をささえるということは言いうるであろう。ただその場合にも、外国人労働者問題に端的に示されているように、そのレトリックは、集団間における権利の平等を主張するレトリックと結合することによって現実的な力となることを見逃してはならない。

　その第二は、これもリベラリズムとはなにかという問題と関連するが、「少数者（B）」といえどもそれは共同体なのであって、それが集団としてよって立つ原理を、本来個人の原理として出発したリベラリズムだとすることには無理がある、ということである。小畑はまったくと言っていいほど問うていないが、きびしい緊張関係におかれている「少数者（B）」ほど、その内部において個人に対する「合意の強制」も行われがちなのであって、その実例をいちいちあげる必要はないであろう。この場合、当該小共同体における個人の立場はリベラリズムに対立すると言えるであろうか。「少数者（B）」が真のリベラリズムに立っているかぎりは、その集団と構成員たる個人との間には問題とすべき矛盾や対立はありえないといった類いの議論ではこの問題は解決しない。ことは、外に向かって「不合意の共生」を主張する「少数者（B）」が、内に向かっては「合意の強制」を志向するという問題だからである。

「少数者（B）」の問題をとらえる場合には、リベラリズムの原理とは別に、もう一つマイノリティ集団の自律的決定をささえる政治原理が必要なのである。ちなみに政治原理としてのリベラリズムが生み出した近代の人権宣言や人権規定は、個人的基本権が中心であって集団の権利を規定することはできなかった。民族自決権の主張や宣言が出てくるのは、リベラリズムの系譜においてではなく、マルクス主義の二〇世紀展開や植民地ナショナリズムの高揚の中においてであった。他方、中央に対する地方の主張、地域の自主性の主張の背後にはローカリズムやリージョナリズムの進展があり、それらとならんで人種差別反対運動の苦闘の歴史も存在する。もとよりそこにリベラリズムの思想や運動がかかわっていたことも否定してはならない。これら、今日のマイノリティー集団の自律性の重視へとつながる多様な流れの根底にあるものは、自由の原理と平等の原理であり、そこから表出されてきた論理は集団間の共生の論理である。そしてわれわれはその過程を総称して民主主義の発展だと呼ぶのである。

では今日、世界の各地において少数者問題が噴出してきている現実をどのようにとらえるべきであろうか。多年にわたって抑圧されてきた「少数者（B）」が、ここにきて異議申し立てをこぞって行うようになってきた背景に、右のような自由主義の発展を含む民主主義の発展があることは言うまでもないが、われわれはさらにそれに加えて、国際化の進展にともなう移民労働者の大量な流入という事態もふくめて、共同体構成員におけるアイデンティティの変容という視点を設定する必要がある。このアイデンティティの変容過程は、国民国家モデルの後退とともに、その内部とその外部との二つの領域、つまり文字どおりの内外世界においてみられるのであるが、少数者問題はまさにそれと重なり合う形で顕在化してきているのである。

この世界的なアイデンティティの変容過程について、梶田孝道は西欧を念頭においてEC・国家・地域の「三空間並存モデル」への移行過程だととらえ、その場合「地域や少数民族は、国家の下位単位（サブユニット）であるばかりでなく、それ自体、自律的な単位でもある」という点を強調している[43]。それに対して鴨武彦はもっとグローバルな観点から、トランスナショナリズム・ナショナリズム・サブナショナリズムの「三機能空間共存」モデルへの移行過程だと位置づけるのであるが[44]、この過程は地域的特性はあるにせよ、領域的空間性と機能的空間性の両面をもって進行中であるとみるのが順当であろう。W・コナーによれば、エスノナショナリズム（ethnonationalism）を主要な焦点とした論文は、過去一〇年間に英文のものだけでも数千を数えるということであって[45]、そのこと自体が今日、少数者問題がナショナリズムの視角からも問われる必要があることを示している。

そこで最後に「共生」という問題についてであるが、まず理念上のレトリックの問題としては、

「強制」と「合意」という理論枠組に「合意の強制」と「不合意の共生」という理論枠組を加え、「強制」から「合意」へという志向に対して「合意の強制」から「不合意の共生」へという志向を示すことは、現実との関係において重要な発展であって高く評価される。だが問題はまだそれだけでは解決されない。なぜなら、その次には「不合意の共生」をささえる「合意」が求められなければならず、その「合意」はそれに同意しない者に対してはまた一つの「強制」となって表れるからである。仮にさきの「合意」と「強制」を「合意Ⅰ」と「強制Ⅰ」、あとの「合意」と「強制」を「合意Ⅱ」と「強制Ⅱ」と呼ぶことにしよう。「合意Ⅰ」と「合意Ⅱ」、「強制Ⅰ」と「強制Ⅱ」とは、当然のことながらレトリックの上では次元の異なるものである。だが事実としての現実的機能としてこれをみれば、「合意Ⅰ」も「合意Ⅱ」も「合意」であることに違いはなく、「強制Ⅰ」も「強制Ⅱ」も「強制」であることに変わりはない。そこで現実的な問題としては、どのような「合意」であり、なにゆえの「強制」であるかが問われなくてはならないのである。それは「不合意の共生」というレトリックだけでは決して解決することはできない。例えば、ダムやバイパスの建設計画に対して一部住民が退去を拒否するというよくあるケースを想定してみよう。そこでの「不合意の共生」というレトリックは、現実には住民の「正当」な権利要求をささえもすれば、また同時に住民の「不当」なゴネ得ねらいをささえもするであろう。つまりここで問われなくてはならないのは、ダムやバイパスの建設計画の必要性やその内容であり、その意味なのである。「共生」の概念は、こうした現実的諸問題をとらえうる理論枠組を目指すものでなければならない。

井上や小畑の言う「異質で多様な自律的人格の共生」を根本理念とし、集合的決定の問題に対して「自律的人格としての諸個人の、自由対等な共生の条件の確保に必要なことを、そして、それだけを」と答えるリベラリズムから出てくる共生の理念と、今日われわれが直面している世界的現実から出てくる共生に向けての課題との間には乖離がある。むろん一方において、その理念が妥当し「多事争論」が求められなくてはならない、集団と個人をめぐる諸関係が存在しつづけていることは否定しない。だが他方において、今日世界は地球大の規模において、集団間の共生関係をいやおうなしに必要とするに至っているのである。この共生に向けての課題は、人間集団相互間の共生の課題と人間世界と自然との共生の課題とに分けてとらえることができる。

人間集団相互間の共生に関しては大きく三つの問題領域がある。少数者問題、南北問題ならびに戦争と平和をめぐる問題がそれである。少数者問題についてはすでにふれたので、あとの二つの問題について一言だけふれておこう。北と南との共生を追求するにあたっては、理念のレベルでグローバル・ヒューマニズムの確立ということが言われているが、問題の肝は、それを前提として南北間の矛盾の克服に向けて国際民主主義の発展を目指すというところにある。この場合、われわれが決して眼をそらせてはならないのは、北部の中の、それこそ実在形態としての自由主義が最も根づいてきた、世界人口の二〇％をしめるにすぎない「先進諸国」が世界資源の八五％を消費し、同時に世界の有害廃棄物、公害物質の八五％を放出してきたという厳然たる事実である。これは理念の問題ではなくて現実の問題である。南北間の共生の論理は、この現実をどう克服するかという課題を、論理必然的にもちうるものでなければならない。そうであれば、ここにおける共生の論理は、ただ異質なものの共存ということではなくて、一方（北）における自己変革と他方（南）における自立化の論理を、それ自身の中にふくむものでなければならないであろう。

そのうえに立って、さしあたり南北間の共生実現へ向けての政策的対応としては、多国籍企業のコントロールや市場調整の実現などを手はじめとして、米・日・欧の三極を中心とした資本主義経済システムと、米を頂点とし欧・日がそれにつづく不安定的覇権システムの二重構造からなる世界政治経済システムの再編が課題となろう。多元化しつつ進展していくトランス・ナショナルな関係と、それにともなうインターステイト・システムの変容がどのように進んでいくかがそこでは重要な意味をもつ。そしてそのうえに、国連をはじめとする世界政治・経済機構における、国家間の「不合意の共生」という合意の形成が進められなくてはなるまい。

いま一つの戦争と平和の問題について言えば、戦争ほど人間の共生を真向から破壊するものはないわけで、その意味では戦争の防止や平和の創造をその理論枠組にもちえない共生の理論は、それだけでもう現実論としては失格なのである。ここでは平和の理念や思想の追求を前提として、民族間、宗教間、国家間の紛争に対する調停・解決のための手段の開発から、武器の管理、平和維持機構の樹立といった問題、ならびに国際的な軍縮の実現とりわけ核兵器の廃絶が課題となる。それへ向けての平和学の研究や国際間交流の発展、平和世論の創出などといった諸問題が、そのパースペクティブの中にふくまれてこなければならないことは言うまでもないであろう。これだけでも、共生の理念や思想はリベラリズムの射程を超えると言わなくてはならない。

だが、問題はさらに大きい。人間による自然の破壊が進行してきて、いまや人類と自然との共生のために何をしなければならないかということが、さし迫った課題となってきているからである。オゾン層の破壊から地球の温暖化・砂漠化、生態系の危機に至る、人間による自然との共生の破壊の深刻さについてここで多くを語る余裕はないが、時代を真剣に見つめる眼さえあれば、たとえばリオでの「地球サミット」（一九九二年）の報告書やL・R・ブラウンなどの『地球白書』などを見ただけでも、そのおよその深刻な状況は窺えよう。しかもそれに加えて、「リプロダクティブ・ヘルス」というキー・ワードに象徴されているように、放射性物質やダイオキシンなどによる人間の生殖機能への破壊も深刻の度を強めてきており、いまや「生きる価値」そのものの問いなおしが突きつけられるに至っているのである。一言にして言えば、人間と自然との共生関係は、人間の側からの自然に対する破壊と、人間による人間の「生きる価値」に対する破壊に直面して、「生きる価値」観そのものを根底とする、まったく新しい共生の哲学を必要とするに至っており、それを基礎とした政治原理の樹立が求められているのだということである。

この現実から出てくる理念上の課題は、人間と自然との関係についてのこれまでの論議を洗いなおし、問いなおし、そこから新たな人間と自然との共生の哲学を創造していかなければならないということである。この過程においては、人間による自然の破壊を進めてきた、あるいはそれを許容してきた価値原理やその体系を正すという作業が決定的に重要となる。それはリベラリズムをもふくめた「近代の知」の問いなおしを意味する。かつて藤原保信は、近代における主体の論理が自由で平等な個人を析出するうえで重要な役割を果たしたことを認めつつも、「エコロジカルな危機を中心として今日問われているのは、そのような主体とそれによって支えられた市民社会のあり方そのものであるといわなければならない」(46)として、政治理論のパラダイム転換を論じたが、そこでの課題の認識はこのかぎりにおいて妥当する。

しかし政治学の課題はまだそれだけではつきない。さし迫りつつある危機を克服するための、有効にして大胆な地球環境政策の策定とその実行のための方途が求められているからである。危機の性格からして、この方途の追求は、新しい共生の哲学の確立と浸透を待ってからというわけにはいかない性質のものである。現実政治の領域におけるこの政策原理の樹立とその具体化という課題は、人類と自然の共生という見地からの、国家、集団、個人のそれぞれのレベルにおける、「合意」と「強制」という問題を改めてつきつけずにはおかない。現実に眼を向けてみよう。たとえばわれわれの眼前には、無軌道な森林の伐採やマングローブの破壊をただちにやめさせなければならないという喫緊の課題がある。だがこの問題一つとってみても、当然のことながらそこには個人としての土地所有者の論理、集団としての企業の立場、国家によるナショナル・インタレストの主張などがからんでくる。世俗的な、経済的・政治的自由主義の主張がしばしばそこに介在していることは言うまでもないであろう。国際社会はそれに対して「不合意の共生」とは異質の、「人間と自然との共生」の論理を楯にとった合意による強制をしていくほかはない。だがその合意の形成すら難行しているというのが現実なのである。

この現実世界における解決の困難性は、長期的な課題においてはさらに深刻となる。なぜなら人間と自然との共生を新たに実現していくためには、生産と消費のあり方の抜本的な転換が必要となってくるからだ。このことは例えば自動車という問題一つとってみただけでも容易に推察することができる。いま仮に世界の中進諸国や発展途上国が、先進諸国なみの「豊かな社会」を目標としてそれと同程度の自動車普及率を実現しようとしたらどうなるだろうか。国際連合の『世界統計年鑑』によれば、一九九〇年における自動車使用台数は、自家用と営業用を合わせて全世界で五億七八三八万台、日本では五六四九万台である。同年の日本の総人口は一億二三五三万人であるから、日本では二・二人弱に一台の割合となる。(47)ちなみに一九八九年の世界総人口は五二億一〇〇〇万人である。そこで世界中が一九九〇年の日本人なみの自動車使用を行うようになるとすると、総人口が増えないと仮定しても、二三億六〇〇〇万台という九〇年現在の四倍を超える車が地球上に氾濫することになるのである。それに伴うエネルギー資源の消費、大気の汚染、地球の温暖化、交通災害の激増は恐るべきものがあろう。しかし自動車大国である先進諸国は、現状ではそれに歯止めをかける姿勢がとれないだけでなく「企業活動の自由」の名の下に、資本と技術の輸出によってひきつづきその趨勢を押し進めることに手を貸しているのが今日の世界の構造である。

地球上の現実からみれば、いまなお多くの地域において「貧困からの脱出」が主要な課題であることは否定すべくもない。地球人口の多数において、人間らしい生活を営むための生産と消費の水準の向上が必然的な要請であることもたしかである。しかし他方において、総体としての人間の生産活動と消費行動の拡大が、地球資源の乱開発とともに地球環境の危機を招いてきていることも厳然たる事実である。しかもその主要な担い手は先進諸国ではなかったか。してみれば、米・日・西欧をはじめとする先進諸国は、人間と自然の共生に向けての地球環境政策の推進に全力をあげるとともに、生産と消費の抑制に向けて思いきった対策を進めなければならないという、それこそ歴史的な責務を負っていると言わなければならない。しかもそれは一朝一夕にはなし遂げえない責務であるだけに、それだけこの問題との取り組みがさし迫った課題となってきているのである。そこに今日、アカデミズムを超えた地平から、一方では「バイオスフィア・ポリティクス（biosphere politics）」の名の下に、民主主義と経済的公正、環境保護と平和、精神生活の充足を目指す潮流の総合化をはかっていく必要性が説かれ[48]、他方ではまた「エコ・ポリティクス（eco-politics）」の名の下に、「参加」から「権力」へという「グリーン・ポリティクス」が唱えられ、「原則から実行へ」とエネルギー戦略が主張される事情がある[49]。

この異文化共同体間の「共生」と人間と自然との「共生」が根底から問われている時代、その真只中において「先進社会」が果たしていかなければならない課題は、抽象的に語るだけならばともかく、現実的に解決していくのはとても容易ならざる課題である。それへ向けての政策原理の樹立とその具体化は、行きつくところ私企業の論理と衝突し、豊かな消費に慣れた人間の煩悩と対立する。もっとはっきり言えば、この道は経済的自由主義を抑え、利己的な大衆の意識の転換を迫っていくことなしには開けてこないのである。しかるにそれを推進すべき主体としての公権力の担い手自体が、克服すべき対象の中に足をとどめ、その状況の中での目先の問題にふりまわされているのが現実である。そこにD・ペッパーの言う「赤と緑の同盟（red-green alliances）」[50]が主張されてくる事情もあるのであるが、しかし「共生」の実現に向けての道は、未だその確かな展望を見せるには至っていないと言うべきであろう。

おわりに

以上の考察をとおして、「知の冒険」をめぐる現実論のサイドからのおよその問題点を要約してみよう。

まずリベラリズムについて言えば、小畑によって追求され解明された、そのレトリックの根底を貫く理念的な原理の創造性と発展性はこれを率直に受けとめなければならない。だが同時に他方では、リベラリズムは現実の歴史的・社会的諸関係の中での実在形態をもっており、その実在形態においてそれは一定のイデオロギー性を帯びた社会的原理として機能する。理念は抽象化されたままで実在に転化するわけではなく、つねにそれは現実的な社会的諸関係に媒介されて具体化する。それゆえにこそ、リベラリズムもまた歴史性を帯びるのである。近代における自由主義の原理が、古典的な原理とされるのもそのためにほかならない。もちろん理念それ自体も、それが人間の普遍的な価値原理に根ざしているかぎりは、その具体化という歴史的経験をとおしてその理念のありようを問いなおされ豊かにされていく。「共生」を重視しようとするリベラリズムは、その産物であると筆者は考える。

今日の時代における現実的存在としてのリベラリズムは、一方ではその嚮導概念としての役割を果たしつつ、他方ではその嚮導概念としての限界をあらわにしつつある。すなわち一方では、経済的自由主義にささえられた競争原理を軸とする市場経済原理は再び全世界をおおい、政治的自由主義は「分権化」「規制緩和」「小さな政府」の嚮導概念として働いている。しかし同時に他方では、経済的自由主義は筆者の言う共生に向けての政策課題に対しては、その嚮導概念になりえないばかりかむしろ逆にその阻害概念として機能しており、政治的自由主義が本来よって立つべき独立した自律的個人人格は、大衆社会的状況のさらなる進展の中でその形成条件が狭められるとともにその果たしうる役割も低下していく趨勢を免れがたい。こうした時代の変化の中でリベラリズムに問われてくるのは、小畑が行ったようなその発展的な理念の追求と、それにつづく、今日の歴史的・社会的現実の中での、それこそ「共生」の実現に向けての、これまでの実在形態の批判的克服であろう。それは同じく「共生」の実現を目指すはずの、コミュニタリアニズムとの格闘の過程でもなければならず、「共生」という合意の追求の過程でもなければならないはずである。

　次に「共通感覚」や「社会通念」の重視から「対話的合理性」理論さらには参加民主主義論に至る、リベラリズムと相剋関係にある理念について、それらのレトリックに通底するヴィーコを原型とする「合意の強制」という論理を剔抉したのは小畑の功績であって、そのこと自体は高く評価される。しかし社会科学的な見地からすれば、つづいて問題とされなければならないのは、「共通感覚」論と「対話的合理性」理論と参加民主主義論の、社会的諸関係の中におけるその現実的役割である。今日の時代のように、一方では個人の主体性がうすれつつ他方では国民国家の擬制があらわになりつつある中では、社会集団への帰属意識は強まり新しいアイデンティティへの渇望は高まる。清水―ヴィーコのレトリックはそれに対応する可能性が大きいが、その場合、このレトリックは広域共同体内における多数者の側からの「合意の強制」を強める方向に機能するだけでなく、エスニック・グループをふくめて広く民族的・宗教的共同意識の高揚に絶好の言辞を提供する。中でも「共通感覚」論については、それとナショナリズムとの親近性が問われなければならないのであろう。そこへいくと「対話的合理性」理論は、政治共同体としての「実在的コミュニケーション共同体」における公共的秩序をささえる一般理論としての役割をもつものであり、また「参加民主主義」論は集合的意志決定方式への民意の反映をはかることによって合意形成の基盤の拡大を目指そうとするものであって、これまたいずれもその実在形態を保証する現実的な社会的条件をもっている。

問題はこれらの、広い意味での共同体主義（コミュニタリアニズム）が、筆者の言う共生に向けての課題を解決しうるかどうかということにある。そこで問われてくるのはなによりも第一に共生の原理としての政治原理如何ということであり、つづいて第二にその共生の原理を具体化する政策原理如何ということなのである。この場合、欧米の〝コミュニタリアン〟の幅の広さ（ヘーゲリアンからフェミニズム論者に至るまで）を見てもわかるように、多様な議論が行われていることを忘れてはならないが、筆者にはその多くが第一の領域の議論にとどまっていて、しかもその少なからざる部分は今日的な課題としての共生の原理をその主題とするに至ってはいないように思われる。筆者の知るかぎりでは、ここにおける積極的な提言の主題となっているのは、リベラリズムにおける個人的権利を中心とした「消極的」市民像に対する、「共通善」に出発した「シヴィック・ヒューマニズム」に代表される公的・共同体的市民像である。それはC・ムーフェなどに言わせれば「われわれの市民としてのアイデンティティを表現する二つの言語が互いにぶつかり合っている」[51]ということになるのであるが、そこでの議論の主軸となってきているのは、サンデルに始まってJ・ポコックやJ・アイザックに至る、共和主義的市民像を介しての「積極的」な公共的市民如何という問題である。いずれにせよ、共生に向けての政策原理の創出は、まだこれからの課題だということであろう。そうした中でもし「合意の強制」をささえるレトリックが、アイデンティティ・クライシスに乗じて先行していくという事態が進むならば、たしかに「不合意の共生」が抑えられていくおそれなしとはしないのである。

一九九四年一〇月一〇日付の『ニューズ・ウィーク』は、「左翼とは何か?」と題するヨーロッパからの特別報告を掲載したが、その副題は、「ヨーロッパの社会主義や社会民主主義諸政党は、幻滅と漂流の時代の中にあって新しい理念を求めている。その答えは〝コミュニタリアニズム〟か?」というものであった。[52] トニー・ブレアが「社会主義（Socialism）」から「社会・主義（Social-ism）」への転換に向けて国有化規定をふくむ党綱領第四条の放棄を説きつつ「機会、責任、公平、信用」の四本柱を掲げ[53]、ドロールが「社会主義とは、自由、連帯、責任である」と語る時[54]、たしかにそれらはコミュニタリアニズムへの親近性を示すものとはいえ、それは社会主義に求められる属性ではあっても、社会主義の本質的な規定となるものではない。ソシアリズムとコミュニタリアニズムとの、理念とその論理構造における本質的な関係を問うことなしに、ソシアリズムがコミュニタリアニズムの論調にただ同調していくだけならば、一方ではソシアリズムのソシアリズムたるゆえんが曖昧になっていくと同時に、他方ではコミュニタリアニズムとリベラリズムの相剋が意味するものを等閑視していくことにもなろう。それはつまるところ、コミュニタリアニズムを間にしての、ソシアリズムとリベラリズムとの相剋を不問にするということにも通ずる。

あえて言えば、政治経済理論としてのソシアリズムは、社会的公共論としてはコミュニタリアニズムと親近性をもつ。他方、人間的原理としてのリベラリズムは、それが政治経済理論に転化する時には資本主義的理論となり、社会的公共論としての現実的妥当性を示すためにはコミュニタリアニズムの主張する論点を包摂せざるをえない。ソシアリズムとリベラリズムとは、そのままのかたちでは決して融合することはできず、コミュニタリアニズムをその媒介項とせざるをえないのである。しかしその場合、両者はともに人間的原理に立ち返るところから出発しなおさなければ、両者の対立を高次において止揚することは不可能である。この高次における止揚への道は、ソシアリズムの否定とリベラリズムの否定と、その否定の否定において初めて可能となる。そしてまさにこの否定の否定を進めていく過程としての現実論の場が、デモクラシーと共生の理論にほかならないのである。

デモクラシー論に関して言えば、まずは国家社会主義とそれをささえたかつての社会主義的民主主義論の虚構性の徹底した批判が必要であるが、同時に確認していかなければならないのは、そのことがリベラル・デモクラシーの発展性を意味するものではないというだけでなく、リベラル・デモクラシーの批判的克服もまた求められるに至っているということである。リベラリズムとデモクラシーとは、その実在形態において重なり合い結びついてリベラル・デモクラシーを現出してきたのであるが、そのリベラル・デモクラシーは、実在形態としての社会主義の崩壊につづいて、これまた最大の危機に直面しつつある。そこにおけるリベラリズムの主要な中味は経済的自由主義であり、デモクラシーの事実上の内容は参加と統合のデモクラシーを超えるものではなかった。自由の原理と平等の原理とは、止揚されて一体化するということができないまま、自由は企業活動の自由と消費の自由に、平等は政治参加の平等へと傾斜して、二つの原理は内実において引きさかれたまま、それぞれその理念と現実との距離を拡げてきたのである。私人としての立場と公的主体としての立場の分離、その両者を結合させて一貫する「レトリック実践」の未成立、すべてそれらは、共生という今日的課題に対する機能不全を結果させるものにほかならない。なぜそのような状態にとどまってきたのか。そのような実在形態を生み出してきた、現存在としての価値原理――私的もしくは擬制的共同体の利益の追求を優先させる価値原理――から問いなおさなければなるまい。

　共生という課題に向けての民主主義の新たな出発は、当然のことながら近・現代を嚮導してきた価値原理に代わる、人間同士の、そしてまた人間と自然との共生の原理を人類の普遍的価値原理にすえていくところから始まる。この共生の原理は、人間的解放という自由の原点を出発点とし、人間の尊厳の確立に向けての自由と平等の理念と、それを実在的形態において保証する社会的諸条件の確立とを、総合的な共生の理念の現実化という方向において一体化しなければならない。したがってそこでは、リベラリズムの理念だけでなく、平和と安全の原理や、「貧困からの解放」と「生産と消費の抑制」を通底してささえる、経済的民主主義や国際的民主主義の原理が不可欠なものとなってくるのである。この場合、ムーフェも指摘するように、経済的民主化の過程においては社会主義も重要な構成要素となるであろう[55]。彼女はこうした民主主義の抜本的な再生を進める「新しい政治哲学」として「ラディカル・デモクラシー」の旗を掲げ[56]、さらにその中で「リベラル・ソシアリズム」の検討を提唱する[57]のであるが、それらは今日の時代の現実的諸条件に立っての、新しい「知の冒険」の試みだと言うことができる。

しかし共生という課題に向けての政策原理がよって立つべき基礎をめぐっては、言うまでもなく多くの論点が存在する。ペッパーがまとめたように、「エコ・ソシアリズム」の見地から見ただけでも、新旧の政治論の間には、人間形成論、意志決定論と自由意志論、観念論と唯物論、個人主義と集産主義、ゲマインシャフトとゲゼルシャフト、合意と不合意、構造主義、社会発展論、平等主義、自由市場と市場介入、権威と自由至上主義、組織化のスケールの大小、技術の被決定性と自立性、技術水準と社会との関係、モダニズムとポストモダニズム、といった諸問題が存在するのである。[58] 彼はそうした諸問題をとらえていくにあたっての政治哲学のありようを、自由市場論者（Market Liberals）、福祉自由主義者（Welfare Liberals）、民主的社会主義者（Democratic Socialist）、革命的社会主義者（Revolutionary Socialist）のそれの四つに大別しているのであるが[59]、ここでは現実論としてのリベラルズとソシアリストの区別が明白である。いずれにせよ、発展的な民主主義論においては、現実政治論としてのリベラリズムとソシアリズムの新たなる再検討が日程にのぼってくることだけは確かだと言わなければならないのである。

端的に言えば、政治学者はアイディアリストであると同時に、また冷徹なリアリストでもなければならない。この統一において決定的に重要なことは、この危機の時代をどう認識するかということである。アイディアリストとして、一つの政治共同体を念頭におき、そこにおける全体と個との関係や「合意の強制」を思念すれば、自律的個人に出発して「不合意の共生」に至る自由の論理は、それが人間の普遍的な価値原理に立っているかぎりにおいて、社会的な基本原理としての一定の妥当性をもつ。だがリアリストとしての眼は、同時に、一方では自由主義が現実的な社会的諸関係の中では俗化して現れるものであることと、他方ではそれとの関連の下で、人類社会を営利中心主義がおおってきていること、ならびに地球環境の破壊が深刻化の度を強めてきていることを重視せざるをえない。仮にあるべき自由主義の理念が、世俗化した「擬似自由主義」を否定するものだとしても、その本来の自由主義の理念やその発展的論理としての「不合意の共生」をもって、地球環境をその破壊から救いうる理論的枠組だとすることはできないのである。むしろリアル・ポリティクスの総体が今日われわれにつきつけてきているものは、ファシズムの悪魔性や既存社会主義の堕落に対する自由の原理の再生という段階から、さらに進んで、自由主義に代表される「近代の知」の全体的な問いなおしではあるまいか。そのような時代認識の中から、既存のアイディアリズムを否定し、解体し、そのうえで今一度その否定を否定しなおして、リアリズムに立脚したアイディアリズムの新たな創造を目指していくことが求められているのである。

かかる意味において、「歴史の終焉」（F・フクヤマ）だといわれた新しい時代は、「ポスト資本主義社会」（P・ドラッカー）の時代であり、さらには未踏の「共生」の時代への突入である。だがその先はまだ見えてはおらず、その前途へ向けての「知の冒険」はまだその緒についたばかりである。今はただその「知の冒険」の活性化へ向けて、それこそ多元的な民主主義の条件が、その理念や思想の発展とともに拡大されていかなければならない時であろう。だが客観的な事態は、地球環境の劣化に対して「必要な変化を起こすだけの時間が世界に残されているかどうか[60]」が危惧される状態にあり、地球温暖化の最大の要因である二酸化炭素濃度の規制についてさえ、科学者の警告に反して「最悪のシナリオは避けられそうにもない[61]」状態にある。私たちはこの限られた時間の中で、果たして「必要な変化」を起こすことができるであろうか。

注

（1）拙稿「転換期の歴史的位相について―新政治学の出発点（その一）―」（『姫路法学』第一四・一五合併号、一九九四年、七五―一〇〇頁）参照。
（2）Theodore J. Lowi, *The End of Liberalism: The Second Republic of the United States.* 2nd ed. Norton, 1979. 村上岐夫監訳『自由主義の終焉』木鐸社、一九八一年。
（3）Stephen Mulhall & Adam Swift, *Liberals & Communitarians*, Blackwell, 1992, p.1.
（4）John Rawls, *A Theory of Justice*, Harvard Univ. Press, 1971, p.60.
藤原保信『政治理論のパラダイム転換―世界観と政治―』岩波書店、一九八五年、四一―七二頁、参照。
（5）Ibid., p.302.
（6）Michael J. Sandel,"*Justice and the Moral Subject*", Markate Daly ed., *Communitarianism: A New Public Ethics*, Wardsworth Pub. Co., 1994, p.86.
（7）M. J. Sandel,"*The Procedural Republic and the Unencumbered Self*", Shlomo Avineri & Avner De-Shalit

eds., *Communitarianism and Individualism*, Oxford Univ. Press, 1992, pp.12-28.

（8）John Rawls, *Political Liberalism*, Columbia Univ. Press, 1993. Lecture IV-VI.

（9）Ibid., p.7.

（10）Ibid., p.192.

（11）S. Mulhall & A. Swift, op. cit., pp.201-205.

（12）Christopher Wolfe and John Hittinger eds., *Liberalism at the Crossroads: An Introduction to Contemporary Liberal Political Theory and its Critics*, Rowman & Littleffield Pub., Inc., 1994, p.xiv, p.76.

（13）M. Daly ed., op. cit., ix-xiii.

（14）小畑清剛『言語行為としての判決—法的自己組織性理論—』昭和堂、一九九一年、参照。引用は二九七頁、三〇二頁。

（15）小畑清剛『レトリックの相剋—合意の強制から不合意の共生へ—』昭和堂、一九九四年、一一頁。

（16）同書、三〇—三二頁、参照。

（17）同書、五一頁。

（18）同書、六一頁。なお、小畑の同書は、福沢、清水から井上達夫、田中成明に至るまで、日本における先達や研究者の手になる文献からの引用が非常に多い。したがって、本稿において小畑の同書からの引用をする際にも、その引用文の中に小畑が検討の対象とした文献からの引用部分が含まれている場合がある。その場合、筆者が点検したところでは、その小畑の引用や参照はすべて間違いはないと判断されたので、本稿では小畑が引用した当該箇所の出典をいちいちくりかえしてここに示すことは省略した。それらはもちろん小畑の注に明示されている。

（19）同書、六四頁。

(20)同書、九四頁。
(21)同書、一〇二頁。
(22)S. Avineri & A. De-Shalit ed., *Communitarianism and Individualism*, Oxford Univ. Press, 1992.
(23)小畑『レトリックの相剋』一一三—一一七頁、参照。
(24)同書、一二三頁。
(25)同書、一四七頁。
(26)同書、一六〇頁。
(27)同書、一九七頁。
(28)同書、二〇四—〇五頁。
(29)同書、二〇六頁。
(30)同書、二〇九頁。
(31)同書、二一八頁。
(32)同書、二五八頁。
(33)同書、二六三—六六頁、参照。
(34)同書、二六〇頁。
(35)同書、二六〇—六二頁、参照。
(36)同書、二七七頁。
(37)同書、二七九頁。
(38)同書、二九二頁。
(39)同書、二九〇—九七頁、参照。

（40）同書、三〇〇頁。
（41）同書、三〇四頁、参照。
（42）藪野祐三『先進社会＝日本の政治―ソシオ・ポリティクスの地平―』法律文化社、一九八七年。
（43）梶田孝道『統合と分裂のヨーロッパ――EC・国家・民族』岩波書店、一九九三年、四〇頁。
（44）鴨武彦「国家のアイデンティティ・クライシス――分裂と統合のダイナミズム」（岩波講座『社会科学の方法 XI』岩波書店、一九九四年、三三―三六頁）参照。
（45）Walker Connor, *Ethnonationalism: The Quest for Understanding*, Princeton Univ. Press, 1994, p.71.
なお、コナーは「エスノナショナリズム」という概念を「ナショナリズム」という概念と異なるものとして使用しているのではない。彼によれば、「エスノナショナリズム」は本来の「ナショナリズム」と同義語である。にもかかわらずこの言葉をあえて使用するのは、「ネイション」や「ナショナリズム」といったキー・タームがいい加減に使われるようになっているからだという。Ibid., xi.
（46）藤原、前掲書、八四頁。
（47）国際連合統計局編『国際連合　世界統計年鑑一九九〇／九一』原書房、一九九四年、六六五―七二頁、参照。
（48）Jeremy Rifkin, *Biosphere Politics*, Crown Publishers, Inc., 1991. 星川淳訳『地球意識革命』ダイヤモンド社、一九九三年、参照。原題は「生命圏の政治学」であるが、邦訳題名は本書の主題を表現していると言ってよい。
（49）Daniel A. Coleman, *Ecopolitics: Building a Green Society*, Rutgers Univ. Press, 1994, pp.161-200.
著者コールマンは、ノース・カロライナにおける緑の運動の指導者であり、「草の根」新聞〝プリズム（*The Prism*）〟の編集者でもあった。

(50) David Pepper, *Eco-Socialism: From deep ecology to social justice*, Routledge, 1993, p.244.
(51) Chantal Mouffe, *The Return of the Political*, Verso, 1993, p.60.
(52) "*Newsweek*" October 10, 1994, p.22.
(53) "*Times*" October 5, 6, 1994.
(54) "*Newsweek*" op. cit., p.25.
(55) Mouffe, op. cit., p.90.
(56) Mouffe, op. cit., pp.18-21. C. Mouffe, *Dimensions of Radical Democracy: Pluralism, Citizenship, Community*, Verso, 1992.
(57) Ibid., pp.90-100.
(58) Pepper, op. cit., pp.6-7.
(59) Pepper, op. cit., p.47.
(60) レスター・R・ブラウン編著、加藤三郎監訳『地球白書 一九九三―九四』ダイヤモンド社、一九九三年、vi頁。
(61) 「神戸新聞」一九九四年一一月一一日付社説。

(『姫路法学』第一六・一七合併号、一九九五年)

三　人類史的危機を孕む時代の政治学

はじめに

激動する現代政治の多様な様相の下にあって、今日、現実科学としての政治学が直面する課題が益々複雑にして多岐にわたるものとなってきつつあることについては、改めて言うをまたない。現代政治の解明に向けて、各種の実証的な現状分析と、それを進めるためのパラダイムの検討がなされているのはそのためである。加えて筆者が重視しなければならないと考えるのは、その現実科学としての政治学が同時にポリティクスとしての政治学と両立していかなければならないということであり、そのポリティクスとしての政治学にとっては、今日という時代をどう認識するのかが決定的に重要な意味をもつようになってきているということである。

時代をどう認識するかというようなことは、むろん検証可能な領域をはるかに超える大問題である。しかし政治の世界においては、何時いかなる場合にも、政策決定は多かれ少なかれそれなりの時代認識に左右されて行われるものであることを忘れてはならないだろう。そうであれば、ポリティクスとしての政治学にとっての必要な仕事は、限られた対象についての調査データとその解析結果の提供に止まらず、政治の実務家よりはより広い視野に立っての、より総合的でより客観的な立場からの、政策決定基準の前提となる価値原理のあり方や長期的な展望に立っての課題の所在を提起していくことなのである。このことの意義は、ただ「不透明な時代」というだけでなく、人類史的危機をも孕んだ二一世紀を前にした今日にあっては、とりわけ強調されなければならないことのように思われる。

さきに筆者は、これからの時代を未曾有の危機を孕む歴史的転換期としてとらえるという観点から、その転換期に向けての「知の冒険」をめぐる理念と現実の乖離について一言した[1]。政治学者はアイディアリストであると同時に、また冷徹なリアリストでもなければならない、というのがここでの筆者の一貫した立場である。また筆者はそこで、この歴史的転換期を前にしての、人間的原理を欠くに至った方法的全体主義に立つ改革的政治経済理論としてのソシアリズムと、改革的政治経済理論への発展性を持たない方法的個人主義に立つ人間的原理としてのリベラリズムについて、その対立における相互否定をもう一度否定しなおすことが求められていることを指摘し、その止揚の過程が、デモクラシーと共生の理論の再構築の過程となることを主張した。小論はその続稿である。

この小論では、デモクラシーと共生の理論の再構築に向けて、人類史的危機を孕むこれからの時代を先取りしつつ、それに対応すべき政治学原理論とデモクラシー論ならびに環境政治学の現状を一瞥したうえで、今日の政治学が直面するに至っている根底的な課題を探ってみることにしたい。

1　人類史的危機を孕む時代

今世紀に入って以来、「危機」もしくは「危機の時代」という言葉がしきりに使われてきたことは周知のところである。中でも「資本主義の全般的危機」論はマルクス主義のおはこであったし、「デモクラシーの危機」や「ファッショ化の危機」という用語は一時期の進歩派論壇の常用語であり、さらには「平和の危機」「核戦争の危機」といった言葉は今なお我々の耳に響いている。そこには一定の学問的結論に基づいていてというだけでなく、なんらかのイデオロギー的な危機意識が込められていたことは否定できない。一般的に言って「危機」という言葉が氾濫しそれが繰り返されていけば、人々は「危機」という言葉に慣れっこになり食傷する。いつまでたっても「危機の時代」というのであったら、「危機」という用語の意味が稀薄化するのは当たり前だろう。まして「資本主義の全般的危機」を強調していた「社会主義」陣営が崩壊し、「全般的危機」の下にあるとされた資本主義が継続しているとなれば、マルクス主義的言論が危機論の多くを代表していただけに、危機論が全体的にその権威を失墜するのは当然である。加えてここには、時代の変化に伴う世代の反応の違いも存在する。すなわち、かつての危機意識を共有した世代からは危機論への荷担に対するリアクションが生じ、欠乏を知らない世代においては危機意識が欠けたままに危機論のイデオロギー性だけが目に映りがちとなる。

問題は「危機」という言葉がその響きを失い、研究者がその言葉を使うことを避けはじめることによって、危機が「危機」として認識されなくなる傾向が生ずるということである。端的に言えば、今日的な時代は、「危機」という言葉の乱用をいましめ過去の危機論への反省をふまえたうえで、なおかつ言葉の本来の意味で「危機の時代」としてとらえなければならないのだということである。もとよりここでの「危機」という言葉は科学言語ではなく、自然科学的な意味での検証可能性の範囲を超える領域にまたがる推測を含んだ全体的認識の表現であり、その限りにおいて学問的厳密さに欠けるが、それにもかかわらずこの言葉が使用されなければならないのは、この表現それ自体が他の言語をもってしては表現することのできない認識の内容を示すものだからである。

それでは、グローバルな視野からみた今日的時代の危機的性格についての筆者の認識のアウト・ラインを示しておこう。問題は大きく四つの領域においてとらえられなければならない。その第一は従来の危機論の大半がその対象としてきた政治経済的領域であり、その第二はそれらの政治経済的活動を内からささえる人間のアイデンティティのあり方をめぐる領域であり、その第三は人類の生存にかかわる地球環境問題の領域であり、その第四はそれらのすべてにまたがる問題解決の鍵としての危機政策の領域である。この四つの場面における不安定化と動揺、劣化と機能不全の拡大は、以下に述べるように、第一の場面から第二の場面へ、そして第三の場面から第四の場面になるほどに、その危機的性格を色濃くしていく。

まず第一の領域について言えば、その全体的特徴は不安定状態の慢性化ということである。経済的不安定状態は、市場経済の進展の下での、先進型諸国における失業と雇用問題の深刻化、国家財政赤字の拡大、貿易不均衡の継続、途上国における一方での経済成長に伴う各種のひずみの拡大と他方における失業と貧困と出稼ぎ問題の深刻化、旧ソ連・東欧圏における市場経済化過程の混乱の長期化、によって代表されており、米・日・EUの三極を中心とする世界経済システムは、それらの不安定要因と地球資源の利用や富の分配をめぐっての南北問題をはじめとする多様な利害の対立をかかえて、依然として不安定である。この不安定状態は当分の間は持続していく趨勢にあり、そのかぎりにおいては破局の直前ということではなく、その意味においてこれを「危機」とするのは適切ではない。しかしながらこのような状態の下での、物質的価値原理に立っての繁栄の追求は、地球資源の有限性や公害防除をめぐる利潤とコストの相関などとあいまって、長期的にみれば破局への道につながっていることを見逃してはならないであろう。

これを政治の領域についてみれば、対立の激化という観点からする危機的徴候は全体として緩和の方向に進んでいると言うことができる。なによりも東西冷戦の終焉がそれを明示していることは言うまでもないが、一連の権威主義体制の崩壊が、S・ハンチントンの言う民主主義の「第三の波」[2]、佐々木毅のいう「第四の波」[3]を形成してきたことも重要な徴候であろう。加えて世界中で起こってきた数多くの紛争について言えば、今なおそのかなりの部分が継続中ではあるが、イスラエル・アラブ紛争やボスニア・ヘルツェゴビナ紛争をはじめ、北アイルランド紛争や中南米での紛争など、長きにわたって流血の惨事を繰り返してきた紛争が、曲がりなりにも停戦へと進んできたことを挙げなくてはなるまい。世界政治システムは、いみじくも湾岸戦争が証明したように、いまなお米を中心として英・仏がそれにつづき、その次に露・中と日・独が位置する覇権システムであり、それら大国の核政策に象徴されるようなパワー・ポリティクスの論理も依然としてまかり通っている。

しかしながら、こうした状況の根底では、一方における都市型社会への移行と「生活政治」への傾斜に伴う分権化過程と、他方における国際化の進展に伴う外部圧力の増大過程の下で、政策決定過程の構造的重層化が進んでおり、国家主権の変容や政策主体の多元化が進行中である。その下で新しいインナー・ステイト・システムとインター・ステイト・システムの模索が続けられていくことは必至であって、カウンター・パワーの台頭ということよりも、むしろこのような構造的変化の下において、かかる覇権システムがゆらぎの中にあることを見落としてはなるまい。このゆらぎがどのような方向に収斂していくかをめぐっては、さしあたりEU統合の進み具合と国連の再編の仕方如何が、国際民主主義の実体化との関連においてその試金石となる。なお、南北間の矛盾は決して弱まってはいないが、各国政治リーダー相互の間には国家間対立を強めないようにすることが得策との政治判断がある。この限りにおいて、国際政治秩序はなお当分の間、現在の状態を継続していくことになろう。

だが、政治における危機の認識はさらにより深く、政治的統合を確かなものとする当該政治共同体における合意の安定性如何という面においてもとらえられなければならない。これが政治を内からささえるアイデンティティの問題にほかならない。

この第二の領域においては、アイデンティティ・クライシスが現在進行中である。政治学のサイドにひきつけて言えば、このクライシスは、直接的には、近代以降の伝統的な政治の統合枠としての、領土と国民に基礎をおいた、合意による支配の場としての、国民国家という単一政治共同体に対応するイデオロギーや帰属意識の動揺や稀薄化としてとらえられる。この動揺を生み出しているものは、かつてのような階級闘争や革命運動の高まりではなく、先進型諸国においては、すぐれて高度消費社会、高度情報化・管理化社会の進展を背景にしての、脱政治化傾向の増大と非政治世代の氾濫であり、多民族国家や途上国においては、ナショナリティやエスニシティへの共鳴という形をとって現れる、民族や人種、言語や宗教、風俗や生活様式などへの共属意識の高揚であって、その背後にはマイノリティ集団の権利意識の高まりとともに移民労働者の増大に伴う軋轢の増大がある。この過程において、近・現代のイデオロギーを代表してきた二つの体系的思想――ソシアリズムとリベラリズムは、前者においてはユートピアへの期待感の喪失、後者においては公的主体としての市民像の稀薄化という状況の進行によって、その現実的影響力を低下させていく。

ここで注意しておかなければならないのは、その二つに代わって台頭してきているかに見えるナショナリズムもしくはエスノ・ナショナリズムへの帰属意識の高揚は、理念的にはともかく、現実的にはソシアリズムやリベラリズムに代わる新しい公共的空間をささえるアイデンティティの発展ということにはならないということである。なるほどナショナリズムは、近代統一国家形成期のそれから植民地ナショナリズムを経て、今日新たな第三の段階に入った。その表現形態は、一言にして言えば国民の名による複数民族の統合化への反発であり、それが地域的な基盤と結合する時には、統合国家からの分離独立もしくは自治要求の運動となる。そのかぎりにおいて、それは国民国家の擬制性をあらわにする。だがそこにおけるアイデンティティの強化は、本来的に異質な他者を不断に作り出していく中でしか形成されえないものなのであり、その異質な他者は政治の世界では容易に敵に転化するということを見逃してはならない。その事例をここでいちいちあげる必要はなかろう。ここでは「友・敵関係」が強まってきているのである。近代からの自然法思想やヒューマニズムの発展、ユートピアへの志向と模索、その延長上に培われてきた新しい公共的空間の追求は、普遍的価値原理の実現を目指しての、基本的に「友・敵関係」の克服に立つ、ナショナリズムをさらに止揚しうる「共生の原理」に立つものでなければならないのである。

では、国民国家のアイデンティティの衰退に代わって、そのような新たな公共的空間を造り出すアイデンティティが成長の過程にあるのかと言えば、その確かな展望はほとんどまだ見えてはいない。もとより人間は「ポリス的動物」として共同体への参加欲求を根底に持つがゆえに、その存在主張行動は絶えず叢生する。各種の自律的集団から排他的集団にいたる活動はその現れであるが、それら社会集団相互間でのアイデンティティをめぐる混迷の度は深まっている。しかも個々の人間の大半は物質的価値原理の支配下にあって拝金主義はむしろ増大しつつあり、倫理や規範よりも実感的生活感覚で動く傾向が強まってきていることも否定し難い。さらに加えて言えば、公共的空間へ向けての、生活共同体としての家族の紐帯の崩れ、家庭教育機能の低下が、個人のアイデンティティの喪失を促進していることも見逃してはならないであろう。だからこそ筆者はさきに「こうした様相をみせているアイデンティティ・クライシスの底には、アイデンティティという言葉の本来の出発点であるところの、『自分という存在の証明』の危機が進行していることを見逃してはならない。言葉をかえて言えば、今日の危機の時代が深刻であることの特質は、人間社会の深部において、一方では国家に代表されるような政治共同体や労働組合に代表されるような既成組織集団のアイデンティティ（ここでは自己同一性）が衰退しつつ、他方では個人個人のアイデンティティ（ここでは存在証明）の喪失が進行中だというところにあるのである[4]」と指摘したのである。二一世紀の政治社会における新たな人間の存在証明が、個人的にも社会的にも未確立であるということは、二一世紀が直面するであろう困難な課題の重さと照らしあわせる時、そのこと自体が危機の徴候だと言わざるをえないのである。

第三の地球環境問題の領域に関しては、科学的データに基づく数多くの警告が専門家の手によって発せられている。すでに明白になっている地球環境破壊の深刻な実態、そこから推定されている、まさに「人類史的危機の時代」と呼ぶべき「環境の世紀」二一世紀が直面する事態については、それらの報告書を参照されたい。ここではそこから出てくる結論を一言にして要約した言葉をひくにとどめざるをえない。つまり、「われわれは破壊的成長の限界に近づきつつある[5]」ということであり、「総合的な指標は地球の物理的条件が驚くべきペースで悪化し続けている[6]」ということであり、「必要な変化を起こすだけの時間が世界に残されているかどうか、いまはまだわからない[7]」ということである。我々にとってのさしあたりの問題は、政治学者としてこの危機をどこまで見すえるのかということである。「環境問題なら皆知っている」という政治学者の言葉にふれて改めて指摘しておきたいのは、一定の情報を手にするということと、その意味するところをとらえるということとは異質の問題だということである。それは認知と認識の相違だと言ってもいい。地球環境問題に関するかぎりは、それが意味するものと向き合えば向き合うほど、自らの政治学のありようを問い直さずにはおれないはずなのである。筆者は二年前にこの点について問題を提起したが、そこにおける中間的要約を再度示しておこう。

大局的な見地に立って以上を総括して言えば、人間社会は自然の大規模利用と恣意的改造の段階から、自然の破壊へと突き進み、そのことが人間社会の持続的発展を危うくすることから、ようやく自然に対する保護と破壊からの防衛を意識しはじめたものの、その実効的な発展的展望は、まだほとんど見えるに至ってはいないということである。この問題と正面からむきあっていくためには、人間自身がこの人間と自然との関係における人類史的転換期に立つに至ったことについての、根底的な問いかえしをしていくことが必要なのである。端的に言えば、長い間、人間が自然を改造しその利用を拡大していくことや、人間が生産力をたかめ消費生活を豊かにしていくことは、人類の進歩だと考えられてきたが、それがここにきて、もはやそうしたことは進歩でもなんでもなく、かえって人類の自滅に通じかねないということが、あらわになってきつつあるということである。それはわれわれが、人類史的な価値の転換期に立たされていることを意味している。むろん現実的な対応にあたっては、合理的で実効性のある政策選択が問われよう。だがそれらの政策選択を一貫して可能ならしめ、それを発展的に持続させていく根源的な力は、この未曽有の人類史的危機を、英知を結集して原理的に見つめなおしていく努力なしには確立されえないのである[8]。

この地球環境の破壊とあわせて、最も直接的に人類の生存の条件をゆるがせるに至っているのが、人口圧力のひきつづきの増大である。一九七二年の国連人間環境会議（ストックホルム会議）の警告以後の二〇年間に、世界人口は一六億人も増加してきたが、その増加率は世紀末には鈍化するとはいえ、二一世紀に入っても人口がひきつづき増大の一途をたどることは必至である。他方、その増え続ける厖大な人口を養う食糧生産の伸びは、海洋資源からの持続産出量の限界、農地の劣化と開発、水資源と化学肥料の効率的利用の限度などによって、鈍化していくのはこれまた必至である。人口の増加と食生活の変化に伴う食糧需要の増大に、遠からず食糧生産が追いつけなくなることは、今日ではもはや明白になってきているのである。環境学者の間には、地球の収容可能人口は八〇億人が限度とする説があるが、その根拠に厳密な正確さはないにしても、そのあたりで食糧危機が地球大に全面化してくるであろうとの推定は可能である。

ちなみに国連の社会経済局が一九八〇年代末に行った予測では、世界人口は高位推計において二〇一〇年代前半期に八〇億を越え、低位推計において二〇二五年に七六億近くとなる[9]。また、ジョン・ホプキンス大学による最新の推計値では、一九九〇年の五二億六六〇〇万人から、二〇〇〇年六一億一四〇〇万人、二〇二五年八一億二一〇〇万人、二〇五〇年九五億七八〇〇万人となっている[10]。中でも現在一二億人余の人口をかかえ、さらに毎年一四〇〇万人ずつ増加している中国は、食肉消費率の上昇とあいまって、その巨大な穀物消費量の増大が予想されるが、その解決の目途はどこにもたっていない。ワールドウォッチ研究所はその事態に深刻な憂慮を表明しつつ、世界の他の地域でも厖大な穀物赤字が起こることを予想し、「とりわけアフリカでは、二〇三〇年には現在の輸入量の約一〇倍に当たる二億五〇〇〇万トンが不足する」としている[11]。いずれにせよこのままいけば二〇二〇年代から三〇年代にかけての時期に、人類が破局的な事態に直面するに至るであろうということが推定されるようになってきているのである。

そうであればこそ、第四にこのような事態に対する解決の方途がどのように進められているかが改めて問われなければならない。これはまさに今日的な危機政策の問題である。危機政策といえば危機管理ととられやすく、危機管理といえば、通常は地震や噴火などの大規模災害に備えての危機管理、経済恐慌に対処する危機管理、戦争の危険に備えての防衛上の危機管理などを指す。筆者は、それらの危機管理をめぐる問題がそれぞれに重要であることを認めるのにやぶさかではない。だがここで提起するのは、それらの危機管理とは性格に異にした、グローバル・ポリティクスの一環としての、地球環境の危機に向けての政策的対応の問題である。そこでの問題群の中には、政府による危機管理的機能の問題も当然に含まれるが、それ以上に重要なのは、政府の環境政策やそれをめぐる政党の動き、さらには各種の非政府的諸活動をはじめ、世論やメディアの動向などであって、いわばそれらの総体としての危機への対応が問われなければならないのである。

この危機への対応は、総じて言えば、一定の前進があったにもかかわらず、それは危機の性格と内容に比すれば大きく立ち遅れた状態にあると言わなければならない。それを端的に示したのが、史上最大の規模で開かれたリオデジャネイロでの国連環境開発会議（「地球サミット」）であったと言えよう。解決すべき主要な課題は三つに大別される。すなわちその第一は人口増加に歯止めをかけ、地球資源とバランスのとれる人口の適性規模を維持するということであり、その第二は地球環境の破壊を停止し、自然的環境の回復を目指すということであり、その第三は物質的価値原理を克服し、自然との共生の原理を確立していくということである。

その後、第一の点をめぐっては、一九九四年九月、世界一七九カ国の代表を集めた国際人口開発会議がカイロで開かれ、二〇五〇年の世界人口を中位推計（九八億人）と低位推計（七九億人）の間に抑えることを目標とする世界人口行動計画が採択された。この行動計画は、女性の地位の向上からリプロダクティブ・ヘルスにいたる幅広い問題解決に向けての指針を示していて、重要な前進だと評価することができるが、その具体化はもちろんこれからの課題である。

第二の点については、それ以上に困難な事情がたちはだかっている。市場経済の論理、各種企業の立場、各国の「ナショナル・インタレスト」が複雑にからまりあっているからである。中でも、化石燃料の使用拡大をはじめとする新たな資源消費の主要国となっていく、中国をはじめとする発展途上国における豊かさへの渇望や、先進型諸国における消費抑制の難しさや途上国援助の限界性、などはその最たるものであろう。大国を先頭に、各国の政府当局が、それぞれ自国の政治経済事情を顧慮することに重きをおいて、環境危機克服に向けての有効にして大胆な政策を打ち出せないでいるのが現状なのである。

さらに第三の点については、今日、環境問題の専門家やエコロジスト、ＮＧＯをはじめとする市民運動リーダーの活動があるにもかかわらず、その影響範囲はなお一部にとどまっていて世論を動かすまでには至っていない。ここでとくに指摘されなければならないのは、物質的価値原理の克服に向けての、社会諸科学や文化界ならびにメディアの取り組みの立ち遅れであろう。

危機政策を生み出し実行していくものの主体は、一定の政治システムにささえられた諸アクターと、その中核に位置する政府である。その政治システムの最良の形態が民主主義であり、しかもその「民主主義の波」が世界をおおってきているとすれば、これはまぎれもなく現代民主主義の問題そのものである。民主主義のもとにおける危機政策の機能不全をいかにして克服し、どのようにして地球を救っていくのか、それが今日の政治学の最大の課題であることは、もはや言うをまたない。

2　原理論的レベルでの対応

それでは、このような時代の課題に対応する政治学の状況を、まず原理論における最近の動向にしぼって瞥見してみよう。むろんここでは、管見した範囲の中から、筆者が注意すべきものと判断したものに限定されることをお断りしておかねばならない。

原理論レベルにおける取り組みは、論者の主観的意図の如何にかかわらず、客観的には今日のアイデンティティ・クライシスへの対応を示していると言うことができるが、その代表的な営為が政治哲学の領域でのリベラリズム対コミュニタリアニズムの論争である。この論争はそれぞれにニュアンスの異なる多くの論者をまきこみ、討論を通じての相互理解を深めながら、その中心部分はやがて相互に「コミュニタリアン・リベラリズム」、「リベラル・コミュニタリアン」と呼ばれるようになって、論争は収斂化の方向をたどっているかにみえる。そこでの基本的な論点についてはさきにふれたので、ここでは繰り返さない[12]。両者のそれぞれの側における最近の書物として対照的なのは、「コミュニタリアン思想の批判的評価」と銘打ったD・フィリップスの『ルッキング・バックワード』[13]（一九九三年）とM・ワルツァーの編集になる論集『グローバル市民社会にむけて』[14]（一九九五年）であって、その題名にも窺われるように、前者が過去から現在を見ようとしているのに対し、後者は現在から未来を見ようとしているのが特徴的である。とくに後者においては、検討の対象が市民社会の公共性の問題から経済政策、政治と経済の国際化問題からナショナリズム、移民・少数者問題、さらには社会主義や社会改革と広く今日的な時代の諸問題に向き合おうとしている姿勢がみてとれる。またコミュニタリアンの間では、近年デモクラシー論の再検討の気運が高まってきていることにも注意を喚起しておきたい。A・エツィオーニの編集になる『新コミュニタリアン思考』[15]（一九九五年）などはその代表的なものと言えよう。もっとも、リベラリズムの泰斗ロールズは、今年（一九九五年）に入ってからハバーマスの批判に答えて「公正としての正義」の政治社会における実体的存在性を主張しつつ、その実践とも言うべきであろうか、原爆投下を厳しく批判する論考を発表しているとのことであるが[16]、筆者はその内容をまだ検討するに至っていない。

哲学的な論点がそれなりに出尽くしたせいであろうか、最近は論争を続けることよりも論争から一歩距離をおいて、論争を批判的に検討しつつその全体的な位相をとらえようとすることに、重点が移ってきつつあるように思われる。たとえばC・ウォルフェとJ・ヒッチンガーの編集になる『十字路に立つリベラリズム』[17]（一九九四年）やC・F・デラニーの編集になる『リベラリズム―コミュニタリアニズム論争』[18]（一九九四年）などがそれであって、前者においてはロールズに始まってサンデルの「コミュニタリアン・リベラリズム」さらにはポスト・モダンのR・ローティのリベラリズムまでが、あわせて俎上にのぼっており、後者には論争以後を示すとも言い得る論争研究の諸論文が収録されている。中でも筆者の注意をひいたのは、前者において、コミュニタリアンやポスト・モダニストと呼ばれてきた論者をふくめて、それらが全体として「近代の知」を代表してきたリベラリズムの動揺と再生に向けての模索を現しているとの認識が窺われることであり、後者において、そこに「恵まれない人々の理論的無視」と題する厳しい批判的論文が再録されていることである。T・サイモンのこの論文は、一方で「ロールズは恵まれない人々を理論の核にはもってきたものの、依然として中心に位置する権力についてはふれられないままだ[19]」とロールズを批判し、他方ではサンデルを槍玉に挙げつつ、問題はコミュニタリアンが恵まれない人々の問題を中心的な理論問題にしていないとして言う。「つまるところ、恵まれない人々に関する規範理論を構築するには、コミュニタリアニズムをコミュニティ理論にかわる社会集団理論へとラジカルに変えてくことが必要だろう[20]」と。それに対して彼はデモクラシー論を改めて提起するのであるが、その内容を詳しく紹介する余裕はここにはないので、そのうえでの次のような結語だけを示しておこう。すなわち「恵まれない諸集団のことをその核心にすえるような理論を構築することはむしろ易しい。恵まれない諸集団の問題を学問的な政治討論の中心舞台にすえるということは、ただ討論を一つの批判的問題に向けさせるのをたすけるというだけでなく、さらによりしっかりした討議をつくり出していくということなのである[21]」というのがそれである。ここには、政治哲学が陥りがちな論議の観念性を、現実政治社会における基本問題への現実的対応の問題として提起しなおすことによって乗り越えようとする意図をみてとることができる。

他方、マルクス主義の動揺を直接的な契機として、ヨーロッパを中心に高まったポスト・モダニズムであるが、こちらの方も新たな段階に移行しつつあるかに見える。コミュニタリアンと同様にポスト・モダニストと呼ばれる者も、そのありようは様々であってその全貌はなかなかつかみ難いが、その流れにある中心的思考が、J・F・リオタールのいう、科学とそれを全体性においてささえるメタ言説―近代の啓蒙への不信に出発していることは、すでに周知のところである。マルクス主義は言ってみればその近代最後のメタ言説だったというわけであるが、その理論信仰からの訣別がニーチェに始まり現代においてハイデガーやフーコーに示されている、近代合理主義批判の流れと結びついているところが特徴的である。これに対比されたのはハバーマスの言う「未完のプロジェクト」としての近代の啓蒙的理性という認識に立っての、公共的空間の再構成に向けての対話的理性であった。そしてその相互間の批判的論争においてハバーマスの側に分があったこと、ならびに論争はしていないがA・ギデンズの「ポスト・モダニティ」批判により見るべきものがあるという点については、田口冨久治の指摘する通りである[22]。ただそうした論議の中に立ち入ることは、小論の目的ではないし筆者の任でもない。筆者としては、近代における合理化過程とくに経済と行政の合理化や管理化に対して、ハバーマスのいうコミュニケーション的行為における対話的理性がその制御を目指そうとするものであること、ならびにその延長上に、近代の社会経済システムの自己運動をいかにして克服するかという課題が設定されてくることを評価するものであることをお断りしておきたい。

さてそのうえでの話であるが、ポスト・モダニズムとその周辺の流れの中には時代を反映した様々な要素があり、そこには政治学にとって注意すべき点がいくつか含まれている。H・F・ハーバーも言うように、「我々はポスト構造主義者やポストモダン理論に内在する有益なものと危険なものの双方を再吟味しなければならない」[23]のである。この場合、政治哲学の分野においては、正義論のあり方やそれをめぐっての不正義論の提起に大きな関心が向けられているが、筆者に言わせれば、最も注目すべきは脱物質主義的価値観への志向とそれとの関連における新しい社会運動への注目であり、資本主義と近代科学への批判であり、平等主義との関連における差異の重視である。なぜならそこには、今日のアイデンティティ・クライシスと正面から対応する、人類史的危機を孕む時代に向けての、新しい価値原理への模索の動きと人間と人間との新たな共生の原理に向けての思考を見て取ることができるからである。

その大きな流れの中には、物質主義からの価値転換を説いた『アメリカン・ポリティカル・サイエンス』誌上でのR・イングルハートの問題提起[24]や、資本主義と国家官僚制と科学技術の三位一体の権力構造を批判するS・S・ウォーリンのデモクラシー論、ならびに近代のリベラリズムに対して、他者への責任、不正義の存在、差異の重視を提起するローティなどのポスト・モダン・リベラリズム、さらには〝ポスト・モダン・ソシアリズム〟の声[25]もふくまれており、また最近においては、K・クマールの『ポスト産業社会からポスト・モダン社会へ[26]』（一九九五年）や、「イデオロギーからアイデンティティへ」と銘打った論集『新しい社会運動[27]』（一九九四年）などが注目される。ここで留意しておかなければならないことは、アイデンティティをめぐる問題は本質的に人間社会における文化価値のあり方にかかわってくるということであって、その意味において、政治学上の原理的な問題が今日では文化のあり方そのものへの問いと分かちがたく結びつくに至っているのである。

一九九五年、政治学・比較政治国際叢書シリーズは、その名も『ニュー・ポリティクス』と称する大冊を刊行した。ここには、新しい政治学の徴候を示す代表的な文献がヨーロッパとアメリカから収録されているが、編者はその序文の中でこう述べている。

> 戦後期をつうじて、西側の政治活動は、〝持つか持たないか〟の争いに大きく焦点をおき、経済的、軍事的に安定と安全をはかるという目標を達成することに主たる関心をもつ〝オールド・ポリティクス〟によって支配されてきた（イングルハート一九七七）。しかしながら一九七〇年代からは、ニュー・ポリティクスの活動がそうした歩き慣れた道から実質的に離れることを主張した。若者たちや教育のある西欧デモクラシー市民たちは、自ら国際紛争の解決や少数者の平等の権利や第三世界の条件改善にむけて、エコロジーや自治、非軍事的アプローチのよ

うな政治目標に関心を持ち始めた。こうした新しい関心は、環境活動団体の盛り上がりや核計画への反対運動、軍拡競争（特に巡航ミサイルとパーシングⅡの展開）に反対する大衆的な抵抗活動、新しい女性運動やそれに関連する広範な他の諸団体、に表出したのだった。[28]

本書にはそうした新しい時代への胎動をふまえて一九八〇年代から九〇年代にかけて発表された二七編の論考が集められているのであるが、その中の理論的アプローチの代表作とされた一三編のうち、六編は物質主義からの価値原理の転換を論じたものであり、残りの七編は筆者のいう新しいデモクラシー論に向けての、ラディカル・ポリティクスをめぐる議論である。中でもここで注目されるのは、オールド・ポリティクスにおける政治主体としての「階級」や「市民」の問いなおしであって、そこからは、グリーン・ポリティクスへの視点の移動とそこにおけるエスニック・アイデンティティやジェンダー論への問題意識の高まりをみてとることができる。これらはいずれも、これからの新政治学の出発点として検討すべき対象だと言うことができよう。しかし時代はさらに編者の指摘したニュー・ポリティクスの登場から二〇年を経過している。この間に食糧問題を含む地球環境危機がひとしお深刻化してきていることは、前節で指摘した通りである。ニューポリティクスがさらに新しい段階に立ち至っていることを忘れてはなるまい。

この点をめぐって最後に挙げておかなければならないのは、アメリカ合衆国における先駆的な環境政治学者L・K・コールドウェルの問題提起である。彼はその三〇年にわたる環境問題の研究を通じて、一九九〇年に『二つの世界の間で』を発表し、今日の時代が、五〇〇〇年にわたるモダンの世界から地球との共生を基礎にした新たなポスト・モダンの世界への移行期にあることを指摘した。[29] その著『ポスト資本主義社会』において二五〇年の歴史の終焉を指摘したのはP・ドラッカーであったが、その転換の基軸とされたのは知識社会への移行ということであった。これに対してコールドウェルは、むしろ科学・技術の発展が地球環境の危機を招くに至っており、そのことの抜本的な見直しのうえに、地球生命の持続を最優先する新たな歴史時代への転換を説いているのである。彼は最近においてもこのことを再確認してこう述べている。「我々の時代は人類史における転換点である」[30]と。言うまでもなくこの問題提起は、政治学原理論のあり方に再考を促すものと言わなければならない。

ひるがえってわが国の場合にはどうであろうか。現代における都市型社会の進展を重視し、一貫してそれを政治学の方法論的基礎にすえてきたのは松下圭一である。そこからの一方における分権化の進展と他方におけるグローバリゼーションを視座にすえつつ、自治体、国家、国際機関にまたがる分節型政治を骨格とした政治学の構築は、明らかに現代の政治学としての所産であり、その裨益するところは大きい。[31] しかしながら社会形態的条件をその構造的基礎とする政治学はまたそれなりの限界をもつ。おそらくは意識してのことであろうが、そこにおける権力論の欠落や時代に対する危機意識の弱さは、これを指摘しないわけにはいかない。次に、右に言うニュー・ポリティクスに部分的に対応していたのは、篠原一に代表される参加民主主義論やライブリー・

ポリティクス論であり、また高畠通敏の市民運動論もそうであったが、そこでもまだここに言うような意味での時代に対する危機意識は総じて薄かったように思われる。

政治学における原理的視座の問い直しをめぐって近年注目されるのは田口富久治の『近代の今日的位相』と加藤節の一連の論考であるが、それ以上に多くの示唆を含んでいるのは、一九九三年から四年にかけて刊行された岩波講座『社会科学の方法』一二巻であろう。ここには広い視野にわたっての今日の社会科学をめぐる原理的諸問題が提示されていて、政治学の原理論を追求していくうえでもまことに有益である。またこれにつぐのが田口と加藤哲郎の共編による『講座・現代の政治学第1巻 現代政治学の再構成』（一九九四年）であって、そこにおける「新しい世界」をにらんでの「新しい政治学」への追求の試みが注目される。おそらくこの二つの講座が原理論レベルにおける今日の最前線を代表するものだと言えよう。だが誰しもそうであるように、ここでの論考はいずれも中間的なものなのであって、問題解決への道はまだまだこれからである。とりわけ筆者の問題意識との関連で言えば、かつて一〇年前に藤原保信が提起した、「エコロジカルな危機」と対峙しての政治理論のパラダイム転換[32]はまだ果たされてはいない。その中にあっては、丸山仁の「エコロジーの政治学」（『講座・現代の政治学 第1巻』所収）と石田雄の近著『社会科学再考』の第二部「緊急の課題」、ならびに宇都宮深志の『環境理念と管理の研究』は、その足掛かりとなるべきものであると言えよう。とくにグリーン・ポリティクスを目指す丸山論文は、エコロジーとリベラリズムならびに現代デモクラシーの相互関係における原理的な問題点の位相を提起して示唆的であり、また宇都宮の著書は、コールドウェルの摂取に立ちつつより明確に地球環境危機をとらえて、これからの政治学に対する積極的な問題提起となっている。わが国においては、環境経済学に比して環境政治学はまだこれからであって、この問題提起を受けての新たな政治原理論の構築が問われているのだと言わなければならない。

3　デモクラシー論における対応

次にデモクラシー論における対応をみてみることにしよう。だがその前に、なぜデモクラシー論かということについて一言しておく必要がある。政治学における様々な論争的概念のうちでも、およそデモクラシーほど多義的な概念はないと言っていいくらいだし、その中には、D・イーストンにおける政治の定義を前提に、「民主主義は、希少価値の配分の一方式にしか過ぎず、そのため民主主義をいかに論じても、社会はゆたかにならない[33]」との言説もあるからである。ちなみに最近、「批判理論におけるキイ概念」シリーズの一冊として出された『デモクラシー』をとってみても、そこには古典的理論から代表政府論、エリート論から不平等論、ラディカル・デモクラシー論から権利論にわたる、三六人にのぼる代表的論者の学説が収録されていて多彩である[34]。

少なくとも、デモクラシーを古代ギリシアにおけるそれをモデルとして、多数決による意思決定の方式だとしてしまうことに対しては、筆者は異なった視座に立つ。それは「デモクラティア」

の概念それ自体が下からの「民衆の権力」に出発するものであったというだけでなく、なによりも近代のデモクラシーは、近代革命と呼ばれているもののすべてが示しているように、民衆が旧体制を打破していく中で培われてきたものであったし、「社会主義的デモクラシー」の呼称もまた、人民主権の貫徹を志向するかぎりにおいて受容されてきたのだからである。そこには民衆の政治的解放に向けての思想と運動の歴史があり、その所産として代表制民主主義の制度は出現した。デモクラシーの概念をとらえる場合には、この思想や運動としてのデモクラシーをとらえる視点が重要な鍵となる。もしその視点が失われるならば、それ自体は可視性をもたない自由の原理や平等の原理は、たんなる観念の産物ということになろう。

政治における歴史的発展がデモクラシーの発展過程として受け止められるのは、ただ意思決定のシステムとしての代議制度が広がってきたというだけでなく、政治の実質において、自由の原理や平等の原理がそれをささえる民衆のエネルギーの増大によって具体化されてきたからにほかならない。もしそのような実質がなければ、たとえそこに選挙や議会が存在していても民主主義があるとは言えないのである。

このことをおさえたうえで、さらに今日改めて問われなければならなくなっているのが、制度としての民主主義、統治形態としての民主主義が、その下で反民主的なエリート支配を生み出し、そのエリート支配が眼前の利害調整に追われて、人類史的危機に向けての長期的危機政策に対応できないでいるということなのである。言うまでもなく今日においてはデモクラシーはほとんど唯一の正統性をもった嚮導原理となっており、代議制政治システムはいわば地球大に成立しているわけであるが、それにもかかわらずデモクラシーの総体が問わなければならないのはかかる意味においてであり、同時にまた現代政治が直面する課題がデモクラシー政治の課題だとされるのもそのためにほかならない。

このことを前提としておればこそ、我々は今日の時代が提起している問題を、ほかならぬ民主主義の問題として受け止めているのである。P・グリーンが、右の論集を編纂するにあたって、その巻頭論文「論争的概念としての〝デモクラシー〟」において、「二〇世紀末のデモクラシーは、ただ論争的な概念というだけでなく、非常に曖昧な概念なのだ[35]」としつつも、とくに「〝誰が統治するか?〟ではなく〝誰が行動するのか?〟が、今日、民主主義理論が問われるべき問題なのだ[36]」としているのは、かかる問題意識があってのことであろう。

さて、時代に対応してのデモクラシー論のパラダイム追求についてであるが、R・ダールのポリアーキー論以後、A・レイプハルトの多極共存型デモクラシー論、C・ペイトマンの参加デモクラシー論さらにはS・S・ウォーリンのラディカル・デモクラシー論がつづき、直接民主主義的志向を含んだ参加民主主義論と地域民主主義論が、「ニュー・ポリティクス」の一環になってきたことについては、すでによく知られているところである。松下の分節型政治論も、それと並ぶものと言ってよいであろう。

近年において、デモクラシー論の新たな展開の中心に位置していると思われるのは、D・ヘルドであるが、彼はまず、編著書『民主主義の展望』の中で、民主主義理論の歴史が、民主主義は市民が自治や自己調整に参加する政治形態であるかそれとも定期的投票による決定過程への権威付与の一助であるか、をめぐっての争いに深く根ざしてきたとして[37]、参加民主主義、自由主義的代表民主制、マルクス主義と一党民主制を論じたうえで、「かりにデモクラシーの歴史と実践が、今日までローカリティの理念（都市国家、コミュニティ、民族）を中心としてきたとすれば、これからのそれは、国際的もしくは地球的な領域を中心とするようになるだろう[38]」と結論している。この観点はひきつづいてその共編著『コスモポリタン・デモクラシー[39]』へと受け継がれ、ついで『デモクラシーとグローバル秩序』においてまとまった展開をみせるに至っている。

ヘルドは本書において、まずこれまでの民主主義政治理論と国際関係論の限界を指摘したうえで、近代国家とその国民国家をささえたデモクラシーを、グローバル秩序との関連において検討し、デモクラシーの再考を論じつつそのコスモポリタン・デモクラシー論を展開する。その内容をここに紹介する余裕はないが、小論の目的において、彼がここで八項目のコスモポリタン・デモクラシー・モデルを提示していること[40]、ならびにその目標を次のように具体的に提起していることを挙げておかなければならない。すなわち、

政治における短期目標

1　国連安全保障理事会の改革（途上国に重要な発言と実効的な決定力を与えること）

2　国連第二会議の創設（国際憲法会議につづくもの）
3　政治的地域化の促進（ＥＵとそのさき）とトランスナショナルな投票制の活用
4　国際法廷の強制力のある裁判権、新しい国際人権法廷の創設
5　地域ならびに地球レベルでの新しい調整経済機関の創立
6　効果的で責任性のある国際軍事力の確立

長期目標（各項目に対応する）

1　コスモポリタン民主主義法の構築――政治的、社会的、経済的権力の多様な領域を拘束する新権利・義務憲章
2　地域、民族、ローカリティとつながる世界議会（一定の収入能力をともなった）、公共問題境界裁判所（public issue Boundary Court）の創設
3　政治的、経済的利害の分離――審議会や選挙過程の公的資金
4　刑法と民法の諸要素を包含した相互連関的全世界法システム
5　地域的ならびに全世界的レベルでの議会や審議会に対する国際的、民族横断的経済活動の責任性の確立
6　非軍事化と戦争システムの克服を究極の目的としての、増大する一国民国家の地域的、世界的諸機関に対する強制力の割合の恒久的変換

経済、市民社会の短期目標

1　市民社会組織における非国家的、非市場的解釈の強化
2　経済における異なる民主的組織形態での組織的実験
3　鍵をなす〝公共形成〟諸機関の私的所有への厳密な規制の開始
4　利害を守り表現するのにもっとも弱い社会的地位にある人々に対する資源の供給

長期目標（各項目に対応する）

1　市民社会における自律的組織や集団の差異性の創出
2　多様化経済と所有権ならびに所有方式の多元化
3　公的審議や政府決定を通じての社会的投資優先機構、ただし商品と労働の広範な市場統制は継続
4　市場社会で働いているか家事活動をしているかにかかわりなく、全成人に対する基礎収入の保障[41]

というのがそれである。「一国民国家」とは具体的にはアメリカ合衆国を指すのであろうが、ここには今日の時代における困難な課題解決に向けての方策と目標の設定が、相当に考え抜かれた結果として示されている。ここに提示された諸項目は、我々にとって十分に検討にあたいするものと言わなければならない。R・フォークをはじめ、C・オッフェやC・ペイトマンなどが本書に賞賛の辞を寄せているのもそのためであろう。本書によって、政治形態論としてのデモクラシー

論は、新しい段階に入ったと言えるのではなかろうか。

他方、時にはヘルドとともにありながら、「アソシエイティブ・デモクラシー」を追求しているのがP・ハーストである。彼によれば、「アソシエイショナリズムは、人間の福祉と自由はできるだけ多くの社会的諸問題が自発的で民主的な自治的アソシエイションによって扱われるときにもっとも良く達成される、ということを中心的な主張とする規範的な社会理論として、ゆるやかに定義される[42]」ということである。そのうえに立って最近まとめられた『アソシエイティブ・デモクラシー』もまた、その副題「新しい経済的、社会的統治形態」が示すように、時代の変化に対応しようとする意欲の産物である。ここでハーストは、アソシエイショナリズムにはいくつかの源泉があるとして、R・オーエンやG・D・ホリオークらの協同組合運動から、G・D・H・コールやH・J・ラスキらの多元主義論、さらには仏・独のコーポラチストの理念からE・デュルケムの貢献などを挙げたうえで[43]、「アソシエイショナリズムは、公的領域と私的領域とのバランスを変えるのだ[44]」という。このバランスの変更は、私的領域へ向けての変更を意味するわけで、そのもとでの福祉国家は、共和主義者とは違って自由の倫理に基礎をおきコミュニティ選択の権利を尊重するというのである[45]が、確かに今日、自律的集団の役割がとみに重要になってきているという意味においては、この議論は一定の妥当性をもちはするものの、そこで提起されている新しい協同統治の構造はもう一つ物足りない。彼は「アソシエイティブ・デモクラシー」を通じて権威主義的なトップ・ダウン方式や集権的権力をしりぞけることができるとしているが、その道筋がはっきりしてこないからである。環境問題にひきつけていえば、イギリスにはナショナル・トラストの歴史的伝統があり、そのさらなる活性化に向けて、それを基軸にデモクラシー論を再構成することにはそれなりの意義がある。だがそれをもって新しいデモクラシー論の一般理論とするのであれば、それは部分性を免れ難いと言わなければならない。

そこへいくと、今日のデモクラシーが直面するに至っている深刻なジレンマにより深い省察を加えているのはA・メルッチである。彼は複合社会としての「ポスト産業」民主主義のジレンマとして、①一方における不断の変化と他方における規範や規則の枠、②権力の細分化に伴う最終目的の決定不能性、③市民権と参加の拡大と計画化の必要性に伴う意思決定の中心機関の必要性の増大、の三つのジレンマを挙げ、その根底に統合化の圧力とアイデンティティ形成の要求との構造的緊張関係があることを指摘しているし[46]、また、そこにおける意思決定のプロセスには「不可視のジレンマ」があるとして、①自律と管理のジレンマから、②自己増殖的な能力の拡大とエコ・システムとの結合からくる限界の承認という全能と責任とのジレンマへ、さらには③科学知識の不可逆的増大に伴う情報の不可逆性とその選択における意思決定の可逆性とのジレンマへと論及する[47]。この指摘は今日の民主主義が直面している課題の困難性をえぐり出して鋭い。メルッチにおいては、近代はまだ終わってはいないが、「日常生活に関する権利やエコ・システムとの関連などが民主主義の新たな地平を切り開いている[48]」との認識があり、「ポスト物質」社会では物への権利に対して新たなタイプの権利としての存在の権利、平等の権利に対して差異への権利や生活時間の権利、さらには空間の権利が登場してきていることに注意の目が向けられている。メルッチの問題提起は、これからのデモクラシー論の出発点をなすものと言うことができよう。

最後に、資本主義に対するより批判的な観点に立ってのデモクラシー論についてもふれておく必要があろう。ここにはマルクス主義的な批判的デモクラシー論とマルクス主義に一歩距離をおいてのそれがあり、前者の最近における典型は、カナダの政治学者E・M・ウッドの『資本主義と対決するデモクラシー』（一九九五年）である。彼女は、共産主義の崩壊とともにマルクス主義の理論的研究とその資本主義批判は以前にも増して重要になってきているとの観点に立って、史的唯物論の再検討を行ったうえで、第二部において民主主義と資本主義の関係について論じている。すなわち彼女は古代の民主主義と近代のそれとの相違を資本主義的生産関係を基軸として説明したあと、今日においては「市民社会とアイデンティティ政治」に目を向けなければならないと主張する。「〝市民社会〟は一般的に、西欧世界で進展してきた〝正統デモクラシー〟そのものによって保障された、国家の外の自由、自治の空間、任意の結社や多様性もしくは紛争の場を確認するようになってきている」のであって、その概念は国家と資本主義経済双方の強制に反対しうるような多様性を明示しうるようになってきており、あるいはよりひらたく言えば、それは多様な非国家的な諸機関や諸関係の大きな広がりの中で〝経済〟を包囲しうる。[49]「新しい多元主義は、伝統的社会主義が経済と階級に熱中する中で顧みなかった諸機関や諸関係の全領域を評価することを、我々に要請しているのだ[50]」というウッドの指摘には、ネオ・マルクス主義者のアイデンティティ政治への開眼をみてとることができる。ちなみに本書の結語はこうである。「我々の時代の経済的、政治的条件から引き出されるほかはない教訓とは、人間的で〝社会的な〟真に民主的で公平な資本主義は、社会主義よりもさらに非現実的なユートピアであるということである[51]」

つづいて後者の立場からのデモクラシー論としては、さしあたりエコロジーを重視する観点から「自由主義的資本主義と行政国家を越えた」〝広範囲民主主義（discursive democracy）〟を説くJ・S・ドライゼクの議論や、経済民主主義を主張する、R・アーシャーの議論を挙げることができる。ドライゼクはハバーマスやオコンナーなどを援用しつつ、自由民主主義と行政国家の危機がほかならぬ合理性への要請にあるとしつつ、そのうえに立ってこう結論づけている。「要するに、ここで私が示しているエコロジカル・ポリティクスとは、広範囲にわたる民主主義的なものであって、現行の政治的、経済的生活における支配的な様式とは明らかに非常に異なっている。市場資本主義、行政国家に現れているものであれ、自由民主主義に現れたものであれ、この支配的な様式は、エコロジカルな文脈においては本質的に非合理的なものである[52]」と。またアーシャーは〝実際的社会主義（feasible socialism）〟を旗印にするのであるが、コーポラチズム論の批判的再検討をすすめたうえで、二一世紀に向けて経済民主主義を提起する。この場合、彼によれば「経済的民主主義とは、諸会社は市場経済の中で作動するがその運営はそこに働く人々によって行われるような、そういうシステムである[53]」。この経済的民主主義への道こそが実際的な社会主義への道なのだとして、「この目標を装備することによって、社会主義運動は政治生活の中心部に立ち戻ることができるのだ[54]」とその議論を結んでいる。いずれも傾聴にあたいする見解であると言うことができよう。

こうみてくると、ひるがえって日本における「ポスト現代」に向き合ってのデモクラシー論の展開は、かなり立ち遅れていると言わざるをえない。教科書風のものを別とすれば、近年のものとしては僅かに加藤節編『デモクラシーの未来』と福井英雄編『現代政治と民主主義』が目につくにすぎないが、ただ九五年末に刊行された千葉眞『ラディカル・デモクラシーの地平』（新評論）には、筆者の問題意識と重なりあう新たなデモクラシー論への接近の試みをみてとることができる。しかしそれにしても、千葉自身も指摘しているように、二一世紀における民主主義の在り方を問う議論は、ほとんどまだこれからなのである。

4　環境政治学における対応

ではつづいて、環境政治学と環境危機政策をめぐる主要な問題の所在を確かめてみることにしよう。環境政治学という言葉はわが国ではまだ耳新しいが、エンヴァイロンメンタル・ポリティクスという用語とその学問分野は、学際的な性格をおびた新しい研究領域として、欧米ではすでに定着してきつつある。筆者のとらえる新しい政治学の構造においては、それは相互に関連しあって重層的な政治原理論―民主主義論―環境政治学という三層構造の一環をなし、その進展のあり方が政治学の内容を大きく左右する。それが、喫緊の課題となってきている環境危機政策との対応関係においては、すぐれて共生の原理―合意形成と統治能力―科学的危機政策という内容をもって一体化して現れることとなる。

環境科学や環境経済学は別として、環境政治学に関して言えばその嚆矢となったのは、コールドウェルが一九六三年に『パブリック・アドミニストレイション・レビュー』に発表した「環境――公共政策の新しい焦点[55]」であろう。彼の論集を編んだ二人の弟子も、この論文が「それまでの政治学者たちが研究対象として考えていたものからの新しい出発であった[56]」としている。その後七〇年代に入ってから、アメリカでは主として行政学分野を中心に環境政策の研究が発展をみ、つづいてヨーロッパでも環境政策をめぐる議論が活発化して今日に至っているのであるが、筆者としてはその間の研究動向にほとんど注意の目を向けてこなかったことを反省せざるをえない。

近年においてはエコ・ポリティクスやグリーン・ポリティクスの名を冠するものをふくめて、毎年多数の環境政治学関連の出版物が出されていることは周知のとおりである。その中にあって、問題を総合的にとらえたものとして注目されるのは、ともに邦訳も出された、ドイツのE・U・フォン・ワイツゼッカーの『エルトポリティク[57]』（一九八八年）とG・ポーターとJ・W・ブラウンの『地球環境政治[58]』（一九九一年）である。前者は初版以来二度にわたって増補を行い（邦訳は九二年版）、空前の売れ行きを示しているとのことであるが、その背後にはドイツと日本との地球環境に対する関心の差があるのであろう。ワイツゼッカーは連邦議会の決定によって設立された地球環境問題を対象とするヴッパータール研究所の所長を勤めているとのことであるが、自然科学者の持ち味を生かしつつ、地球環境についての総合的な科学的認識を基礎として政策的課題を追求しているところに特色がある。ただ訳者も指摘しているのであるが、その論調は理想主義的で楽天的であって、政策決定の困難性に対する厳しい目に欠けるきらいがある。また後者はNGO研究員の手になるものとのことであるが、主として国際政治の領域から地球環境政治の全体像を理論と実証の両面からとらえている。訳者によれば「本書『地球環境政治』の登場は、まさに画期的なものであったといえよう[59]」ということであるが、地球環境問題と地球政治とのかかわりを整理して理解するうえで有益な書物であることは間違いない。

これに対して、環境政治に関する主として七〇年代から九〇年代にかけての欧米における代表的な論文を収録して出版されたのが、R・グッデンの編集になる『環境の政治学[60]』（一九九四年）である。本書は第一部「環境倫理」、第二部「環境行動」に分けられ、第一部に一〇編、第二部に一五編の論文が選ばれているのであるが、その多くは我々が手にしにくいものであって有益である。その中で編者は環境倫理についてこう指摘している。「環境倫理は環境政治学にとっての主題である。これはただ、政治活動は何らかの原理的な根拠を必要とするという明白な意識においてだけでなく、また異なった諸原理は異なった実践活動と同様に異なった政治形態の根拠となるという意味においても真実なのである[61]」と。そのような観点からだと思われるが、彼は自らの論文の中でとくに国際的倫理を取り上げ、「先取りして言えば、私の結論では伝統的な国際法の構造とが多くのこうした新しい環境問題の挑戦にとって著しくそぐわなくなっているということだ[62]」としつつ、①民族の自決を保障するような分割的諸権利システム、②各民族に対して個別的な履行を明記した国際的分担義務システム、③すべての民族が責任をもつことを求めるような分担責任システム、の樹立を提言している[63]。これはその一例に過ぎないが、本書には随所にグローバル・ポリティクスの視野に立っての新しい環境政治学パラダイムの追求の意図が窺われる。

最近の研究書の中でいま一つ参考になるのは、アメリカの二人の若手研究者によって発表された『世界政治における環境NGO』（一九九四年）である。「ローカルとグローバルを結んで」との副題をもつ本書は、現在の時点におけるNGOの役割をまとめて伝えてくれると同時に、いまや非政府組織の活動が環境政治の不可分にして枢要な位置を占めるに至っていることを改めて確認させてくれる。本書はまず、NGOが環境外交において重要な地位を占めるようになり、その変化が従来の社会運動理論を超えるに至っていることを明らかにしたうえで、その実際の役割を五大湖水質問題、象牙貿易問題、南極環境保全問題において説明し、さらに国連環境開発会議でのその活動を分析する。中でも注意をひくのは、M・フィンガーが、一九七〇年代以降の「新しい」といわれてきた社会運動理論を代表しているとするM・ネルフィンの「第三システム論」を取り上げてそれを批判している点である。「第三システム論」をここで紹介する余裕はないが、その理論的特徴は政府権力、経済権力に対して市民による自治的権力を対置するところにある。その位置づけ方が、彼に言わせると、市民運動の役割を政治の舞台に限定させる結果となっているというのである。すなわち、第三システム論者においてはNGOは基本的にグローバル政治システムのロヴィストとしてとらえられているが、その見方は狭隘である。NGOは当初は政治に立脚点をおいていたが、それは今日では経済的にも文化的にも重要な役割を果たすようになってきている。第三システム論では環境NGOの性格やその活動の役割のすべては説明できないというわけである[64]。彼によれば、ポスト現代政治の特質は国民国家の侵蝕にあり、草の根諸組織や公的利益集団もしくはNGOといった多様な政治行動諸単位は、衰退する伝統的政党に匹敵するものとなっているのである。「環境NGOは、他のすべての新しく台頭しつつあるアクターと同様に、社会のさらなるポスト現代化を押し進めているのだ[65]」という言葉の中には、NGOに対する彼らの思い入れだけでなく、非政府活動の全社会分野への拡大と浸透が進みつつあるという意味での、新しい政治のさらなる進展の徴候を読み取ることができる。

他方、ディープ・エコロジーから社会的正義の実現に向けて、社会主義的志向のもとに「エコ・ソシアリズム」の旗をかかげるのはイギリスのD・ペッパーである。その著『エコ・ソシアリズム』（一九九三年）の扉にかかげられた冒頭の言葉「資本主義はエコシステムを低下させ社会的不正義を創出しつづけている」というのが、その出発点である。本書において彼は、環境問題との関連においてマルクス主義、アナーキズム、ディープ・エコロジーのとらえ方を点検、紹介したうえで、「レッド―グリーン・ポリティクス」を提言する。「一九七〇年代における大衆的な環境運動の勃興以来、赤と緑の間では、紛争と調停や協力の試みの両方を生み出す緊張関係が続いてきた」[66]。しかしグリーンやグリーン・アナーキストたちは、マルクス主義の積極面――資本主義の社会分析や社会・自然の弁証法――を受け入れなければならない。そこにマルクス主義の積極面をとらえ同時に生態系破壊を避けるような戦略を発展させる、社会変革のメタ理論の可能性がある。広くヒューマニストとネオ・マルキストたちは、このプロジェクトに立って活動している[67]、というのである。本書で展開されているペッパーの研究そのものはさして質の高いものとは思われないが、ここにおける問題意識とそれを生み出すに至っている動向は注目に値すると言うことができよう。

なお後になったが、環境政治学の泰斗コールドウェルが、環境危機に対するインクレメンタルなアプローチの限界を指摘しつつ、「今日の世界が直面するに至っている一連の危機もしくは接近しつつある危機は、それに対処する政府活動の現在の構造を越えるものだ[68]」と述べていることにも注意を喚起しておきたい。その「環境関係の全体像とその重要性を理解するということは、我々の時代の多様な危機をとおして環境政策を追求することの根本的な重要性を理解するということである[69]」という言葉は、環境政治学が到達するに至った集約的な提言ではなかろうか。

ひるがえってわが国における環境政治学の現状は、遅きに失している。筆者自身を含めて不明のいたりと言うほかはない。近年、新たなナショナリズムについての考察やジェンダー論が提起されてきているとはいえ、環境政治に関する出版物は寥々たるものだし、学会においてもエコ・ポリティクスをめぐる議論が部分的に行われたにとどまる。そうした中でふりかえって一瞥すれば、先鞭をつけたのは坪郷實、寺西俊一、山口裕司らの論稿であったが、最近において注目すべきは、先にあげた丸山の論文と宇都宮の著書である。とくに丸山論文では、エコロジーの政治戦略を「保護主義」―「環境主義」―「エコロジズム」の軸と「全体主義」―「ポジティブなリバータリアニズム」の軸との組み合わせによって表現されるとした点や、自由主義や民主主義と環境政策の徹底との矛盾的性格に目を向けている点が評価されるが、その「リベラルな環境戦略」が実を結ぶには、地球環境危機はあまりにも大きくて重い。また宇都宮の著書はややまとまりに欠けるきらいはあるものの、随所に重要な指摘があって示唆に富む。とくに欧米における環境政治をめぐるいくつかの論点と、わが国における環境行政の要点を自治体レベルを含めて提示している点や、環境政治学における理論的な問題の所在を示しているところは有益である。中でも筆者が評価したいのは、著者が地球環境理念の問題を的確にとらえ、環境政策パラダイムをめぐってはその「コペルニクス的転換[70]」の要を指摘していることであって、言うまでもなくこのとらえ方は、筆者の人類史的危機の認識と基本的に一致する。ここでは一カ所だけだがその第一章のまとめの言葉をひいておこう。

こういった地球環境危機から抜け出すには、人間中心主義の開発文明パラダイムから自然と人間とが共存できる新しい地球環境文明パラダイムへの転換を図らなければならない。この新しいパラダイムに基づいて、地球環境問題を解決するグローバルな枠組みをつくり、その下で世界各国、地球のすべての人、企業も団体も地球環境を守る行動に参加すべきであろう[71]。

かつての「公害の政治学」の段階とは違って、今日の環境政治学が地球政治論に立脚しなければならないことはもはや自明のことであるが、そこにおける問題群は複雑にして多様である。しかしここには、環境政治学を生み出し益々それを必要とさせるに至っている一貫したテーマ、すなわち人類史的危機とも言うべき地球環境危機にいかに対処し、いかにしてそれを解決していくかという全体的課題がある。環境政治学はこの主題にそって構成されなければならない。そうすると、環境政治学の全体像は大別すればおよそ次のように構成されるであろう。すなわち第一に原理論レベルにおける地球環境政治原理論、第二にデモクラシー論レベルにおける環境ガバナンス論と環境デモクラシー論、第三に政策論と運動論のレベルにおける環境政策論と環境運動論がそれである。

地球環境政治原理論は、ディープ・エコロジー論を含めて地球環境理念の樹立をとおして地球時代の新しい価値原理の確立を目指すものであって、生命圏倫理、ポスト物質主義、自然との共生がそこでのキー・ワードとなる。

次に環境ガバナンス論と環境デモクラシー論は、ローカル・ナショナル・グローバルの三領域にまたがり、かつそれらの三領域のいずれにおいても政府活動と非政府活動とを不可欠の構成要素とする。環境ガバナンス論においては、利益調整政治システムや大国中心の世界政治システムに代わる、科学的測定に基づく環境政策優先原理を保障するための新しい政治システムが追求されなければならない。国家機関における環境関係省庁の権限強化とならんで、一方における分権化の促進と他方における国際的環境政策推進機関の権限強化、ひいては地方政府の確立と世界政府創出のプログラムの樹立がそこでの重要な一環となろう。また環境デモクラシー論においては、自由と平等の原理に加えて共生の原理の具体化が目指されなければならない。共生の原理を重視するデモクラシーは、生活意識や社会意識ならびに政治意識の転換を求めるがゆえに、ジェンダーの問題とならんで、共同社会における意思決定方式としての多数決原理の現実的態様とのあいだにしばしばジレンマを生じさせる。一方における市民自治、他方における国際民主主義、その間における民主主義のジレンマこそ、環境デモクラシー論の中心問題である。したがってここでは、大衆的合意の形成か政治的リーダーシップの確立かという、デモクラシーの統治能力をめぐる根底的な問題が、迫りくる人類史的危機を前に、二者択一の問題としてではなくて、その高次における統一という方向において、新たな政治的統合の課題として弁証されなければならないこととなる。

つづいて環境政策論と環境運動論であるが、もとよりそれもローカル・ナショナル・グローバルの各領域にまたがるわけで、環境政策論は自治体環境政策論、国家環境政策論・行政論、国際環境政策論から、環境運動論は住民環境運動論、非政府団体環境運動論、国際環境運動論などから成るであろうが、それら相互間のリンケージ・ポリティクスの追求が必要である。また政策主体、運動主体にとって重要なのは、第一に科学的認識に基づくということであり、第二に政策策定にあたっての優先基準を樹立するということである。第一に関しては環境科学の総合的成果ならびに環境経済学と人口論の研究成果に立脚することが必要であり、第二に関しては発展的展望をもちうる環境基準の策定が必要であり、それとの関連においてシビル・ミニマム、ナショナル・ミニマムとならんでインターナショナル・ミニマムの設定が進められなくてはならない。なお具体的な政策上、運動論上の諸問題についてはここでふれる余裕はないが、ただ一つ指摘しておかなければならないのは、さし迫りつつある環境危機を克服していくためには、これまでのやり方を延長していくだけでは駄目だということであって、地球環境原理における発想の転換とあいまっての、抜本的な解決策が目指されなければならないということである。環境政治学に課せられた課題は重く大きいと言うべきであろう。

5 地球環境危機の前途

我々は果たして、迫りくる未曾有の危機を克服しうるであろうか。最後にこの課題解決をめぐる若干の問題についてふれておくことにしよう。

地球環境の危機に向けての環境政策が、これまでも進展をみせてきたしこれからもそれなりの前進をつづけていくことについては、ほとんど疑いをいれる余地はない。このことについて多くを語る必要はないだろう。なによりもそれは一九七二年の国連人間環境会議（ストックホルム会議）から一九九二年の国連環境開発会議（リオデジャネイロ会議）に至る過程や、わが国における公害対策基本法（一九六七年）から環境基本法（一九九三年）に至る過程が示しているところだし、アジェンダ21との取り組みが現在進行中であることがそれを示している。

この進展の段階を特徴づけるものは、一九八〇年代に入ってから登場してきた「持続可能な開発（sustainable development）」のパラダイムである。そしてそれは、そこに解釈の幅がありえたからこそ、一九九二年の国連環境開発会議において共通のキャッチ・フレーズとなったことによって、国際的な共有パラダイムとなった。明らかに「持続可能な開発」パラダイムは、原理的に「持続不能な開発」パラダイムと対立する。それゆえにこそその効果は、それまでのパラダイムを持続不能なものとすることによって、地球環境政策に新たな段階を画するものであると言える。だがそれにもかかわらず、このパラダイムの根底には近・現代を貫く社会発展の原理―デベロップメント（「開発」「成長」「発展」）の継承があることを見逃してはならない。世界における環境政策をめぐる論議の多くは、今日このパラダイムにそって行われている。しかもこのパラダイムの具体化でも、それへの支持者が増大してきているとはいえ、その前途はなお容易な道ではない。

現在、世界で最も多くの環境研究者を擁し、最も大量の環境関係出版物を出し、最も多額の環境関係資金を使っているのはアメリカ合衆国であって、同国は環境問題と取り組む世界の最先進国である。[72]だがアメリカ合衆国は、リオでの地球サミットにおいて、気候条約に炭素排出規制の目標と達成期限を明記することに強く反対して、国際的な温暖化防止策を事実上有名無実たらしめた中心国であったし、またクリントン政権への期待が破れたように、連邦政府の環境政策がたえず利益調整政治の枠組みの中でのリーダーシップ争いをめぐってゆれ動く国でもある。程度の差はあれ、似たような事情は他のほとんどの国にもあり、外に向けてはナショナル・インタレスト論が、内においては政党や圧力集団のインタレストが政策決定を左右する、そういう政治構造が環境政策を条件づけているのである。もとより環境諸団体の力量が高まれば環境政策のありように影響を与えることはできるが、現状ではその影響力は環境問題の深刻な自治体の環境政策を動かすにとどまり、国家環境政策の基軸を動かすまでには至っていないのである。

また環境政策の飛躍的発展を阻む条件としては、国家財政と官僚システムをめぐる事情も挙げておかなくてはならない。国家財政に関しては、なによりもまず冷戦後もパワー・ポリティクス論が基本的には崩れておらず、軍事支出のウエイトが依然として大きいこと、ならびにそれにつぐ財政支出の優先順位が財政投融資をはじめとする経済支出に充てられていて、しかもその仕組みが当分の間は崩れることはないということ、加えてそれに国家財政の赤字もしくは窮迫という事情がからんでいる。また官僚システムについては、その組織的保守性と当面する行政実務からの緊縛という事情がある。わが国の環境庁の事例も示してきたように、環境行政は官僚システムの中では依然として傍流であり、それが主流となるにはよほどの外部圧力と内部からの意識変革を必要とする。

　さらに政策決定の全体について言えることであるが、直接、間接をふくめて、環境政策の決定過程においては経済界の影響力が最も大きく、その影響力の主体は、基本的に市場経済における企業の論理に立つということである。このことは、産業界がつねに環境政策に対立するということではない。それどころか経済界はすすんで環境問題にかかわってきた。各国経済団体による環境問題委員会や環境問題プロジェクトの結成などはそれを示している。多国籍企業のトップによって構成された「持続可能な開発のための経済人会議」などは、その国際的表現だったと言えるだろう。だがその経済人会議がアジェンダ21に多国籍企業の規制につながるような表現を盛り込むことに反対したように、そこでは企業や業界の利益を守る立場が基本となる。そうした力が大きな影響力をもつという構造は、当然のことながら環境政策の方向やそのありようを限定づけるのである。

　くわえて中進型諸国や中国をはじめとする発展途上国の場合には、物質的豊かさを求めてやまない大衆の欲求と、国力の強化を目指す政治指導者の志向が、政策選択における経済成長路線の優先を決定づけており、そのことが環境コストをたえず限定づける方向に動いていることも忘れてはならない。

　こうした事情や制約があるだけに、市民サイドにおける草の根グループやＮＧＯなどの役割はひときわ重要である。かつてのわが国における公害反対運動がそうであったように、環境危機の克服へ向けての彼らのエネルギーがメディアをふくめて世論を動かすならば、状況の新たな進展はありえないことではない。各国のNGOをとってみれば、今日その数は欧米諸国以外でも、たとえばラテン・アメリカで六〇〇〇以上、インドで一万二〇〇〇、ケニアで四〇〇ないし六〇〇、アメリカNGO環境ネットワーク（ANEN）の参加団体は四五カ国五三〇団体といったぐあいであり、またその名を知られたグリーン・ピースのメンバーは、一九八五年から九〇年にかけて一四〇万人から六七五万人に急増しているのである[73]。

個々の環境政策は別として、当面実現可能な新たな進展としては、一連の環境規制の微速前進のほかに次の四つをあげることができよう。その一つめは化石燃料に代わる太陽エネルギーと風力エネルギーの実用化の進展であり、その二つめは環境税もしくはエネルギー税の拡大であり、その三つめは国際機関の新設や権限の強化と環境政策資金の増額であり、その四つめは人口抑制策の前進である。環境税についてはヨーロッパではしばらく前から論議の対象となり、すでにいくつかの国々で実施されるに至っているのであるが、エコロジー的税制改革の実現が目指されるのはこれからである[74]。アメリカ合衆国ではクリントン政権がエネルギー税の実施をはかったものの挫折した。日本ではまだ論議そのものがこれからである。しかし環境税を柱とする税制改革は、環境の悪化にブレーキをかけるうえで実効性と実現可能性をもった施策として遠からず政治日程にのぼってくるものと思われる。また国際機関の新設や権限の強化をめぐっては、先のヘルドの指摘もそうであるが、一九八九年のハーグ国際会議での地球環境立法機関を目指す国連環境政策権限強化案の提起以来、論議はあちこちに広がってきているものの、各国の立場が錯綜してその実現への道はまだ日程にはのぼっていない。

ここで最も重要な試金石となっているのはヨーロッパ連合（EU）であって、そこではすでに、単一ヨーロッパ議定書の発効（一九八七年）以来EUがその権限で環境政策をすすめることができるようになっており、そのさらなる発展・強化に伴う国際的な環境政策実施のためのインター・ステイト・システムの樹立が、全世界的規模でのそれのモデルとなろう。国際法の改革や国際司法裁判所の権限強化、環境保障理事会を柱とした国連改革には、なおかなりの時間がかかると思われるが、それに向けての国際世論は高まりはじめている。国連の「持続可能な開発委員会（CSD）」へのNGOのオブザーバー参加の実現、国際的なNGO運営委員会の設置などはその現れであるが、それらの声が各国の政府を動かしつつ国連の機構改革に至るには、現在の安全保障理事会常任理事国の姿勢が決め手となる。

だが、それらにもましてその実現の程度が危機の様相を決定づけるのが、人口抑制策がどのように具体化され、それがどこまで効果をもたらしうるかという問題である。最初の国連人口会議が開かれたのは、一九七四年ブカレストにおいてであるが、その二〇年後に開かれたカイロにおける国連人口開発会議は、人口問題がいろいろな社会的諸問題とりわけ女性の地位や性差別と密接にからみあった問題であることを明らかにし、強制的な家族計画ではなく、多産を誘発する諸条件を改善していくことに重点をおいた行動計画を採択した。リプロダクティブ・ヘルス・プログラムとして人口の抑制が目指されることになったということは、人口計画における重要な発展であったと言ってよい。しかしそのプログラム実施のための当面の資金計画――現在の五〇億ドルを二〇〇〇年までに一七〇億ドルに増やす計画――が順調に進むかどうかは不確定であるし、その人口抑制効果もまた計測できる性質のものではない。ただはっきりしていることは、人口増加率は低下していくものの、人口それ自体はなお長期にわたって増え続けていくということであり、その人口増加の大部分は巨大な人口をかかえる中国やインド、高い増加率がなお継続するアフリカ諸国など途上国のそれであるということである。それは食生活の向上に伴う一人あたり穀物消費の増加とあいまって、深刻な食糧危機を招来させるおそれが大きい。人間の本性と結びついた出産や育児という営みの性質、出産率の低下をもたらす基本的な条件としての消費水準の上昇が同時に一人当たり穀物消費量を増大させるという関係、こうした事柄の性格は問題解決の難しさに通じている。人口抑制策は、その実現可能性という点において、最も困難な課題の一つだと言わなくてはならない。

しかしながら困難な課題はそれにつきるわけではない。なによりも「持続可能な開発」というパラダイム・シフトで果たして地球環境危機を解決できるのか、という根本的な問題が存在する。確かに「持続可能な開発」は市場経済原理の拡大と浸透のもとで、先進型諸国、中進型諸国、途上国を横断して合意を形成しうる、その意味において実際的な実現可能なパラダイムである。だがそれは依然として物質的価値原理にとらわれつづけている人間中心型思考の産物であり、資本主義的経済原理との両立を必要条件とするパラダイムであることもまた確かなのである。

「持続可能な開発」の解釈やその受け止め方には、国によって、集団によって、またそれぞれの人々がおかれている立場によって大きな幅がある。一方には経済成長の必要性を強調する勢力があれば、他方には消費の抑制やライフ・スタイルの転換を説くグループがあるといった具合である。しかもこのパラダイムの推進にあたっては、現実的に実現可能な道としての漸進的変化のアプローチをとるほかはない。そしてこの漸進的アプローチの最大の弱点は、地球環境問題への取り組みにおいて、各国の広範な裁量の余地を認めていかなければならないということなのである。「持続可能な開発」は、その目標を真に達成するためには、そのよって立つ基礎そのものを問い直さなければならないのである。

先の『地球環境政治』の著者たちも基本的に「持続可能な開発」を支持する立場に立っていると思われるが、彼ら自身が言っている。経済構造やライフ・スタイルを根本的に変えることが求められているが、米国や他の工業国は「モノの生産・消費形態を大幅に変える必要がある環境レジームには尻込みすると思われる[75]」と。また環境悪化に歯止めをかけるための環境危機政策に関しては、「環境悪化がさらに進む前に、漸進的変化のアプローチが、このような重大な流れを引きとめるに必要なきっかけを作りだすとは考えにくい[76]」と。『地球白書　一九九五―九六』はいう。「持続可能な社会を構築することの責任は、持続不能なライフ・スタイルをいま導入しはじめたばかりの国々ではなく、それを最初につくり上げた国々が負うべきであること」は明白だと[77]。だが『地球環境政治』の著者たちは指摘している。「持続可能な開発」の実現に向けてさえ、「企業、貿易や財政を所管する大臣、政党の指導者、それに世界銀行やその他の多国間機関の総裁などは、なかなか考えを変えようとしない[78]」。従来の支配的パラダイムは「有力な政治・経済制度の中にその支配の根を下ろしており」、持続可能な開発の「パラダイム・シフトが完了するには長い年月を要するだろう[79]」と。

おそらく地球環境危機がもっと切迫し、もっとあらわになっていく段階に至って、先進型諸国はやっと本腰を入れはじめるであろうが、現状は国連の通常経費さえ財政赤字で四苦八苦のありさまなのである。国連財政赤字の最大の原因がアメリカ合衆国にあり、またお金は出しているが、先進型諸国の中で環境危機への関心がもっとも低いのが日本であるという、この象徴的な現象が事態の先行きを暗示している。ワイツゼッカーも言うように、「状況はすでにこれ以上悪化のしようのないところまできていると思われる[80]」のに。

結論的に言うならば、地球環境危機は克服、解消の方向に向かうのではなく、逆により深まりカタストロフィーに立ち至るおそれが大きい。その根本的なところを簡潔に述べればこうである。すべて危機にはそれを生み出す原因がある。地球環境危機にもそれをもたらした原因がある。しかも地球環境危機においては、他の危機の場合には危機の認識そのものに認識主体の側のバイアスがかかる余地が大きいのに比べて、事柄の性質から客観的認識に立ちうる条件が大きいはずである。地球環境危機の克服のためには、この客観的な認識にささえられた危機の原因を除去していくという抜本的解決への道が前進させられなければならない。もとより環境悪化の現象は多岐にわたっており、そのそれぞれにはそれをもたらしたいろいろな直接的原因がある。だがそれらを全体として把握すれば、その根本原因が、人間の生産と消費活動の増大に向けての、地球資源の過剰消費と環境破壊物質の排出にあることは明白である。ところが事態は、様々な環境政策にもかかわらず、この原因除去には向かっていないということである。ここでとくに挙げなければならないのは、次の三点であろう。

その第一は、くりかえし述べてきた人口問題とかかわるわけだが、到来が予想される食糧危機の原因を除去していく見通しやそのための地球規模での確たる計画を策定することが困難であるのに加えて、暫定的な計画も実施効果が不確定だということである。農地の拡大や生産効率の向上があるにしても、人口増の抑止が難しいことに加えて、海洋資源の回復や土壌の地力回復もままならず、肉食率の上昇、飼育漁業の拡大に伴う一人あたり穀物消費量は増大する。食糧危機の原因はなくなるどころか、むしろさらに大きくなっていく公算が大である。

その第二は、先進型諸国における生産と消費の抑制が非常に困難なことである。公害防除技術の発展とその応用が一定の成果をあげているとはいえ、高水準の生産と消費が環境危機の主要因の一つであるからには、その水準の切り下げが行われなければならない。しかしそれを実現するためには、なによりも物質的価値原理を基礎にする人間の価値観を根底から変えていかなければならないし、またそれを可能ならしめる社会経済的レジームの変革を進めなければならない。だがその道ははるかに遠い。むしろ現実はそれとは逆に、市場経済原理に立った資本主義的経済原理が企業社会をがっちりとささえ、そのもとで人々はひたすら景気の上昇を求め、さらなる物質的豊かさを依然として追求しようとしているのである。もとより環境ＯＤＡや人口計画資金などをはじめとして、これら諸国はこれまで以上に地球環境政策に取り組んでいくことは疑いないが、それはどこまでも、これまでの路線、つまり原因の除去に向かってではなく、起こってきた環境悪化現象に向けての部分的対症療法の域を出そうにはない。

その第三は、中進型諸国ならびに中国、インド、ブラジルなどをはじめとする発展途上国の、「持続不能な開発」パラダイムのもとでの急速な経済成長が必至だということである。中でも一二億以上という途方もない人口をもつ中国の経済大国化は、全世界にほとんど決定的な影響をおよぼすであろう。その人口規模は先進型諸国総人口の二倍近く、その経済成長率はこの二〇年の間、八％から一〇％という高率をつづけている。二一世紀に入って間もない時期に中国は世界最大の経済大国になるであろう。たしかにこうした国々の人々が物質的な豊かさを追い求めることを非難する権利は誰にもない。だがそこでは、「持続可能な開発」パラダイムもまだほとんどシフトするに至っておらず、人口圧力もふくめて環境危機の原因は益々増え続けているのである。

もとより人間は英知をもった存在である。こうした事情を認識し、少しでも危機の原因をなくしていこうと努力する人々が増大していくこともまた確かである。科学者の取り組みや、ＮＧＯをはじめとする各種の市民運動や自律的集団の活動の高まりは、一部の政治家をまきこみ、メディアにも影響を与えていくだろう。また他方では「赤と緑」の連合や同盟もやがては活発化していくに違いない。だがそれにもかかわらず、こうした力が近い将来において世界世論の大勢を動かすようになるという見通しはない。それはなによりも、環境危機の原因の解決を目指そうとするには、これまでの人類史をとおしてしっかりと根付いてきた、豊かさに向けてのものの見方や考え方を根底から変えていかなければならないからである。先進社会では非政治の風潮が広がり、途上国では多くの人々がなお明日の暮らしに追われ、その中間の国々では物の豊かさへの渇望が渦をまく、そうした中での価値意識の転換や地球大での視野の獲得は、決して容易ではないのであって、それが大衆的規模で広がっていくのは、地球環境危機のさらなる悪化という、望ましからざる外的条件の変化が身近に迫ってからということになるのであろう。危機がひきつづき進行するのはもはや避け難いと言わなくてはならない。

そこで最後の問題になるのであるが、食糧危機をふくむ地球環境危機は、今後一〇年、二〇年と益々深刻化する。その危機の深刻化が経済システムや政治システムに与えるインパクトがどのようなものとなるかは、まだ確定はできない。しかし、人心の動揺と混乱の増大とあわせて、その危機が政治危機に転化していくであろうことは推定できる。アイデンティティ・クライシスの進行のもと、国民国家を枠組みとした政治への大衆の信頼感はさらにうすれ、政治行動の多くは情動化する。しかし政治システムはローカルにそしてまたグローバルに分節化するとはいえ、なおそこで社会の共同秩序を維持する中心機関は強制力装置に担保された国家である。なによりもやはり国家が進行する危機に対して主導権をとるのである。この国家における政策決定システムはデモクラシーのそれであるが、その入力過程における大衆の離反と情動化、選挙のセレモニー化、政策決定における利害調整パラダイムの強さ、政党や政治家の政策立案能力の低下、政党政治における政治的緊張関係の弛緩、等々によってその制度疲労は深まっている。その中にあって政府の統治能力は低下し、官僚主導のもと政府活動は平時の業務に慣性化している。つまりそこでは民意の吸収がうまくいかないまま、他方では危機管理の機能不全が露呈しやすい状態にあるのである。そこへ未曾有の危機が迫ってきたらどうなるだろうか？

予想される政治危機の第一段階は、政府の対応の立ち遅れと危機政策をめぐる政治エリート内での分裂と対立、ならびに社会不安を背景にしたフォーマル、インフォーマルな様々な形での政府批判あるいは体制批判の噴出である。その中では非合法的な行動も起こりうるであろう。他方、環境危機政策の方は猶予ならない事態になってきており、多少の抵抗はあっても思いきった危機対策をとらざるをえなくなってくる。この危機対策というのは、少なくとも次のような内容をふくまざるをえない。すなわち経済活動に対しては資源利用の計画化とその実施のための統制、国民生活に対してはそのライフ・スタイルを変えうるにたる重い環境税の実施や消費抑制措置、対外的にはエネルギー資源や食糧供給源確保のための措置や難民をふくむ外国人への規制などがそれである。当然のことながらそれは激しい反発や摩擦を生じさせる。ここにおいて政治危機は第二段階に入る。すなわち政治不安の増大とデモクラシーの形骸化ないしは崩壊と強権的政治体制の樹立である。このプロセスがどのように進むかはむろん予測できることではないし、そこに樹立される強権的政治体制がどの程度のもとになるのかもむろん各国の諸条件によって異なる。ただここでは、なんらの強権的政策をとることなしには、そこまできた危機には対応できないということを指摘するにとどまる。

環境政治学者の中では、まだこの問題に立ち入っている者は少ない。丸山は問題解決の三つの道として、「権力的解決の道」「自己決定に依拠する道」「選択的な誘因付与を通じた解決の道」をあげ、我々のとるべき道として第二と第三の混合戦略を提起したが[81]、リアリストの眼からすれば、その「混合戦略」が危機の全面化を事前に解決しうる現実的可能性は低い。またワイツゼッカーは「エコ独裁制」の可能性があるとし、「いかなる形態のエコ独裁制も強く拒絶する」として、それを防ぐための三つの政策すなわち①エコロジー的変革を時宜を失せずに開始すること、②効果的でかつ個人的な対応の余地を残すような環境政策を促進すること、③切迫した情勢が日常的現実となった時には、当然保護されるべき自由に対して関心をもつこと、を挙げている[82]。この彼の見方もいささか楽天的である。彼は①について、「緊急事態の回避があらゆる活動に優先させられるようになる前に」時宜を失せずにエコロジー的変革を実施せよと言っているのであるが、彼がそう書いたのは一九八八年のことである。それから七年余、エコロジー的変革は進んだと言えるであろうか。願望と見通しとは、はっきりと区別しなければなるまい。デモクラシーはこの危機管理の危機を前にして、その存立を根底から問われるに至っているのである。

おわりに

ワールド・ウォッチ研究所は、すでに一〇年以上にわたって、地球環境問題を総合的な見地から集中的に研究してきた研究所であるが、同研究所の最新のレポートはこう報告している。「ある生産物――たとえば海産物――への需要が資源基盤の持続可能産出量を超えると、それまで安定していた需給関係が不安定になる。すでに非常に多くの資源について持続可能産出量が突破されており、何百年も何千年も安定していた需給関係が二〇世紀末の今日、きわめて変動しやすくなっている」と。そして警告している。「持続可能産出量の限界が突破されたときには、経済学者の提案する伝統的な対応はもはや効果がない」「厳しい生態学的圧迫は、ある時点で大規模な経済現象となって姿を現し、政治的動乱を引き起こす」[83]と。政治学者にとっては、環境学者からの警鐘の乱打にもかかわらず、今なお人々の大半がもっぱら景気の上昇を求めてやまないでおり、環境危機政策が依然として政策選択において低位におかれているという、このギャップの底深さに鈍感であったことが問われており、そのギャップの意味を凝視するところから新たな声を発することが喫緊の課題となってきていることが問われていると言うべきであろう。

食糧危機をふくむ地球環境危機を中心とした人類史的危機は、ほとんど確実に迫ってきつつある。もちろんそれに対する様々な対応策はこれからも試みられていくだろう。もしパワー・ポリティクス論が後退して軍事費を大幅に削減することができ、ナショナル・インタレスト論が後退してグローバル・パートナーシップが一段と強化されるならば、それに拍車もかかるだろう。だがそれでも危機そのものを阻止することはできないように思われる。回復に向かう時間的余裕がないということもさることながら、より根本的には、物質社会におけるライフ・スタイルの転換ができそうにないし、社会経済的レジームの変革も当分の間はできそうにないからである。ちなみに、宇都宮もこう述べている。

しかしながら、世界は様々な方策により環境問題の解決に努力を払っているが、それはこれまでの既成の枠組みの延長線上でインクリメンタルな手法で対応し、あくまでも人間を中心においた政策展開が行われており、環境を中心においてはいない。つまり環境危機のスピードに世界の対応が大幅に遅れて両者の間に大きなギャップが生じ、人類の生存に脅威を及ぼすなど取り返しのつかない環境カタストロフィにまでたち至る軌道を進んでいるように思える。(84)

人間中心に対する環境中心という言い方には少しひっかかるものがあるが（もっともこれは地球生命圏中心と解すれば理解できる）、この宇都宮の環境危機のとらえ方に筆者の認識も近い。実際に地球環境問題は、その実態を知れば知るほど、それが他の問題とは比較できないほどの、これまでの人類の歩み方そのものにつきつけられた重い問題であることを思い知らされるのである。

環境危機のスピードに世界の対応は大幅に遅れているし、これからも当分の間は追いつけそうにはない。もはや地球環境危機の社会的危機への顕在化は避けられないところまできているのである。

危機の徴候が地球人類の誰の目にも見えるようになってくるのは、おそらく二〇一〇年代に入ってからであろう。もとよりそれまでにも、すでにエチオピアやルワンダが、スーダンやソマリアが、イラクやハイチがそうであったように、食糧危機や生活環境破壊を原因とする紛争は起こる。だがそれらの現象は、多くの人々にとってはまだ他人事なのだ。それが一〇年代になってくるとそうでなくなりはじめる。なによりも食糧危機の顕在化が特定地域にとどまらなくなってくるからである。とりわけそこでは中国の動向が大きな影響を与えるに違いない。中国ではすでに一九七〇年代から「一人っ子」政策が強行されてきたが、それでも毎年一四〇〇万人が増え続けてきた。二〇一〇年代までには少なくともさらに二億人以上の人口が増加する。政府は東北部を中心とした農地の開発や農業生産性の向上に力を入れつつあるが、他方では工業化に伴う農業の衰退化現象も進行中である。工業都市周辺での農地の消滅、都市と農村、臨海部と内陸部との格差の拡大に伴う離村現象はその最たるものであろう。肉食率の上昇による穀物消費量の増加にもってきて、新たに二億人もの人口を果たしてまかなえるのか。政府がその対策に失敗すればもとより大変なことになるが、仮に最善策がとられたとしても、食糧需給をめぐるその影響が全世界に及ぶことは避けられない。むろん人口増加率が最も高いアフリカにおいてはもっと悲惨な状態が予想されるが、イランやメキシコ、インドなどにおいても人口問題が混乱を生じさせる可能性が高い。世界の市場システムの構造からすれば、食糧をめぐる需給バランスの崩れが、すでに持続可能産出量をはるかに超えている他の資源をめぐる需給関係に連動することは必至である。中でも産油国における動揺と緊張は、世界におけるエネルギー需給関係をゆるがす可能性が大きい。

二〇二〇年代になってくると、地球環境危機は全面化し、経済的危機、政治的危機となって人類社会を根底からゆさぶりはじめていくことになろう。それがどの程度のものになるかはもとより判らない。それまでに人類の英知がどこまで結集できるかが不明だからである。しかし問題の性質におけるタイム・リミットからして、危機的状況が広がることだけは推定できるのである。念のために、二〇二五年段階における最新の人口推計の内容を示しておこう。すなわち、先にあげたジョン・ホプキンス大学の数字によれば、世界総人口は一九九〇年の五二億六六〇〇万が二〇二五年には八一億二一〇〇万へと二九億人近くが増大するが、その内訳では、低収入層が三〇億七二〇〇万から五〇億六〇〇〇万へとさらに二〇億人増加し、地域別では、アフリカの人口が六億二七〇〇万から一四億三一〇〇万へと二倍以上になり、アジアでも三一億七四〇〇万から四八億六〇〇〇万へと一七億人近くが増加すると推計されている[85]。ちなみに一九八〇年代末の段階で、すでに途上国における栄養不足人口は七億九〇〇〇万人を数えていたのである[86]。なおこれにいま一つの数字を付け加えるならば、世界のエネルギー資源埋蔵量調査では、石油の持続年数が最も短く、その可採年数は一九九二年現在で四五・四年とされている。もとよりそこに地域差があることは言うまでもないが、世界全体としてはこのままでいけばもうあと四〇年分しかないのである。[87]

こうした数字が意味するところを考えてみただけでも、危機の大きさを想像することはできる。この危機が社会的に全面化していく事態の深刻さを想像しうればこそ、その事態で予想されるシナリオを、非科学的とのそしりを承知のうえで、あえて最後に提示しておこう。危機の程度や態様を左右する決め手となるのは、危機克服に向けての多様な運動、国内外での環境政策の効果、国際機関の役割とその効果、さらには危機管理システムの機能などである。いまそれらを総称して仮に「危機政策の効果」と呼ぶことにして、人口推計の形にならって「危機政策の効果」が「高位」の場合、「中位」の場合、「低位」の場合を想定してみるとこうなる。

①危機政策の効果が高位の場合

二一世紀に入ってから、先進型諸国はようやく「持続可能な開発」に向けて本腰を入れはじめるようになる。多くの国が環境税を実施し、環境教育を義務づけ、軍事費の削減とともに環境ODAや人口計画資金をはじめ途上国に対する教育・安全・環境保護のための資金が大幅に増額される。途上国においても公害企業の規制や環境保護政策が強化されはじめるが、それはまだ国民の多数をまきこむものとはならない。二〇一〇年代に入ってから、危機状況の広がりとともに全世界に危機意識が急速に高まり、打開策を求める国内・国際世論が各国の政府や国際組織をさらに動かすようになる。食糧生産基盤の強化と地球環境破壊防止のための大規模国際プロジェクトが実施に移され、国際機関の機能も強化されるが、「持続可能な開発」パラダイムの見直しには至らない。エネルギー需要における石油の割合はかなり低下するが、地球資源の需給をめぐっての各国間の利害の不一致は、環境政策をめぐる国際協調の進展にもかかわらず、半面において南北問題を中心として各国間の矛盾と対立を深める。したがってまた、国際法の改革や国際機関の権限強化にも一定のブレーキがかかる。

そうした中で、二〇年代から三〇年代にかけて、食糧危機とエネルギー需給関係の見直しの動きをきっかけに、地球環境危機は国際的な経済危機、ならびに打撃の大きい国々での政治危機へと拡大される。途上国においては数億の民衆が飢餓線上におかれ、内外での紛争と難民問題が多発し、不況の風は世界を覆う。先進型諸国といえども、社会的緊張と政治不安の増大から免れることはできない。しかし急速な人類の英知の結集は、国際民主主義とグローバル・パートナーシップの発展をもたらし、かろうじて国際秩序の安定は維持される。消費の抑制を主張するメディアをふくんだ内外世論の高まりを背景に、各国の政治・経済エリートは社会経済システムの抜本的再検討に着手するが、その進展は容易ではなく、他方において新しい社会主義を目指す動きもたかまっていく。そこから「持続可能な開発」の見直しがようやく始まり、環境政策の抜本的強化が進むにつれて、地球環境の劣化にはようやく歯止めがかかるが、その劣化からの回復に向けての道程は長い。

②危機政策の効果が中位の場合

二〇一〇年代に入ってから、全体的に危機意識が高まり環境政策との取り組みも一段と強化されるものの、「持続可能な開発」とそれをささえる原理は基本的に崩れない。パワー・ポリティクス論はしだいに後退はするもののそのテンポは遅く、軍事費の削減幅も相対的に小さい。グローバル・ポリティクスを動かす主要因は、依然として各国の政治経済事情を反映しての「ナショナル・インタレスト」と大国の主導権にあり、地球環境政策の進展はアジェンダ21の路線にそって進められる。先進型諸国では、環境運動の発展とあいまって環境税の実施や環境教育との取り組みも始まっており、環境問題に向けての途上国援助や国際環境政策も一定の前進はするものの、環境政策が他の諸政策に優先するまでには至らない。新たな資源消費の中心主体となっている中国をはじめとする新興の経済大国では、まだ「持続可能な開発」のパラダイムもシフトできていない。食糧危機の新たな兆しは一〇年代に始まり、二〇年代に入って全面化する。食糧需給バランスが維持できないまま、一〇億規模の民衆が飢餓線上におかれ、途上国の大半は経済的・政治的混乱にまきこまれて、かつてない大量の難民が生じるとともに、内外での各種の紛争が激化する。この紛争が産油国をまきこむか、それとも外圧にとどまるかはわからないが、いずれにしてもエネルギー需給関係にはより大きな衝撃がかかってそのバランスはくずれる。食糧安全保障、エネルギー安全保障にひびわれが生じれば、もちろんそれは食糧外部依存型、エネルギー外部依存型の国々を直撃するが、同時に地球資源の需給関係が全体的にゆさぶられていく結果、世界市場システムの安定性もまた崩れていく。回復の見通しのない不況の中で、経済危機が全面化し、社会不安はかつてなく増大する。そこでは秩序の維持・回復に向けて消費の抑制が強制され、国民生活に対する規制への抗議とその抑圧をめぐって、政治抗争が激化し政治危機が進行する。地球環境の劣化からの回復はさらに遠くなり、不透明な時代はさらに長期化する。

③危機政策の効果が低位の場合

二〇一〇年代に入ってからでも、地球環境政策の進行はこれまでのペースの延長にとどまり、環境運動もまた一部有志のそれを出ず世論を動かすには至らない。国際政治におけるパワー・ポリティクスとナショナル・インタレストの論理は依然として支配的であり、新興の大国をふくめて大国の利害が地球環境政策を左右する。先進型諸国では依然として財政状態が悪く、軍事費の縮小ペースは緩慢であり環境支出の伸びも低い。他方途上国においては、資源消費と化石燃料使用増大のペースは衰えず、人口抑制計画は実効をあげえない。中国をふくむ大国間の利害対立や南北間矛盾はむしろ深まり、グローバル・パートナーシップは発展せず、国連の役割と機能も基本的には現在と変わらない。その結果、地球環境危機の進行に比してその緩和策の進展がゆるやかなために、②で示したような状態が一〇年代から始まり、二〇年代以降、その様相はさらに深刻化して、人類社会全体が構造的危機にさらされる。食糧危機は国家間対立とあいまって増幅され、途上国を中心に難民があふれ餓死者が続出していく中で、民族、人種、宗教、地域間の流血を伴う紛争が拡大し、場合によっては国家間戦争も起こる。同時に、国際協調体制の乱れとともに、エネルギー危機の全面化、資源需給バランスの崩壊、全面的不況の進行とあいまって、市場経済システムはかつてない危機に直面する。世界経済秩序のくずれとともに、大多数の途上国と外部依存型経済に立脚する国々においては、経済システムが機能不全におちいり、国民生活は危殆に瀕する。億単位の難民を救済する解決策はなく、先進型諸国といえども難民はもとより移民や出稼ぎ労働者に対して閉鎖的となる。こうした事態をめぐって、排外主義から反体制運動、生活防衛運動から各種の抗議運動に至るまで、様々な異議申し立てが噴出していく中で、政治危機もまた全面化する。ここにおいて強権的な危機管理体制がかなりの国々において登場する。形式化したデモクラシーの、危機管理における機能不全が露呈されるからだ。しかし強権的な管理体制が問題を解決できるわけではない。かくて人間は事態を好転させる見通しをもちえないまま、なお長期にわたって、史上最大の犠牲を生じさせつつ、人間社会に人間の破壊（人心の崩壊）を刻印しつづける。

むろんこのシナリオが現象化する場合には、様々な地域的差異を伴う。おそらく危機の影響が最も少なくてすむのは、オセアニアならびに北欧における自給自足可能な国々であろう。カナダとアメリカ合衆国がそれにつづき、その後にEU諸国と南米の国々がくる。日本の場合には先進型諸国の中では、食糧自給率が三九～四六％と最も低く、逆にエネルギーの対外依存度は最も高い。一九八八年の主要国・地域別の穀物自給率では、オセアニアの二八〇％、アメリカ合衆国の二〇〇％、西欧の一一〇％に対して日本は最低の二九％であり[88]、また一九九一年の主要国の一次エネルギー供給構成調査では、輸入依存度において日本はイタリアとならんで最も高くて八三・四％となっており、一次エネルギーに占める石油の割合は五七・〇％であって、その石油の輸入依存度はじつに九九・七％なのである[89]。これに経済活動における対外貿易のウエイトをあわせ考えてみるなら、この危機が同時にまた日本の危機でもあることは明瞭であろう。

付け加えて言えば、第一〇六回国会（一九八六年）で設置された「産業・資源エネルギーに関する調査会」の第三次調査会（一九九二年八月発足）は、「二一世紀に向けての産業・資源エネルギー政策の課題」をテーマとして、ようやく最近に至って省エネルギー対策の強化をはじめとした一連の報告と提言を行った[90]。それは基本的に「持続可能な開発」パラダイムにそうものではあるが、総合的な危機の認識にはなお距離がある。しかしその提言でさえ、政局の現状と官僚の実態、国民のエネルギー消費への無自覚からすれば、その具体化はまだまだこれからだと言うほかはない。

食糧危機や地球環境危機の可能性を冷静に診断し、その可能性を少しでも引き下げるための政策的努力を求め、問題解決への道を探求していくことは、すぐれて今日の政治学に課せられている課題である。第一に、ポスト物質社会における価値原理の追求、それは人と人との共生とともにに自然と人との共生の原理を根幹にすえた、新しい政治学原理論の柱であり、第二に、この人類史的危機を孕む未曾有の転換期に機能不全の状態にあるデモクラシー政治を問い直す、デモクラシーの発展的脱皮を目指す、新しいデモクラシー論の樹立が政治理論の柱であり、そして第三に、「環境の世紀」に対応した、発展的な環境政策とそれをめぐる諸条件を追求する環境政治学の構築が、政治政策論、政治運動論として求められているのである。グローバル・ポリティクスとローカル・ポリティクスにまたがった、共生の原理の追求―デモクラシー論の再出発―環境政治学の展開という、この三位一体の政治学こそ、新しい政治学が目指すべき方向ではあるまいか。

注

（1）拙稿「『知の冒険』をめぐる理念と現実―小畑清剛『レトリックの相剋』によせて―」（『姫路法学』第一六・一七合併号、一九九五年三月、一三六―九一頁）。

（2）Samuel P. Huntington, "*Democracy's Third Wave*", Larry Diamond and Marc F. Plattner eds., *The Global Resurgence of Democracy*, Johns Hopkins Univ. Press, 1993, p.3.

（3）佐々木毅「これからの政治の構図――「新しい政治」のパラダイムは存在するのか」（岩波講座『社会科学の方法Ⅶ　政治空間の変容』岩波書店、一九九三年、三頁）。

（4）前掲拙稿『姫路法学』第一六・一七合併号、一四〇頁。

（5）エルンスト・U・フォン・ワイツゼッカー、宮本・楠田・佐々木監訳『地球環境政策』有斐閣、一九九四年、一〇頁。

(6) レスター・R・ブラウン編著、加藤三郎監訳『地球白書 一九九三―九四』ダイヤモンド社、一九九三年、三頁。

(7) 同書、Ⅵ頁。

(8) 拙稿「転換期の歴史的位相について――新政治学の出発点(その一)」(『姫路法学』第一四・一五合併号、一九九四年三月、九四―九五頁)。

(9) 国際連合社会経済局編、河野稠果監訳『世界人口予測データ 一九五〇―二〇二五』〔1〕(国際連合『世界統計年鑑・別巻』)原書房、一九九〇年、二〇一頁。

(10) Eduard Bos, My T. Vu, Ernest Massiah, Rudolfo A. Bulatao, *World Population Projections 1994-95 Edition*, The Johns Hopkins Univ. Press, 1994. p.5.

(11) レスター・R・ブラウン、澤村宏監訳『地球白書 一九九五―九六』ダイヤモンド社、一九九五年、三二頁。

(12) 前掲拙稿「『知の冒険』をめぐる理念と現実」(『姫路法学』第一六・一七合併号、一三八―一四六頁)参照。

(13) Derek L. Phillips, *Looking Backward: A Critical Appraisal of Communitarian Thought*, Princeton Univ. Press, 1993.

(14) Michael Walzer ed., *Toward a Global Civil Society*, Berghahn Books, 1995.

(15) Amitai Etzioni ed., *New Communitarian Thinking: Persons, Vitues, Institutions, and Communities*, Univ. Press of Virginia, 1995. なお本書は Constitutionalism and Democracy シリーズの一冊として編集されている。

(16) 姫路獨協大学における研究会(一九九五年九月三〇日)での川本隆史氏の御教示による。ローウィの論文は、"*Reply to Habermas*", *The Journal of Philosophy*, Vol.92, pp.132-180. ならびに "*50 years after Hiroshima*", *Dissent*, Summer, pp.323-327. である。

（17）Christopher Wolfe and John Hittinger eds., *Liberalism at the Crossroads: An Introduction to Contemporary Liberal Political Theory and Its Critics*, Rowman & Littlefield Pub., 1994.

（18）C. F. Delaney ed., *The Liberalism-Communitarianism Debate: Liberty and Community Values*, Rowman & Littlefield Pub., 1994.

（19）Thomas W. Simon, "*The Theoretical Marginalization of the Disadvantaged: A Liberal/Communitarian Failing*", C. F. Delaney ed., Ibid., p.113.

（20）Ibid., 115.

（21）Ibid., 133.

（22）田口富久治『近代の今日的位相』平凡社、一九九四年。

（23）Honi Fern Haber, *Beyond Postmodern Politics*, Routledge, 1994, p.113.

（24）イングルハートが最初に問題を提起したのは、"*Post-Materialism in an Environment of Insecurity*", *American Political Science Review*, 75, 1981 pp.880-900, においてであり、そこからすすんで価値原理の転換を論ずるに至ったのが、"*Value Change in Industrial Societies*", *American Political Science Review*, 81, 1987, pp.1289-1303. である。

（25）Peter Beilharz, *Postmodern Socialism: Romanticism, city and state*, Melbourne Univ. Press, 1994.

（26）Krishan Kumar, *From Post-Industrial to Post-Modern Society: New Theories of the Contemporary World*, Blackwell Pub., 1955.

（27）Enrique Laraña, Hank Johnston, and Joseph R. Gusfield, *New Social Movements: From Ideology to Identity*,

Temple Univ. Press, 1994.

（28）Ferdinand Müller-Rommel and Thomas Poguntke eds., *New Politics*, Dartmouth Pub., 1955, xi.

（29）Lynton Keith Caldwell, *Between Two Worlds: Science, the Environmental Movement and Policy Choice*, Cambridge Univ. Press, 1990.

（30）L. K. Caldwell, *Environment as a Focus for Public Policy*, ed., by Robert V. Bartlett and James N. Gladden, Texas Univ. Press, 1995, p.338.

（31）松下圭一『政策型思考と政治』東京大学出版会、一九九一年、同『現代政治の基礎理論』東京大学出版会、一九九五年、参照。

（32）藤原保信『政治理論のパラダイム転換―世界観と政治―』岩波書店、一九八五年、八四頁。

（33）藪野祐三「先進社会の国際環境（二）」（『法政研究』第六二巻第二号、一九九五年一一月、四〇頁）。

（34）Philip Green ed., *Key Concepts in Critical Theory: Democracy*, Humanities Press, 1993.

（35）P. Green, "'*Democracy*' *as a Contested Idea*", Ibid., p.3.

（36）Ibid., p.18.

（37）David Held, "*From City-states to a Cosmopolitan Order?*", David Held ed., *Prospects for Democracy*, Polity Press, 1993, p.15.

（38）Ibid., p.45.

（39）Daniele Archibugi and David Held ed., *Cosmopolitan Democracy: An Agenda for a New World Order*, Polity Press, 1995. なお、本書において編者は、「インターナショナル・デモクラシー」という用語を使用しないのはそれが曖昧だからだとしつつ、コスモポリタンという用語は、市民たちが世界において、かれら自身の政府と並行し、また独立して、国際的な諸問題において発言し、参加し、政治的意思を表明する政治組織のモデルを示すものとして使用される、としている（pp.12~13）。

（40）David Held, *Democracy and the Global Order: From the Modern State to Cosmopolitan Governance*, Polity Press, 1995, pp.271-272.

（41）Ibid., pp.279-280.

（42）Paul Hirst, “*Associational Democracy*”, Held, ed., *Prospects for Democracy*, p.112.

（43）Paul Hirst, *Associative Democracy: New Forms of Economic and Social Governance*, Polity Press, 1994, pp.15-17.

（44）Ibid., p.25.

（45）Ibid., p.202.

（46）アルベルト・メルッチ、永易浩一・山之内靖訳「民主主義再考」（岩波講座『社会科学の方法Ⅱ　二〇世紀社会科学のパラダイム』岩波書店、一九九三年、三四一－四五頁）。

（47）同論文、同書、三四七－五〇頁。

（48）同論文、同書、三五〇頁。

（49）Ellen Meiksins Wood, *Democracy against Capitalism*, Cambridge Univ. Press, 1955, p.242.

（50）Ibid., p.243.

（51）Ibid., p.293.

（52）John S. Dryzek, “*Ecology and Discursive Democracy: Beyond Liberal Capitalism and the Administrative State*”, Robert E. Goodin ed., *The Politics of the Environment*, Edward Elgar Pub., 1994, pp.417-418.

（53）Robin Archer, *Economic Democracy: The Politics of Feasible Socialism*, Clarendon Press, 1955, p.230.

（54）Ibid., p.236.

（55）L. K. Caldwell, "*Environment: A New Focus for Public Policy?*" Caldwell, *Environment as a Focus for Public Policy*, op. cit., pp.27-41.

（56）Robert V. Bartlett and James N. Gladden, "*Lynton K. Caldwell and Environmental Policy: What Have We Learned?*", Ibid., p.3.

（57）Ernst Ulrich von Weizsäcker, *Erdpolitik: Ökologische Realpolitik an der Schwelle zum Jahrhundert der Umwelt*, Wissenschaftliche Buchgesellschaft, 1990. 宮本・楠田・佐々木監訳『地球環境政策――地球サミットから環境の二一世紀へ』有斐閣、一九九四年。なお、監訳者は本書の表題『地球政治――環境の世紀の出発点におけるエコロジー的現実政策』について、「日本における地球環境問題の議論の動向からみて、この表題はなかなか受け入れられないように思われた」（三二六頁）としている。もって銘すべしであろう。

（58）Gareth Porter and Janet Welsh Brown, *Global Environmental Politics*, Westview Press, 1991. 信夫隆司訳『地球環境政治』国際書院、一九九三年。なおポーターは「環境・エネルギー調査研究所」国際プログラム局長、ブラウンは「世界資源研究所」上席研究員を勤めるＮＧＯ研究員とのことである。

（59）同訳書、三〇六頁。

（60）Robert E. Goodin, *The Politics of the Environment*, Edward Elgar pub., 1994.

（61）Ibid., xvii.

（62）R. E. Goodin, "*International Ethics and the Environmental Crisis*", Ibid., p.581.

（63）Ibid., pp.581~589.

（64）Thomas Princen and Matthias Finger, *Environmental NGOs in World Politics-Linking the local and the global*, Routledge, 1994, p.60.

（65）Ibid., p.61.

(66) David Pepper, *Eco-Socialism: From deep ecology to social justice*, Routledge, 1993, p.244.
(67) Ibid., p.247.
(68) L. K. Caldwell, *Environment as a Focus for Public Policy*, op, cit., p.295.
(69) Ibid., p.320.
(70) 丸山仁「エコロジーの政治学――グリーン・ポリティクスにむけて」(田口富久治・加藤哲郎編『講座・現代の政治学　第1巻　現代政治学の再構成』青木書店、一九九四年、二四九―八二頁) 参照。
(71) 宇都宮深志『環境理念と管理の研究――地球時代の環境パラダイムを求めて』東海大学出版会、一九九五年、一一五頁。
(72) アメリカ合衆国における環境政策の概要については、James P. Lester ed., *Environmental Politics and Policy: Theories and Evidence*, Duke Univ. Press, 1955. を、環境問題をめぐる最近のアイデンティティ・ポリティクス論としては、Bunyan Bryant, *Environmental Justice: Issues, Policies, and Solutions*, Island Press, 1955. を参照。ちなみに、アイランド・プレス社は主として財閥系財団による民間資金によって設立された環境問題専門の非営利的出版社であって、同社出版物はすべて再生紙を使用している。
(73) T. Princen and M. Finger, op. cit., p.2.
(74) くわしくは、Sanford E. Gaines and Richard A. Westin eds., *Taxation for Environmental Protection*, Quorum Books, 1991. 本書は、環境保護のための課税問題について、フランス、ドイツ、スウェーデン、イギリス、アメリカ合衆国の場合を本格的に比較研究している。なお、エコロジー的税制改革については、ワイツゼッカー　前掲書、第一一章「エコロジー的統制改革」を参照。
(75) ポーター、ブラウン、前掲書、二六八頁。
(76) 同書、二六九頁。

(77) レスター・ブラウン編著『地球白書　一九九五―九六』前掲書、二二二頁。
(78) ポーター、ブラウン、前掲書、五九頁。
(79) 同書、六〇―六一頁。
(80) ワイツゼッカー、前掲書、一三六―三七頁。
(81) 丸山、前掲論文、前掲書、二六四―六七頁。
(82) ワイツゼッカー、前掲書、二八三―八四頁。
(83) レスター・ブラウン編著『地球白書　一九九五―九六』前掲書、二一一―二三頁。
(84) 宇都宮、前掲書、三六九頁。
(85) E. Bos, M. T. Vu, E. Massiah, R. A. Bulato, op. cit., p.5.
(86) 日本農業年鑑刊行会編『日本農業年鑑一九九五年版』家の光協会、一九九四年、五四四頁。出所は国連食糧農業機構（ＦＡＯ）の Production Yearbook, 1990. なお、国連食糧農業機構編、国際食糧農業協会訳『世界農業白書　一九九二年』国際食糧農業協会、一九九三年、参照。
(87) 資源エネルギー庁長官官房企画調査課編『総合エネルギー統計』平成五年度版、通商産業研究社、一九九四年、四一二頁。なお、井口祐男編『石油年鑑　一九九三／一九九四』オイル・リポート社、一九九四年、六一頁、参照。
(88) 前掲『日本農業年鑑　一九九五年版』一七頁。
(89) 前掲『総合エネルギー統計』平成五年度版、四一三頁。
(90) 産業技術会議編『エネルギーと環境――地球環境時代におけるエネルギー』産業技術会議、一九九六年、参照。

（『姫路法学』第一九号、一九九六年）

第二部　人の世を見つめる　七〇～八〇代のエッセイより

一　旅に立ちて

1　地球一周の船旅から

世界の七つの海や、スエズ運河やパナマ運河、そしてその周りに発達してきた港町、それらについての知識は子供の頃からのものである。長い間、私は徐々に増えてきたその知識をもとに、いつも漠たる想像を重ねてきた。「いったいどんなところなのだろう」。それをこの目でたしかめてみたいとの思いは、いつもいつもはかない希みだった。

忘れもしないが、ピースボートなる試みが始まって間もなく、そこからの参加の呼びかけが来たのは一九八四（昭和五九）年の六月のことだった。第二回目の船として、石垣島から香港、上海を回る一六日間の船を出すというのである。しかし多忙な私には、それはとても手の届かない話であった。その後ピースボートの方は、しだいにその企画を拡大してゆき、ついに世界一周の船を出しはじめたが、そうなればなったで、ますます行きたくなるのに、現実のしがらみからすれば、さらに高嶺の花なのだった。

　昨年の秋、いよいよ七〇歳でこれまでの人生に区切りをつけるぞと決意した時、私の意中に強まってきたのは、自分の人生ノートをまとめることとならんで、この長年はかない夢でしかなかったものを実現させることであった。それは言ってみれば、私の「古希」記念の二大イベントだったのである。かくて今年の三月、まず『蒼茫はるかなり』を刊行し、つづいてこの五月に「地球一周の船旅」に乗り出したというわけだ。

　この船旅の実現にあたっては、むろん当初は妻との二人旅を考えてみた。しかし検討してみればみるほど、この旅はほかの旅とは違って、うちのかみさんには無理である。その最大の理由は、車でさえ時に酔うのに、太洋の荒波に耐えられようとは思えなかったからだが、くわえて、時には一週間も空と海しか見えない航海に、わが身をもてあますおそれが大きいと思われたのだった。さいわい、今年は長女夫妻が孫娘を連れて我が家に帰ってきており、かみさんが私の留守をさみしがるおそれはまずない。そんなわけで、私のこの長期にわたる一人旅は、さしたる支障もなく実現の運びとなったのだった。

　ところで、この大航海の一部始終を語るには、ゆうに一冊の本を要するし、またそれをやたらひけらかすつもりも私にはない。以下に述べるのは、近況報告にかえてといった程度のもので、それに船旅に関心をもつ方々に向けての若干の情報を提供するにとどめる。

　五月二三日、私は神戸港からウクライナの船オリビア（OLVIA）号に乗船した。この船は排水量一万六千数百トン、乗客定員六百数十名、乗員二百数十名、二つのレストラン、一つのミュージックサロン、四つのラウンジ、それにプールデッキとスポーツデッキならびにシネマをもった、外洋向けの客船である。船は建造後二十数年を経ていてやや古い。だがそれゆえに安くチャーターできたのであろう。実際の乗客数は五百八十名、乗員二百名であった。

乗客は全国各地から集まった、様々な職業と経歴をもつ老若男女で、まさに人間世界の縮図のような観を呈していた。むろん日本人が大部分だが、外国人も若干乗っており、乗員の大半はウクライナ人でそれに若干のロシア人と日本人が加わっている。船内放送によれば、十一カ国の人が乗っているとのことだったが、船内では日本語についで、ロシア語と英語、そのほかにスペイン語がとびかっていた。

船室はむろんピンからキリまであって、スゥイートのほか一人部屋、二人部屋、四人部屋があり、その位置もアウトサイド（窓あり）とインサイド（窓なし）があるし、それも上から下へ一階から四階まである（全体は七階）。その中で、私は二階前方右舷の一人部屋を、航海中のわが根城とした。

船の航行ルートと寄港地は次の通りであった。神戸—香港—ホーチミン—シンガポール—マーレ（モルディブ）—モンバサ（ケニア）—マッサワ（エリトリア）—ポートサイド（エジプト）—アシュドッド（イスラエル）—ピレウス（ギリシア）—ドブロブニク（クロアチア）—ナポリ—カサブランカ（モロッコ）—ラスパルマス（スペイン）—ハバナ（キューバ）—モンテゴベイ（ジャマイカ）—パナマ運河—パナマ—アカフトラ（エルサルバドル）—アカプルコ（メキシコ）—バンクーバー—

ペトロパブロフスクカムチャツキー（ロシア）―横浜―神戸。

これらの寄港地からは、それぞれの希望に応じて足を延ばすことができ、私の場合は、マーレから無人島へ、モンバサから内陸の野生の王国へ、ポートサイドからカイロへ、アシュドッドからエルサレムへ、ピレウスからアテネへ、ナポリからソレント、アマルフィへ、カサブランカからラバトそしてアジャルディーダへ、とそれぞれ足を延ばした。また、パナマからは、思い切ってグアヤキル（エクアドル）を経てガラパゴスへ行き、アカプルコで合流した。これらの全行程は、いったい何万キロメートルになるのだろうか。乗り切った海は、東支那海に始まり、印度洋、地中海、大西洋、カリブ海、太平洋、ベーリング海ということになる。

これらの街のうちの幾つかはすでに既知の場所であったが、海から入っていく時の街の印象はまた格別である。中でも香港の「一〇〇万ドルの夜景」、モルディブの珊瑚礁群、ドブロブニクの海、ガラパゴスの島々、バンクーバー、カムチャッカ、東京湾などは、スエズ運河、メッシナ海峡、ジブラルタル海峡、パナマ運河などと共に、強い印象を残してくれた。

しかしまたそれとは別に、印度洋、大西洋、太平洋の上で見る、日の出や落日の鮮やかさは、もともと海が好きだということもあるのかもしれないが、筆舌につくし難いほどの感動を与えてくれた。生命の洗濯だという思いがしたのも、この時が一番であった。

モルディブの熱帯魚、ケニアの野生の王国、アドリア海の中世都市、アマルフィの絶景、キューバやジャマイカの人々などからガラパゴスに至るまで、日本のことはまったく忘れてしまうほどの昂奮の日々については、また別の機会に語ることもあるだろう。

この旅のもう一つの大きな側面は、八〇〇名近くの多種多様な人間が、九六日間もの長きにわたって、船上というかぎられた空間の中で、ある種の共同生活をすることにある。多くの人々は、最初の二、三週間はよそゆきの顔をしているものの、一カ月もしてくるとその生地が出てくる。欲求不満を溜めている者はなおさらだ。見ているとこれが実に面白い。私など数十年にわたって若者と接してきた者でさえ、彼等の本音や心理状態を新たに発見するといった具合だし、中高年の場合にはおのずとその人の人生が彷彿としてくるのだ。

ガラパゴスの浜辺にて（2001年）

相部屋をしている人々の場合には、また別の経験がある。うまくいったケースでは人は新たな友を得る。だが逆の場合には、旅そのものが楽しくないようになってくるのだ。これは夫婦の場合でも起こり得るようで、人もうらやむような仲睦まじいカップルがいるかと思うと、お互いができるだけ顔をあわさないようにしているので、誰も夫婦であることを知らなかったという話もある。

いつもはしゃいでいる人、ほとんど口をきかない人、几帳面な人もいれば乱雑な人もいるし、威張っている人もいれば謙虚な人もいる。中でこちらが困るのは、手前勝手な人間で、酒癖の悪い輩と共に、ひそかにひんしゅくをかうこととなる。

ほとんどが最初は見知らぬ他人同士なのだが、降りる時にはかなりの人々がお互い知己となるのも、この航海の特徴だろう。横浜港での別れでは、多くの人々が涙を抑えきれないでいたようだ。むろん若者同士の新たなカップルが生まれるのも当然であろう。私の場合は、話をしていて、共通の知人がいるということが何度かあった。小田健也君と東京でずっと芝居仲間としてつきあってきたという、演出家の由布木一平さんもその一人だし、五高時代からの友人泉昌一君と、何十年も一緒に仕事をしてきたという富山さんもその一人である。思いもかけない出会いもまた、この航海の副産物であろう。

私の場合は一人だけの時間と空間を大切にしたいという思いがあったので、新たに得た知己は少ない。逆にその分、読書と映画、それに海を眺めることを堪能した。図書室から借り出した本は三〇冊くらい、見た映画は七、八〇本にはなろう。仕事や日常の雑事に追われることのない自由な時間、それを満喫することができたのも、これまた私にとっては生命の洗濯となったと言うことができる。

他方、一人の時間よりも、こういう機会にこそ多くのものを吸収したいという人々にとっても、この船は様々な機会を提供してくれる。ピースボートが準備するものだけでも、地球大学講座から東洋医学の実技指導に至るまでの、専門家（「水先案内人」と称しているが）による講座のほか、世界各地から乗船してくる多様なNGOリーダーの生々しい現地報告があるし、それとは別に、乗客の自主企画による各種同好会の数はさらにそれを上回る。時には同一場所で二つの催しをせざるをえないほどの盛況ぶりなのだ。

私の場合には、囲碁同好会の常連だったわけだが、そのほか「クラシックを聴く会」「パレスチナ問題現地報告」「旧ユーゴ現地学生の体験交流」「ガラパゴス講座」「小林隆平ギターコンサート」などへ参加した。私にも話をしてくれないかとの打診があったが、私はそれを非公式の場にとどめることにした。目立ちたくなかったし、どこまでも一乗客でいたかったからである。

船内活動で改めてまた再確認させられたのは、中高年女性のパワーである。その中のかなりの部分は「未亡人」であって、私は「働き蜂」のままあの世に去った夫たちに、ひそかに同情の念を抱いたものである。そこへゆくと、若者たちの場合には、船内よりも船外に降りた時の方が、はるかに活気づく。救援物資の運搬、現地住民とのフェスティバル、「ピースボール」と称する現地青年とのサッカー試合など、茶髪の子もそこでは生き生きとしている。彼等にとっては、それらの経験は一生忘れがたい思い出となったことだろう。そういう場を共有できるというのも、年寄りだけの観光船とは違った、この船ならではのものであろう。

時化にぶつかって言葉が聞こえなくなった船内、そしてまた「鯨がでたぞー」という声につづくざわめき、そんなことも今思い出しながら、私はこの九六日間にわたる航海を振り返っている。

それらをすべてひっくるめてただ一言でその感想を語るとすれば、やはり「思い切って行ってよかった」ということになる。

いまのところ、地球一周のクルーズには三段階のものがあるようだ。①費用一千万円前後の超豪華船によるもの、②「飛鳥」など費用五百万円前後の観光専用船によるもの、③ピースボートによる費用二百万円前後の国際交流と観光併用によるもの、がそれである。聞くところでは、世界一周クルーズに乗船した日本人の数は、今年の三月段階で九千人（現在は一万人？）で、その六割はピースボートによるものという。若者をはじめお金持ちでない者の方が断然多いのだから、これは順当な数字だということができよう。

我々の世代の場合には、こうした世界一周クルーズに参加する人たちの、およそ一割が外国の金持ちと共に①に乗船し、五割が②に、四割が③に参加しているのではあるまいか。斎藤茂太さんなどもそうだが、あまり贅沢をするのもという気があって、ゆったりと無難に海から世界を観光したいという人々が②に向かうのは自然で、③を選ぶのは、②の半額で行けるということがもっとも大きく、それに③の中味に共鳴するということが重なっているものと思われる。

実際に②を経験し、また③に乗ってきた人の話では、②は設備はいいが年寄りが大半で船内に活気がなく、しかも行き先が限られているという。食事の度ごとに服装を気にしなければならないのも、けっこう負担になったなどと言われてみると、そうかもしれないと思う。この人の場合には、ピースボートをおおいに気に入っていたようだ。

私が思うには、③を選ぶには③のもつ特徴をどこまでメリットとして受け止めうるかが大事なのであって、それらのメリットからすれば、多少のデメリット（船室の設備が古いとか、時に若者が騒々しいとか）はさして気にならないという方々であれば、まず後悔することはないはずである。ただし、次のような方々は乗船しないほうがよいだろう。それを箇条書きで記すと以下のようになる。
①健康状態の悪い人　もっともこれを神経質に考えることはない。高齢者ともなれば多少の疾患があるのはあたりまえだからである。実際にオリビア号には八〇歳代の方も五人乗っていたし、癌に犯されたまま今生の名残にとそれを秘めて参加した人もいた。毎日薬を欠かせない人となればざらである。
②海が嫌いもしくは船酔いに弱い人　この人たちの場合には、後悔する確率が高い。実際に自分がそうだとは知らないままに乗船して、はやくも印度洋でまいってしまって、中途下船してしまった人もいたし、大西洋や太平洋が怖くなって、別途に飛行機を使った人もいた。もっとも薔薇色の夢だけを描いていたお嬢さんたちには、てひどい体験学習にはなったが。
③発展途上国や貧しい人々が嫌いな人　実際にはこういう人たちは少なかったが、そういう人は自分でも面白くないうえに、人々からは軽蔑されることになる。
④性格的に我儘で短気な人　ご本人も面白くなくなり、人々からは敬遠される確率が高い。も

とより相部屋は論外である。

⑤へビースモーカー　船内では火災予防のため、所定の喫煙コーナーでしか煙草は吸えない。船室内も厳禁である。寄港先でも喫煙は自由ではない。それに違反する可能性をもつ人は参加しない方がよい。

こう言えば、逆にどういう人がこの航海に向いているかは、おのずと察しられよう。付け加えれば、心豊かでボランティア精神に富む人々は、大歓迎されること請け合いである。

つまるところは、この大きな旅の楽しみ方はいろいろあり、そこでつかむものも、共鳴しあう感動も、すべて人によって一様ではなく、結局は自分自身のありようにかかわっているということになろう。

八月二六日、世界各地での記念の品を手に、神戸港の埠頭に降り立った私の胸は、かつて味わったことのない充足感に満たされていた。

ピースボートはそのあと、画期的な南北朝鮮（韓国）の同時訪問を行い、冬には希望岬とマゼラン海峡を通る南回りの地球一周航海を行うことになっている。北回りの地球一周は来年の五月から八月ということになろうが、その時にはドーヴァー海峡から北欧を訪問するという。くわしくはインターネット上に情報が提供されているはずである。

以上、肉体的には老化の兆しを防ぎきれないものの、精神的には老化となお闘っている者の近況報告として。

（同人誌『三金会雑記』第五七号、二〇〇一年）

2　悠久の大河を下る

昨年につづいて今年も、外国の土を踏む機会に恵まれたのはさいわいだったが、中でも一筆しておきたくなったのは、長江下りの旅である。

恥ずかしい話だけれど、長い間、私は「長江」というのは「揚子江」の別名だと思っていた。そしてその、中国第一の大河であると聞かされてきた揚子江は、少年の頃に、李白や杜甫の漢詩を学び、三国史の物語を知って以来の、何度となく私の想像の空間に描かれていた大きな川であった。

このたび遅ればせながら確認したところでは、揚子江というのは、長江の下流、河口から南京の少し上流までの呼称であって、長江はその上流、中流、下流ごとにそれぞれ別名を持っているのだということである。

ともあれ、この長江（私の意識の中では揚子江）の流れに身を置いてみたいというのは、私の長い間のひそかな望みであった。それゆえ、中国旅行の話が出ると、長江下りなら参加するよと言っていたのである。そんな時に、学士会の中国語勉強グループから、「三峡下り」に参加しないか、とのお誘いを受けたというわけである。ご承知のように、三峡ダムが完成すれば、その上流の風景は一変する。だから、短期間とはいえ、この旅行は私にとっては願ってもない催しであった。

五月十日、福岡空港を飛び立った中国「東方航空」機は、私たちの一行（一七名）を乗せて上海に飛び、そこで約三時間の待ち合わせの後、国内航空機が私たちを重慶へと運んでくれた。

飛行機が内陸へと進んでいくにつれて、私の脳裏にしきりに蘇ってきたのは、まだ小学生の頃の、新聞の見出しによく出ていた、「漢口爆撃」「重慶爆撃」のことであった。戦争中、日本の爆撃機はこの空を西へ飛び、それらの街の上に爆弾の雨を降らせていた。重慶の名がなじみとなったのは、何よりもそこが蔣介石政権の本拠となっていたからであった。だが時移り、今私たちは、お互いに憎しみ合うことなく、中国の人たちと隣り合わせで同じ飛行磯に乗って空の旅を楽しんでいる……。

午後七時頃、飛行機は重慶飛行場に着陸した。日本との時差はここでも一時間、そこから重慶の中心部までの三五キロメートルを走っていくうちに、日暮れがあたりを包んできた。

重慶は、山間部に広がった起伏に富む巨大な都市である。迎えてくれた旅行社の中国人ガイドさんが、懇切丁寧に重慶の街について説明してくれた。それによれば、その都市化は三〇〇〇年前にさかのぼり、中国内陸の政治と文化の中心地としての特異な歴史をもつ。近年、この地域は、北京、天津、上海につづく中国第四の直轄市として、さらなる変貌を遂げつつあり、現在、その人口は約三〇〇〇万（中心部七五〇万）、面積は日本の北海道よりやや狭いという。

バスが中心部に入っていくのと、夜の帳が落ちてくるのとがほぼ同時となり、嘉陵江大橋を渡る時には、その夜景の美しさに車内から嘆声が出た。ガイドさんは、香港のそれが一〇〇万ドルならこちらは八〇万ドルはあると胸をはったが、私はそれにもまして、ほんの十数年前にこの国を旅した時のことを思い出して、この短い間での中国の発展ぶりに目を見張ったのだった。

中国観光の呼び物の一つは多彩な中国料理だが、この重慶を代表するのは「火鍋料理」ということで、その本場の店「巴渝食府」での食事は、さすがに手のこんだもので、食通にはこたえられなかっただろう。

五月十一日、宿舎となった「皇嘉大酒店」から見る街の景観は、古く雑然とした粗末な家並と、近代的な高層ビルとが同居する、ちぐはぐなものだが、一歩外に出ると、通勤時ということもあってか、ひしめく人の波と車と自転車がごった返し、そこに立ち上る「都会音」のような雑音の輻輳（ふくそう）が、この町の活力を感じさせる。

重慶の船着き場は、幾つもの浮桟橋がそれぞれ街路へと出るケーブルとつながった、特異な様相をもっている。そして、これほど内陸に入った港で、これほど多くの人や物が船積みされるところは、おそらくほかにはあるまい。

私たちが乗った「長江天使号」は、排水量五三〇〇トンの「豪華客船」ということで、船内にはいろいろな設備が整っていて、船室も船としてはまずまずだ。同乗した観光客は、台湾からとおぼしき中国人の一団が最も多く、ドイツ人の団体がそれにつぎ、私たちが第三番目で、個人参加の人たちは少なかった。したがって、船内放送は当然のことながら中国語、ドイツ語、そして日本語ということになる。

九時過ぎ、長江天使号はゆっくりと桟橋を離れ、「長江索道」(ケーブル)の下から「長江大橋」の下へと、茶褐色に染まった河を下りはじめる。この船のデッキから眺める重慶の街も、なかなか変化に富んでいて、興味はつきない。一口に言えば、これは新たな立体的な都市開発に向けての、過度期の姿とでも言えようか。

重慶から下ること約六時間、船は「幽霊の街」といわれる豊都へ到着し、乗客たちは鬼城へと向かう。有名な閻魔大王のお寺だ。

豊都の街は、その全体が三峡ダムによって水没するということで、めぼしい建物には取り壊しのマークがつけられ、大河の反対側の丘陵地には新しい街が造られつつある。現代中国の変貌の典型のような処だ。鬼城へはその一角からリフトで上がっていく。

「地獄の門」「地獄の道」はなかなかによく造られていて、中国人の参詣者には真剣な表情の人々も少なくない。またドイツ人にとっては、とりわけ興味が深い様子であった。日本人の場合にはまさに人様々であったろう。私はといえば、本場の「閻魔帳」を見て日本との縁深さを改めて思い、また大王さんのお嫁さんが絶世の美人ということで、その像に釘付けになったりと、けっこう面白く拝見させていただいた。さいわいここは高台にあるので水没は免れるという。夕刻、船内に戻ったら、船長主催の歓迎パーティが開かれるとのアナウンスがあった。船長はじめ乗組員のマナーは、かつての中国のホテルでのそれに比べれば、格段の進歩であり、飲み物や食べ物への心配りもずっと良くなっている。もっともこの船は五つ星ということではあるが……。

五月十二日、早朝、船は三峡の最初の峡谷である瞿塘峡へさしかかる。あいにくの曇り空で風も強いが、乗客は一斉に前甲板に集まった。中国語、ドイツ語、日本語が乱れ飛ぶのは、国際観光船ならではであろう。

この峡谷の入り口左側を少し入った処にあるのが、『三国史』で有名な白帝城である。そこには劉備を祭る白帝廟があり、孔明が星を観測したという望星亭があるし、李白と杜甫の足跡もあって、私としてはぜひ行きたい処だったが、残念ながらこの船は時間の関係で寄ることができない。白帝城の側を通り抜けながら、私はかつて学んだ李白の詩のプリントにしばし目を止めた。

朝辞白帝彩雲間　　朝に辞す白帝彩雲の間
千里江陵一日還　　千里の江陵一日にして還る

両岸猿声啼不尽　　両岸の猿声啼きて尽きざるに
軽舟已過万重山　　軽舟已に過ぐ万重の山

「三峡下り」の観光ポイントは、クルーズによっていろいろと違いがあるようで、武漢の方から上ってくる船も少なくない。山と山が迫った峡谷は川幅が狭いので（最も狭い処は一〇〇メートルを切るだろう）、すれ違う船の乗客たちの顔が見える。どうやら日本人が一番多いようだ。

瞿塘峡（八キロメートル）を出るとすぐ巫山にさしかかり、間もなく船は第二の峡谷である巫峡に入る。この巫峡の長さは四五キロメートルあり、両側に聳える「巫山十二峰」に見所が多い。我々は、この巫峡の出口近くに流れ込む神農渓の清流を目指すことになっていた。

午前九時、私たちは小さい船に乗り移ってその支流の合流点まで行き、そこから更によりちいさな小舟に移って、その支流を遡ることとなった。そしてこの川上りこそは、私たち一行に強烈な印象を与えることとなったのだった。

小舟には、五、六人の現地の若者たちが、ズボンを脱いだ格好で舳先に乗っている。最初はそれがなぜだか分からなかったのだが、舟が進み流れが急になっていくにつれて、彼等が、人力によって舟を遡らせるための、欠かすことのできない要員であることを知った。

激しい急流を、二十人もの人間を舟に乗せて、一切の機械力を使わずに遡る。その、棹を突き立て、岩を引っかけ、飛び下りては綱で引っ張る、その一瞬のすきも許されない苦行の連続に、私たちはハラハラ、ドキドキしながら釘付けになってしまったのである。

私たちは、人間がこんなにもその肉体のすべてをかけて、必死に格闘する様を目前にしたことはなかった。しかもそれは、私たちのために行われているのだ。彼等がどれほどの報酬を手にするのかは、私には分からない。だがそれが彼等にとって貴重な収入であることだけは分かる。思わず私は、シンガポールの博物館で見た苦力（クーリー）の姿を思い出し、自分たちが何かいけないことをやっているような気がしたのだった。

そんなわけで、多くの乗客は景色に見とれるなどといった余裕はなく、むしろ逆に、そう体格もよくない小柄の若者たちのことが心配になってきて、「まだ先へ行くの？」という声が出るのだった。

両岸には絶壁が迫り、清冽な水が岩に砕けて白い濁流となる。若者たちの体力ももう限界ではないかと感じられた時、ようやく目の前に砂洲が現れ、そこが到着点であった。乗客はそれぞれ小舟から降りて息を入れたが、そこでは、あたりからやってきた少数民族の人たちが、手造りの品々を並べて、声を張り上げていた。

確かに神農渓の自然は美しい。しかしそれにも増して急流への人間の挑戦の真剣さに直面して、私たちの観光気分に、ある種の緊張感が流れたのであった。おそらくダムができれば、このイベントはなくなるだろう。それが無くなることを私は望む。だが、彼等の生活ははたしてどのように保障されていくのだろうか。そんなことも考えさせられた神農渓のひとときであった。

巫峡を過ぎて暫く進むと、船は第三の峡谷、西陵峡に入る。長さは七六キロメートルもあるというが、建設中の三峡ダムはその中程である。

この西陵峡に入ってすぐ左岸には、楚の国の愛国詩人屈原を祭る屈原祠があるというが、観光船にはそこまで立ち寄る余裕はない。だが私には屈原の名は懐かしい。

あれは中学三年の終わり頃のことだったろうか。勤労動員から学園に戻って間もない頃、一人の青年教師が懸命になって屈原の詩とその志を私たちに語ってくれたのである。今にして思えば、彼の脳裏には、楚の滅亡と日本の敗戦とが重なり合っていたのかもしれない。

遠く紀元前の戦国時代に、屈原が身を投じた汨羅江はどのあたりだろうかと、配られていた地図のコピーに目をこらしてもその名はない（後で調べてみると、ものの本には「西流する汨羅江は、（六朝の後期以降、洞庭湖にそそぐ）湘江の下流に流れこむ支流の一つ」とある。場所は四川省ではなくて湖南省なのだ）。だが、このあたりなのだろうと思っていた私の胸には、その昔口ずさんだ歌の文句が蘇ってきた。

汨羅の淵に波騒ぎ　巫山の雲は乱れ飛ぶ
混濁の世にわれ立てば　……

ついでに言えば、『三国史』の英雄・張飛の廟は瞿塘峡に入る手前右側の山中にあり、関羽の陵墓「関陵」は、三峡を過ぎた宜昌の北東、当陽の街の西にあるという。このあたり一帯は、中国戦国時代の戦いの跡が至る処にあって、歴史好きの目をひいてやまないのである。

その中国三〇〇〇年の時代の移り変わりを、変わることなく見守ってきたのが、悠久の大河長江なのだが、この悠久の大河を塞き止め、その歴史と自然に一つの大きな区切りをつけようとしているのが、三峡ダムの建設にほかならない。

ガイドの説明によれば、長江の流れを塞き止めようという発想は、古くは孫文から近くは毛沢東に至るまで歴代の指導者が夢見たことだったそうな。それが江沢民の時になって実行が可能になったというわけだ。私たちはこの日の夕方近く、この三峡ダムの建設現場を見るという幸運に恵まれた。

三峡ダムは、総工費一七〇〇億元（約二兆五五〇〇億円）の巨大プロジェクトで、その主要目的は洪水の防止と電力の確保にある。工事は現在二期の最終段階にあり、来年からは最終第三期の工事に入り、二〇〇九年に完成、同一〇年から活動を開始することになっている。

このダムによって、最大一七五メートルの水位上昇がもたらされるというが、そのため一三〇万の人々が住み慣れた場所を離れなければならない。出来上がる人造湖は、長さ六〇〇キロメートル、貯水量三九〇億立方メートル（日本最大の黒四ダムの二〇〇倍）とのことで、その規模は途方もなく大きい。中国では「第二の万里の長城」との言葉があるとのことだが、自然を改造するという面では、それ以上のものがあろう。重慶出身というガイド嬢は思わず洩らした。「私の本心からすると、こんなにも自然を変えてしまって大丈夫なのか、不安がないと言えば嘘になります」と。

私たちを乗せたバスは、まず花崗岩の採掘現場にさしかかる。旅行社の男性が説明するところでは、ここで堅い花崗岩を大量に採掘できるということが、このあたりにダムを造ることになった最大の理由だという。ひっきりなしに通る、石や土を積んだダンプカーの列を見ながら、たしかに、必要な石材の量も桁外れに多いのであろうと、私はうなずいた。

完成予想図によると、このダムは、中央に排水口があり、その左右に世界最大規模の発電機が据えられる。その電力は、予想される全中国の必要電力のほぼ半分をまかなうに足るというから、大変なものである。また、下流から向かってその右側には、船舶の航路が設定され、内側に三〇〇〇トン未満の船のための「船のエレベーター」が、岸側に三〇〇〇トン以上の船を上下させる五段階の閘門（こうもん）が、現在建造中で、既にその形は出来上がっている。

私たちは、霧雨模様の中、ダムの全体が見渡せる展望台に立ち、何枚かの記念写真を撮ったが、この時、私の胸を満たしていたのは、かくも巨大な工事を行うようになった、中国という国の変貌過程への畏敬の念のまざった感慨であった。

この夜、船内では「船長歓送宴会」と「船員文芸表演」が開催された。生き生きとした中国人たちの表情に、ある種の自信と歓びを感じとったのは、果たして私だけだったであろうか。

五月十三日、あいにく天候は昨日につづいて小雨まじりだ。船は早朝から動きだし、宜昌へと向かった。

この宜昌で下船したのは、私たち日本人のグループだけだったようだが、私たちはその岸辺から坂道を少し歩き、上に待っていた観光バスに乗って武漢を目指した。

宜昌から武漢への道は、三峡ダム建設のために造られたという、三五〇キロメートルのハイウェーである。この沿道はどこまでも平坦で、水田の中に点在する石造りの農家がつづく。主要産物は綿に米、それにスッポンの養殖も盛んだというが、農家は比較的に裕福な感じで、日本人には親しみやすい風景だ。

走ることおよそ四時間、バスはようやく武漢西の高速道路の合流点に着く。武漢は辺境の西域を除いた中国の中心部に位置し、北の北京、西の重慶、東の上海、南の広東とはいずれもほぼ等距離だ。「武漢三鎮」という言葉も子供の時から知っていたわけだが、その「三鎮」とは、武昌、漢陽、漢口を指す。長江とそれに合流する漢水の周辺に古来から発達してきた町で、それぞれの特色は、武昌が政治・行政都市、漢陽が工業部市、漢口が商業・貿易都市ということになろうか。これらの三都市を合わせて武漢とし、現在は湖北省最大の省轄都市としているわけである。その人口規模は七〇〇万を超えるという。私たちのバスはまず長江東岸の武昌に入り、昼食後、その名が広く知られる「黄鶴楼」へと向かった。

「黄鶴楼」は、長江と漢水の合流点を俯瞰できる高台にあり、古来、この地を治めた為政者たちが、その景観を眺め、歓をつくした処である。その建物が焼失し、長い間、跡地となっていた場所に、現代になって建物が復元されているのである。私たちは、「火気厳禁」となっている中核の楼に上り、しばしこの国の往時に思いをはせたのだった。

武昌からは、また別の長江大橋を渡って漢陽を通り、つづいて漢口に入ったのだが、予定の飛行機の時間までに少し時間があるということで、私たちは竣工して間がないという、武漢博物館に立ち寄ることとなった。

ガイドによれば、この建物は上海のそれと同じように造られたけれど、その中味はまだ収集の段階にあるとのことだったが、時間にあまり余裕のない私たちには、それで十分であった。

応対に出てきた博物館学芸員とおぼしき男性は、急ぎ足で私たちを、古代中国殷の遺物などめぼしいものを説明してくれたが、つづいて私たちを三階の一室へと案内した。ここで私に言わせれば、この旅行最大のハプニングが発生したのであった。

この部屋には、中国の玉や壺などを飾った陳列棚や中国の故事をあしらった屏風などを置いていて、かの学芸員氏は、それがいかに良質のものであるかを説明しつつ、それを安価な値段で売るという。安価といっても、紫檀の陳列棚は、十数点の陳列品込みではあるが五八万円である。

この時、思いがけず（おそらくは本人も）気持が舞い上がってしまったのは、ほかならぬ私の妻であった。その紫檀の陳列棚が欲しいと言い出したのである。いささか興奮気味のその口吻に、あっけにとられた人もいたかもしれない。私はといえば、妻が以前より中国紫檀に強い関心を寄せていたことを知ってはいたが、それがここにきて、飛行場のチェックイン時刻が迫りつつある中で、こんな形で噴き出すとは思いもよらず、正直にいって当惑してしまった。

なによりも同行の人たちに迷惑をかけてはいけないので、ここで、この高価な買い物をめぐって妻とやりとりしている暇はないし、妻の買う気を思い止まらせることもできそうにはない。買うとしても、あるいは五〇万に値切ることができるかもしれないが、すでに向こうの言う値段で買うと意思表示しているからには、その交渉にはやや時間がかかるだろう。

ここで私の気持の中にふっと湧いてきたのは、いいじゃないか大目にみたってという気分であった。考えてみれば、結婚以来この方、妻はいわゆる贅沢な買い物は一度としてしたことはなかった。それがあんなに欲しがっているのだから。それにこの価格も、日本で買うとすれば安いことは確かだし、値切れるかもしれない金額も、相手は商人ではなくて博物館であれば、これから内容を充実させていかなければならないこの博物館に寄付したと思えばよいではないか……と。

かくて我が家には、この中国旅行の大きな記念品がもたらされることとなったのだった。


武漢から上海への飛行機は、外国人観光客で満席だった。機内には中国語、英語、ドイツ語、日本語がとびかっている。乗務員の対応もまずまずだ。ほんの少し前、釜山と大連で二度にわたって中華航空機が墜落したからであろう。上海空港に無事着陸した時には、機内から期せずして拍手が起こった。

上海に着いた頃には、既にあたりは暗くなっていたが、私たちはその夜の街を走り、最後の夕食に舌鼓を打ったあと、宿舎「銀河賓館」へと入った。

中華料理について言えば、船内をふくめて店がすべて一流であったせいもあるが、その食材の多彩さと調理の腕の確かさは見事で、その美味、珍味のゆえに、みんなが本場の味を堪能したといってよいだろう。そのせいに違いない。同行の人たちの間からは、「肥った」「肥った」との声がしきりであった。この旅は短かったが、もしこれ以上の日数であったなら、私たちはさらに肥っていただろう。誰かが言った。「それにしては、中国の人たちはなぜ肥っていないのだろう？ウーロン茶のせいだろうか」と。

五月十四日、午前八時半、私たちは小雨模様の中を上海博物館へと向かった。通勤時間帯の上海の街はすさまじい。車と自転車の洪水が、渦をまいている感じなのだ。これでは交通事故も頻発しているはずで、なぜ交通整理がされていないのかとの問いに、返ってきた答えは「警官の数が足りないのです」というものであった。

十数年前とはくらべものにならないほど林立する高層ビル、それを包む大都会の息吹のようなものの中にあって、私は変貌する中国の姿をさらに印象づけられた。

最後に訪れた上海博物館は、旅行者必見の場所だと言っても過言ではない。それはかの故宮博物館とはまた趣を異にして、人類の宝とも言うべき古代青銅器をはじめ、この国の歴史と文化の広さと深さをしのばせる数々のコレクションに満ちている。しかもこの博物館の歴史は新しい。つまり、博物館それ自体が今の中国を表現しているのである。

夕方近く、福岡空港に降り立った私の胸は、ふーっとため息が出るほど飽満感にあふれていた。

（『三金会雑記』第六一号、二〇〇二年）

3　アンコール遺跡群を訪ねて

普通の日本人であれば、カンボジアの代表的な遺跡であるアンコールワットの名は聞いたことがあろうし、その大きな石造りの建造物の写真を目にしたこともあるだろう。

だが、昔そこに古い王国があったそうな、といった程度の風聞は、実際に現地に立ち、足を延ばし、眺め、見入れば見入るほど、何時の間にか遠くへ流れ去り、変わって荘厳にして巨大な大遺跡の存在感が胸に迫ってくる。

私がアンコールの遺跡群を訪ねたのは六月中旬のことで、雨季だというのに雨は降らず、三五度から四〇度という炎天の中を、夢中になって三日間を歩き回ったという次第だった。

まずはアンコールワットだが、環濠に囲まれた三つの回廊と十字回廊、いくつもの塔が聳える威容もさることながら、一歩中に入ると、全長七六〇メートルにも及ぶという、ヒンズーの叙事詩を形象化した、壁面に刻まれた浮き彫り細工に目がひきつけられる。ここにはアンコールの建築、芸術の神髄が集大成されていると言っても過言ではない。

しかもアンコール王朝がこの寺院を完成させたのは、一一世紀の後半、日本では源平合戦の頃だというのだから驚きだ。三万人の職人が三〇年の歳月をかけて造り上げたというこの建造物が、当時の世界に抜きんでたものであったことは疑いもない。

次にこれまた私たちをひきつけて離さないのは、アンコールトムの巨大仏教遺跡群で、三つの大門と勝利の門、死者の門とで外界とつながるこの城都は、一辺三キロメートルの正方形を成し、そこに展開される建築技術と仏像彫刻に目を見張らされる。

アンコールトムはアンコールワットの王城が隣国チャンパ軍の侵攻を受けて落城したあと、再び蘇ったアンコール王朝（王が仏教徒）によって造営されたというが、二つの宗教にまたがってのアンコール文化の精髄の跡をそこに窺うことができる。

アンコールの遺跡群はさらに、この周辺に十数カ所散在していて、私たちはそのおよそ半分を回ったが、中でも北東へ四〇キロメートルのバンテアイ・スレイとさらに山間部に残されているクバルスピアン遺跡の印象は忘れ難い。

バンテアイ・スレイはヒンズー教の寺院跡だが、その赤色砂岩の肌に彫られたヒンズー神話の彫刻が、静かなたたずまいの中で神秘的な雰囲気をただよわせる。関心をもつ人々の間ではつとに知られた「東洋のモナリザ」は、この中心部の一角にある。

またクバルスピアンの遺跡は山中にあって、麓まで車で一時間それからさらに徒歩四〇分を要するが、関心のある人にとっては汗を流すだけの価値はあるだろう。なぜならそこでは、アンコールワット以前の、石に刻まれたアンコール文化の素朴な姿を窺うことができるし、同時にそこら一帯の山岳部から、さきの建造物の石が切り出されたのだからだ。ガイドの説明によると、アンコール遺跡はシュムリアップ県だけで二〇〇カ所にのぼるということだが、三日間歩いただけでも、ここが世界文化遺産の中でも屈指のものであることを確認することができる。

アンコールワット前にて相良君と（2007年６月）

今から一〇〇〇年も前に、このインドシナ半島の奥地に、なぜかくも高い水準の王都が築かれ、芸術性の高い多数の石像彫刻が刻まれたのか？　そして数百年後に、なぜこの王国は忽然とその姿を消したのか？　現地に立てば、いやでもこの疑問が胸をついてくる。

密林の中に埋もれていたこの遺跡は、一九世紀になってフランスの探検家によって発見されて歴史に蘇ったといわれている。それはそれで間違いではないが、実はそれよりずっと前に、記録によれば一六三二年に、肥後の武士森本右近大夫がアンコールワットを発見してその十字回廊の列柱に墨書しているのだ。鎖国さえなければ、彼は英雄となっていただろう。かつてわが国では、仏教の聖地を「祇園精舎」と呼んでいたが、それはこのアンコールを指すのだという説もゆえなしとはしない。

かくほどに、多少なりとも歴史文化や宗教に関心のある者にとっては、アンコール遺跡群は想像のロマンをもかきたてずにはおかない。

今、シュムリアップは空港も整備され、観光開発に拍車がかかっている。そこに群がってくる人々も勢いづいている。高級ホテルに出入りする人々と観光客に寄ってくる物売りの子供たちとの格差は大きい。それでもあのポルポト時代のことを思えば、まだよしとすべきだろう。

最後に一言すれば、昔から「百聞は一見に如かず」という言葉があるが、アンコール遺跡ほどそれを実感させるところはあるまい。思い切って行ってよかったというのが、私の率直な感慨であった。


（『九州学士会報』第一九号、二〇〇七年）

4　玄奘三蔵の偉業をしのぶ

この五月、私は「遙かなるシルクロード」と銘打ったツアーに参加しました。そしてその旅を通じて改めて胸に刻んだのは、交易の道シルクロードは同時に仏教文化交流の道であり、その中でとりわけ傑出しているのが、玄奘三蔵の偉業だということでした。

中国西域の歴史は、古くは紀元前数世紀に遡りますが、東西の交流が始まるのは前漢七代の武帝の頃（BC二世紀）からのようです。しかしそこが果てしない僻地であったことは言うまでもありません。

これを仏教の交流という面からみれば、その嚆矢とも言うべきは、五胡十六国時代（四世紀）にインドからやってきた鳩摩羅什でしょう。彼は捕虜となって連れてこられたのですが、彼が訳した経典が、中国に仏教が広がる端緒となったといわれています。そしてそれから二百余年後に、玄奘三蔵が登場するわけです。

唐の王朝が成立したのは六一八年ですが、当時、シルクロードの大半はトルコ系の帝国突厥の支配下にあり、西域への旅は禁じられていたといいます。そんな中で、玄奘三蔵は六二七年、都長安を抜け出して、遙かなるインドに向けての途方もない旅へと足を踏み出したのです。

長安から西へ二〇〇〇キロ、そこには千年も続いたという漢人の国・高昌国がありましたが、その今廃墟となっている城が高昌故城です。トルファンの町から東四〇キロのところにあるその城址に立つと、あたり一帯は茫漠たる荒涼の台地です。

玄奘三蔵はここに二カ月滞在し、帰途必ず立ち寄ることを約してさらに西へ向かったといいます。今から一四〇〇年近くも前に、さらに数千キロの彼方へ向けて不毛の荒野や砂漠を越えて行く、その艱難辛苦はいかばかりだったでしょうか。

西安の博物館には、この三蔵が歩いた道のりが絵図で示されていました。その全行程は一万キロを超えるでしょう。そして一七年の後に、彼は再び高昌国を訪れますが、すでにそこは唐によって滅ぼされていたといいます。

三蔵は国に戻るにあたって、多数のサンスクリット語の経典や仏像を持ち帰り、高宗皇帝はそれらを保存するために、慈恩寺に大雁塔を建立しました。その大雁塔は、何度も修復されつつ今日も残っているのですが、その前には後世に建てられた三蔵法師の像があり、私たちを温かく迎えてくれます。

私が訪ねたシルクロードは、文字通りの瞥見に過ぎないのですが、それでも現地に立ってみると、法師の苦難の業が胸を打ち、なしとげられたその成果の偉大さに頭が下がるのです。信仰心の薄い私でさえこうなのですから、信心の厚い方々にとってはなおさらでしょう。

それにしても、六〇〇部にのぼるという経典を、玄奘三蔵はどうやって運んだのでしょうか。彼が書き残したという『大唐西域記』を私は読んでいませんが、いつかは知りたいものだと思うようになりました。

私が知っているのは、後に明の時代になって書かれた小説『西遊記』の話程度のことで、孫悟空が活躍する世界以上のものではありませんでしたが、今回の旅では、史実としての玄奘三蔵の偉業に改めて目を見張らせられたのでした。

信念というか求道心というか、人間をしてかくも幾多の困難に耐えさせる力に、私は改めて感じ入りました。歴史は時としてかかる非凡な人を生み出します。この旅は、そのことを今更のように思い起こさせてくれた旅でもあったのです。

（『九州学士会報』第二一号、二〇〇八年）

5　七〇代最後の春　阿蘇・信州・広島そして韓国

季節のうつろいと人の心のうつろいとは、むろんその趣を異にするが、その様態は人様々である。時にはそれらは重なり合い、自乗作用を起こしもする。私の場合もまさにそれで、この冬は、春をまつ思いがひとしおであった。

べつにあせっているわけではないのだが、傘寿を前にして、動けるのも今のうちだなとの気持ちが強まってきているのである。

かくて私の七〇代最後の春は、いつにもまして旅歩きをすることとなった。

まだうすら寒い三月七日・八日の両日、私は阿蘇の西部外輪山の麓でしばしの時を過ごした。五高同期の囲碁愛好者六人が集まったのだが、澄んだ空気と静けさの中での碁会の雰囲気は、清潔な場所のたたずまいとあいまって、いつにも増して清遊の愉しみを味わわせてくれた。

そこは三菱重工業の保養所で、川口巌君が斡旋してくれたのだったが、話によると、建設当時の社長が五高の卒業生で、その中央部は五高の本館を模しているという。広大な緑の敷地も大企業ならではであろう。

宴の席では、その川口君が自作の漢詩を吟じて、興趣を高めてくれたのも忘れ難い。曰く、

青壮経時六十年
龍鳳相集高原亭
玄海鯛甲躍皿鉢
向而傘寿友情新

祝五高OB囲碁会

そしてまた、その一カ月後の四月七日・八日の両日、私は再び阿蘇へと足を運んだ。場所は中岳北山麓の湯の谷にある東京海上火災の保養所で、ここもまた静寂な緑に囲まれている。今度は小槌君の紹介によっての、小倉中学同期有志が一緒だった。

この施設には立派なカラオケルームがあり、小槌君以外の友人たちの唄を、いずれも初めて聴かせてもらった次第だった。

帰途は、晴天に恵まれたこともあって、阿蘇ファームランドまで歩いたのだったが、胸に吸い込んだ空気がおいしかったのが忘れられない。

阿蘇には、五高生時代以来、おそらく一〇〇回近くは訪れているだろう。だがそこはいつ行っ

ても飽きることがない。観光シーズンに入る前、若葉が萌えはじめる頃のひんやりした空気の阿蘇もいいな、と心もたゆたうのだ。

ところでこの間の三月下旬、私が一人降りたったのは、信州松本の空港である。四面を山に囲まれた高台盆地の空港はここくらいだろう。冷たい風が頬をなぶる。

松本にやってきたのは三回目だが、市内に泊るのは今回が初めてである。着いたその日は、まだ歩いたことがなかったＪＲの駅からお城にかけての一帯を歩き回ってみた。昔と違って今は、インターネットを通して事前に様々な情報を得ることができるので便利だ。さいわいシーズン前とあって、観光客の姿もほとんど見られず、そこにあったのは普段着の街の姿だった。

全体的に街は静かで清潔との印象を受けたが、その中に点々と存在する、この街ならではの小さな博物館や特産品の店、さらにはちょっと小粋な酒房などには、やはりこの土地の匂いがする。その一隅に「旧開智学校の跡」があったが、初めてその学校を見学した私にとっては、ほう、ここが発祥の地なのかと、ちょっとした感懐も起こさせてくれた。

翌日は、お目当ての「あがたの森」へ行く。そこは旧制松本高等学校の跡地で、その一画には旧制高等学校記念館が存在する。松本高校の同窓生をはじめとして、松本の市民たちは、大正時代に建てられたこの木造の校舎を大切に保存すると共に、旧制高校が残したものを後世に受け継ごうと、全国から資料を集めて記念館を造り、あたり一帯を文化公園にしているのである。

私は一人その木造校舎の教室に入り、その一隅に座ってみた。私が長らく勤務していた九大教養部（旧制福高）の木造教室はずっと昔に取り壊され、いまやそのキャンパスもなくなってしまったが、ここにはかつてのそのたたずまいが、そのまま残されているのである。じっとしていたら、純真だった往時の若者たちの声が聞こえてくるような気がした。

この後、私が向かったのは、松本から東へおよそ三〇キロ、上田から南西へほぼ同距離にある鹿教湯（かけゆ）温泉である。昔は山越えが大変だったであろうが、今は高速道路とトンネルができていて、宿さしまわしの車で走ること四〇分で到着した。途中、山間部では雪が降っていて、あたり一面は雪景色であった。

この鹿教湯温泉随一のホテルが斎藤ホテルで、そのホテルが先代の教えを受けてつづけているという、四連泊プランに魅かれてのことだった。呼応したのが、共に碁打ちの、埼玉居住の妻の妹の夫と東京の妻の弟というわけだ。温泉に四連泊というのは、三人そろって初めてのことだったが、考えてみれば、みんなつつましく暮らしてきたものだとも思う。

翌日も外は雪で、窓外に迫っている山々の冬景色を眺めながら、私たちは久しぶりに寛いだ気分で交互に石を握った。静けさの中、パチリ、パチリと碁石の音だけを聴いていると、気のおけない男ばかり三人の、こんな時間もいいなあと感じたことだった。

三日目は外に出てみようと、義弟の車で東御（とうみ）市にある梅野記念絵画館を訪ねた。館長の梅野隆さんとは私は初対面だったが、妹婿の西村は長崎経専での同級生であり、また妻の兄の中村文俊が同館の後援会長をしていたこともあって、縁は浅くはないのである。

話を聞けば、梅野さんの御尊父は、あの青木繁を物心両面で援けた梅野さんだという。しばらく前、私は渡辺洋の『青木繁伝』を読んでいてその名は懐かしく、隆さんは父上のその意思を継いで、長らく東京で画廊を営んでいたという。その隆さんに、町興しに向けての「芸術むら公園」の構想を進めていた東御市が声をかけてきたとのことだった。

実際にその地に立ってみると、この絵画館のロケーションは素晴らしい。そこは郊外の自然に恵まれた高台だが、ロビーから外を眺めれば、眼下に明神池があり、そこから一面に広々とした東信州の空間が広がっていて、その向こうには雪を頂いた浅間の連山を望見することができる。「いいところですね」との言葉が思わず口をついて出た。

久しぶりの友人の訪問ということも手伝ってか、隆さんの話ははずんだ。中でも青木繁と坂本繁二郎をめぐる話は現実味を伴っていて、私の興味をいたく惹いたのだった。

この帰り道に、私たちはいま一つの、対照的とも言える絵画館を訪ねた。そこは上田市郊外の、とある山道を入った林の中の、戦没画学生の遺作を集めた美術館で、その名も「無言館」という。人気のない、新緑にはまだ間がある木立の中に、その二つの裸のコンクリートの建物（本館と別館）はひっそりと建っていた。

中に入ると、打ちっぱなしのコンクリートの壁に、若くしてその生命を断たれた画学生たちの、それぞれに力を込めた作品が処狭しと掛けられている。作者の紹介を見れば、その多くは二〇代

無言館の入り口にて（2010年３月）

の前半に戦死または餓死している。その前に立っていたら、その若者たちのうめきのような声が聞こえてくるような気がした。

その夜、ホテルではソプラノ歌手とピアニストの二人の女性による、ミニコンサートが開かれた。山田耕筰の最後の弟子だという歌い手さんの、戦前からの童謡や「千の風になって」を聴いていたら、生きているとの実感と共に、あの無謀な戦争への怒りが改めてこみ上がってきた。

滞在四日目には、北信濃へと足を延ばしてみた。好天に恵まれたせいもあるが、雪に覆われた北信五岳の姿はいつ見ても美しい。

シーズンオフとはいえ、さすがに善光寺さんには参詣の人が絶えない。本堂下の闇のトンネルを手探りで進んでいたら、手が女性のお尻に当たったのにはドキッとした。あそこで騒がれたりしたらどうなるのだろうか――信心の足りない者はそんなことも思う。

長野からは一転して須崎へ。ここも二度目だが、初めて入った「世界の民俗人形博物館」が思っていたよりも面白かった。人形が民俗の文化を見事に体現していることを、改めて知ったからである。ちょうど三月だったということもあって、三〇段の雛飾りと千体の日本人形が展示されていたが、日本の人形文化は、世界の最高水準をゆくと言っても過言ではないだろう。日本にはまだまだ私の知らないものがある、というのがこの信州の旅の後味であった。

つづいて四月の一五日・一六日が三金会旅行の日であったことは、ご承知のとおりである。その場所を広島にしたのは、むろん私たちの頭の中に、広島在住の田中君と藤野君が車椅子生活を余儀なくされているとの認識があったからだが、その地になじみの深い私にとっては、同時にそれはまた昔日を回顧する旅ともなったのだった。

十五日の朝、博多駅を出発した私たち夫婦と植村君の三人は、広島駅頭で右と左とに別れ、妻と植村君は宮島へ、私は呉へと向かった。呉の駅で私を出迎えてくれたのは、古いなじみの後輩である大国仁君である。

もう五〇年以上も前のことになるが、私が荒廃する筑豊産炭地の調査をしていた時に、それを手伝ってくれたのが、当時院生だった大国君だった。私たちは久方ぶりの再会を喜び合い、連れだって話題の「大和ミュージアム」を見学した。

この海軍博物館の詳細について語る余裕はここにはないが、それが我々にとって、戦前から戦後にかけての日本の歴史の一面を回顧させるに十分なものであることは確かで、そのことから佐世保や江田島の時よりも思わぬ時間を過ごさせられてしまう結果となった。ために、もう一つの

「鉄くじら館」を観ることはできなかったのだが、そのことを残念に思ういとまもないほどに、私の胸には「大和」出撃の悲劇の余韻が残ったのである。

広島駅からは、あえて市電に乗ってみた。街の風情が懐かしかったからだ。とりわけ八丁堀界隈は、広島大学の面々や藤野君とも何度かさすらった処で、元気だった頃の先輩や友人たちのその頃の面影が浮かんで、少しばかりしんみりとした。

総会・懇親会は、同日午後五時から、市街中心部にある三井ガーデンホテル広島の料亭「八雲」で開かれた。二二名の会員が一堂に会したのは、久しぶりのことで、中でも田中・藤野の両君が車椅子で参加してくれたのは、嬉しいことだった。

もう十数年も前になるが、私が四国旅行を企て、平野・三浦・中村の三君を乗せて道後温泉にやってきた時、広島から馳せ参じてきたのがこの両君だった。その夜が大いに盛り上がったことはいうまでもなく、とりわけ平野・藤野の両君は意気軒昂そのものだったし、田中君もまた、当時はしりの携帯電話を片手に、ビール一筋の人生を語っていたものだ。会のなかば、私の脳裏にはその時の情景が蘇ってきて、思わず胸が熱くなった。

翌日朝からは、マイクロバスで因島へ向かった。一行は一八人である。山陽自動車道から島並みハイウエーへ、点々と咲いているミツバツツジが愛らしい。

因島観光のポイントは、本因坊秀策記念館、村上水軍城、白滝山展望台の三つである。碁聖秀策に対する気持ちが人によって異なるのはやむをえないが、私の場合には、封建社会の真只中にあって、棋道というそれ自体は独立した精神世界に灯された火だったればこそ、その火がさらに年と共に光を放ってきているとの思いが強かった。

　転じて小高い丘の上の、村上水軍城の跡に立ってみれば、武士社会に拮抗しようとした海のつわものたちの姿が彷彿としてくる。おそらく私の場合には、白石一郎の『海狼伝』のイメージがあるからであろう。しかし史実を追ってみても、たとえば陶晴賢（すえはるかた）の大軍を厳島で破った主役が村上水軍であったことにも見られるように、日本近世史において村上水軍のつわものたちが果たした役割は、決して小さくはなかった。しかも彼らは、時として外洋に出て、より広い世界にも目を向けていたのではなかったか。

　この日はあいにくの小雨で、展望台からの眺めは十分とは言えなかったが、それでも一応の目的は果たして私たちは尾道の市街へ入った。そこで昼食をとったのは、中心部に位置する「萩乃屋」というお好み焼き屋である。この昼食場所をどこにするかでは、少しばかり頭を悩ましたのだったが、尾道の味にこだわれば、諸般の事情からしてこうなるほかはなかった。「海鮮お好み焼き」は、結果として皆さんにはどうだっただろうか。

　昼食後の、文学の小道から千光寺への散策が、雨に見舞われたままだったのは残念だったというほかはない。私はかつてこのあたりを、時間をかけてゆっくりと一人歩きをしたことがあるが、好天に恵まれれば、眺望といいあたりの風情といい、なかなかに趣のある処なのである。志賀直哉の愛読者であればなおさらであろう。

ちなみに、父と衝突した直哉がこの地に来たのは二九歳の時だが、のちに『暗夜行路』の中で、このあたり一帯の風景やたたずまいを詳しく記した後にこう書いている。

　こういう東京とは全く異（ちが）った生活が彼を楽しませた。彼は久し振りに落ちついた気分になって、計画の長い仕事に取りかかったのである。それで彼は自分の幼児から現在までの自伝的なものを書こうとした。

と。千光寺の鐘を聴きながら、「寝ころんでいていろいろな物が見えた」というその旧居は、今でも当時の姿そのままである。

　ところで、この四月はいつにもまして天候が不順だった。季節外れの寒波に身震いした人たちも少なくなかったと思う。加えてヨーロッパでは、アイスランドの火山の爆発で、一週間にもわたって空の便がストップするという有様であった。そんな陽気がようやく一段落するようになった頃、私たちはほんの少し前までは「近くて遠い国」といわれていた隣国の素顔を垣間見ようと、旅行社のツアーでは叶えられない、少しばかりユニークな深訪旅行へと出かけることにした。

　一行は、学士会のハングル講座の先生・崔（チェ）さんを案内役とした、同講座の参加者の中の三人（有吉、吉増、隈本）に、植村君と私が加わった六人である。以下に述べるような旅を体験することができたのは、ひとえに崔さんのご尽力のおかげであって、まずはそのことに感謝の意を表しておきたい。

お聞きしてみると、崔さんは、もう二〇年も前に日本にやってきて、九州大学経済学部の大学院に入学し、七年間の在学のあと、ひきつづき日本に留まって、いまや日本は第二の故郷だとのことで、今回はご自分の生まれ育った第一の故郷・全羅南道を紹介して下さるという。私たちは願ってもない道案内を得たと言うべきで、おまけに彼の指導教授は旧知の逢坂名誉教授だったということであり、私の名もよく聞いていたということで、私もすぐ打ち解けることができたのはさいわいであった。トルコ旅行につづいて、またしても私は良きガイドに恵まれたのである。

四月二七日(火)、福岡から釜山郊外金海空港へはほんのひと飛びである。空港で昼食を摂ったあと、私たちは早速八人乗りの車に乗って、南海高速道路を西へと向かった。車の数はかなり多く、その大半は韓国車である。道路の整備状況は日本と中国の中間くらいで、途中のサービスエリアもまた同様である。

走ることおよそ三時間で、最初の訪問地「楽安邑城」に着く。ここは高い石垣で囲まれた百数十戸の集落で、数百年前の建物や道具類がそのままに保存されていて、その全体が史跡となっている。私たちは、まず城壁と言ってもいいその石垣の上を歩き、つづいて集落の中を見物して回った。テレビドラマ『チャングムの誓い』のロケもここで行われたとのことだったが、さもありなんと思わせるに足るだけの、規模の大きな民俗的遺産である。ここには現在も人が住んでいるというが、この邑城は、昔の地方の集落の様を今に残す貴重な生きた史跡と言うべきで、はからずも私は、日本の明治村を思い出して、両者を対比していた。

付け加えれば、石壁の中には戦後すぐのものと思われる独立運動記念碑が、そしてその外には最近建てられた「三一独立運動記念碑」が、その犠牲者の名を刻んで建てられていたが、そこにこの国の人々の民族感情を感じ取ったのは、私だけではなかったろう。

この邑城を出てからは、もっぱら地方道を山間部へと走った。田舎道だが桜並木が多い。日本では鎮海の桜が知られているが、どうやらこのあたりには桜の名所が何カ所もあるようだ。

途中、日が傾きかけてきた頃、私たちは予定外ではあったが、コインドル公園（DOLMEN PARK）に立ち寄ってみた。ダムに水没した遺跡から発掘されたコインドル（支石墓）群や先史時代の住居を復元して展示している処で、展示館はすでに閉まっていたが、世界各地の支石基と同種のものがここにあるということが興味を引いた。古代人は東も西も似たような発想をしていたということであろう。

この日の最後の目的地は、宝城市郊外山間の古刹・大原寺である。百済時代五〇三年の創建というから、長い歴史をもつ由緒あるお寺だ。寺に着いたのはもう日暮れ時で、境内には冷気がたちこめていた。

鶏料理の食事をしたあとで、ご住職玄蔵スニムが、私たちのためにお茶をふるまって下さった。高僧は想像していたよりもお若く、つばのある丸い帽子を室内でもかぶられたままで、どことなくそれらしい雰囲気をお持ちの方だった。横には韓国人を父とし日本人を母として、広島に住んでいたというお坊さんがおられて、日本語で応対してくれた。

旅のスケジュール表に「曹渓宗大原寺」とあったこともあって、宗派のことを聞いてみると、私たちは宗派を超越していいます、との答えが返ってきたが、全羅南道全体には五山二五〇の寺があるという。

この夜、私たちは三組に分かれてこの寺の宿坊に泊めていただいた。そこはオンドルの入った新築の木造部屋だったが、私たちは皆初めての経験だった。板張りの床に敷くのは、布団というよりは薄い敷物に近い。最初はこれで眠れるかなと思ったが、下からの暖かさが心地よく、いつの間にかすっかり寝入っていた。

翌二八日の朝食には、米と雑穀のお粥にナムルとキムチがそえられていたが、これは韓国風精進料理といったものであろう。狭い食堂では、旧棟の宿坊に泊まっていたと思われる五、六人の信者の方々やお坊さんたちも一緒だったが、それはいかにも古寺にふさわしい食事風景だった。

この後、私たちは寺内に造られたチベット博物館を見学したが、どうやらご住職はダライ・ラマと親しい間柄らしい。すがすがしい空気の中、にこやかに手を振られる玄蔵スニムに見送られて、私たちはそこを後にした。

大原寺から私たちが向かったのは、西南部海辺の高麗青磁の里である。康津と呼ばれるその地域は、高麗時代の五百年にわたって陶磁器を焼く窯が造られていた処だという。あいにくの雨の中、私たちはその中心部にある康津青磁博物館を見学したが、そこでは一二世紀以来の逸品を目の当たりにすることができた。ちなみに説明パンフレットは言う、「高麗青磁の釉薬は透明で澄んだ薄い緑青色を呈しています。灰色の胎土の上にガラス質に似通った釉薬が塗られており、この釉薬は時代や青磁の質によって少しずつ異なり、様々な色彩を放っています」と。

康津で海鮮料理をいただいてから、私たちはまた北上して、羅州へと向かった。ここでも、車は時折、桜並木の間を走る。近くには崔さんのご親族も住んでおられるとか。その少年時代の話に耳を傾ける。途中、崔さんの親しい先輩だという李綱さんと合流したが、韓国語を話せないのが残念だ。

羅州では百済時代の二つの古墳群を見学したが、いずれも円古墳が多い。前方後円墳のある伏岩里古墳では、係の女性が古墳が造られた頃のことを説明してくれたが、それによると、あたり一帯には倭人も多数やってきていたということで、梨の栽培なども教えたという。この国の歴史にうとい私は、おのれの勉強不足を感じさせられた次第だった。

この日、宿泊したのは、韓屋（ノハク）村の民宿だった。古くからのヤンバンの家だそうで、その敷地の一画には四五〇年前のものという陋屋（ろうおく）が残っていた。泊ったのは別棟の新築オンドル部屋だったが、六人に一つのトイレというのにはいささか閉口したものの、韓国の片田舎の民家に六人が雑魚寝をして、お互いにいびきの協奏曲を耳にしながら一夜を過ごすというのも、考えようによってはまたとない経験だったとも言えよう。

旅行三日目の二九日は朝から晴天だった。私たちはまず東方にある雲住寺を訪ね、つづいて光州（カンジュ）へと向かった。光州市は人口一四八万、この地方最大の都市だが、同時に私には、あの衝撃的な光州事件の起こった場所として、以来三〇年の間、その名がずっと脳裏に刻まれてきた処だ。私たちは早速、その街の中を走り、金大中記念ホールの横から「五・一八記念館」へ入った。そこで私たちは、展示品とあわせて事件の概要を伝えるドキュメンタリー・ビデオを観、さらに当時の監房や即決裁判室などを観た。それらが提示している事柄の意味を知ってもらうためには、光州事件なるものについて、どうしても一言しておかなければならない。

一九七九年一〇月二六日、朴大統領が腹心の部下に射殺された事件については、記憶されている方も少なくないだろう。そのあと同年一二月、「粛軍」の名の下に国軍の実権を握っていったのは全斗煥である。このいわゆる「粛軍クーデター」に対して、他方では反軍民主化の声が高まっていったことは、多少なりともこの国に目を向けておられた方ならご存じのはずだ。民主化運動の先頭に立っていたのは学生たちで、労働者や一般市民もしばしばそれに呼応していた。

年が明け、厳冬期が過ぎると、この動きは一挙に表面化する。一九八〇年五月一四日、ソウルでは五万の学生が民主化を求めて街頭デモを行い、つづいて翌一五日には一〇万の学生がソウル駅前に集結した。そしてこれに呼応するかのように、その翌一六日、光州では五万の学生・市民が民主化を求める大集会を開いたのである。

こうした事態に対して、全斗煥政権は非常戒厳令を全国に拡大し、その精鋭部隊（空挺師団）を光州に派遣すると共に、金大中をはじめとする反政府リーダーを逮捕した。

　この頃、全羅南道出身の金大中は、光州市民の「期待の星」だった。騒動を示唆しているという名目での、その突然の逮捕に、学生や市民たちがさらに不満をつのらせたのは、想像に難くない。

　五月一八日、市内に入った空挺部隊は、全南大学校門前での衝突をきっかけに、市内各所で学生たちを武力で鎮圧し、多数の負傷者を出すと共に、四百人以上の学生を強制連行した。これが光州事件の始まりである。

　事件は拡大した。その鎮圧の様を目撃した市民たちが、次々と抗議に立ち上がったからである。翌一九日、デモの主体は市民に変わり、激昂した者たちは、角材、鉄パイプ、火炎瓶などを手にして軍に対抗し、それに対して戒厳司令部はさらに新たな空挺部隊を急派する。

「ウイキペディア」によれば、二〇日から二一日にかけて、群衆は二〇万以上にふくれあがり、市内各地にバリケードを築き、武器庫を襲撃して武装すると共に、全羅南道庁を占拠した。それはさながら市街戦の様相だったという。

　こうした事態に対して、軍は光州市と外部を結ぶ鉄道、道路、さらには通信回線を遮断し、二二日にはこの街を完全に包囲するに至った。市民側は同日、「市民収拾対策委員会」を組織して軍との交渉を開始したが、その対応をめぐっては収拾派と抗戦派の対立が現れはじめる。

　しかしそうした中、一部に離脱者が出始めたにもかかわらず、二三日には五万人の、二四日には雨の中を数万人の、そして二五日にはまた五万人の第三次市民大会が開かれ、金大中の釈放と戒厳令の撤廃を要求して、抗戦派を中心に「光州民主民衆抗争指導部」が結成されるに至る。

五月二六日、軍は戦車を先頭にして市内に侵入を開始し、二七日には多数の死傷者を出させつつ、市内全域を武力制圧し、二八日には数千名の市民を逮捕・拘留したのであった。その惨状、そしてその後の光州市民の日々がいかなるものであったかは、想像に難くない。

崔さんは語ってくれた。自分は当時一九歳の学生でしたが、検束された車両から飛び降りて必死になって逃げたのです、と。拘留された者の中で行方不明になった人たちが少なくなかったことを思えば、それはまさに生死を分けたとっさの行動だったと言えよう。崔さんはその後再び逮捕され、この監房で三カ月間の未決拘留を余儀なくされたという。ここで私は連日殴打されつづけましたと語る崔さん、そしてまた、運転手さんも、文化放送光州支局放火の嫌疑をかけられて拘留され、同じようにひどい目にあったと語る。その二人の当事者の言葉の重さに、私たちはしばし声が出なかった。

ここから、つづいて向かったのは「五・一八国立墓地」である。それは郊外北東部の望月洞にあり、旧墓地の近くに新しく建設されている。私たちは死者の霊に祈りを捧げ、案内者の説明に耳を傾けたが、墓の数は今もなお増えつづけているという。崔さんの話では、犠牲者の数は行方不明者を加えれば二千名にのぼるだろうということだが、その真相は未だに明らかではない。

旧墓地に葬られている光州事件以外の犠牲者も含めて、この国ではその民主化のために実に多くの前途ある青年たちがその命を落とした。そして今、ようやくそれらの悲劇が、民主化の実現という形で実を結ぼうとしている。私の胸には、この地は「民主化の里」なのだという実感が、改めて強まってきたのだった。

付け加えて言えば、この事件の余波は、生き残った人たちの上に、未だに尾を引いている。たとえば崔さんの場合には、兵役三年間の間の二年間は殴られっぱなしだったそうだが、故郷を離れる決意をした背景には、この事件があったに相違ないだろう。崔さんは言う、五・一八の関係者は、会っていればそれとなく判るのですよ、まともな職業にはつけなかったわけですしね、と。それだけにまた、こうした人たちの間のつながりも深いようで、現に李さんはじめ現地で私たちを待っていてくれたのは、そうした人々であった。韓国語を話せない私は、直接言葉を交わすことはできなかったけれど、同行して下さった方々の胸の内を、少しは察することができたように思う。

「民主化の里」を後にした私たちは、こんどは一転して伝統文化の里を訪れた。朝鮮時代の文人の庵や歌辞文学館、庭園などがそれである。それは生々しい衝撃を受けたあとの、憩いのひとときであった。そして最後に、光州の今を知るべく街中の生鮮市場へと足を運んだ。

時間帯の関係からか市場は人影まばらだったが、そこは海産物にあふれていて、それを眺めていたら、穏やかな光州の今が、人々の日々の営みを通して連想された。平和になって良かったと。食材の値段は日本の三分の一以下だろう。私はそこで海苔と干しエビとするめを購入した。

この日の夜は、最後の夕食になるということもあってか、崔さんの知人の方々と一緒に韓定食をいただいた。味はいずれも凝っていておいしい。キムチも一味違うし、マッコリもなかなかのものだ。量も多い。残すのが普通だというが、私にはやはりもったいないという気がした。

光州で宿泊したのは、東部の小高い緑地帯にある「新陽(シンヤン)パークホテル」だった。そこから市街を眺めていたら、おのずとある種の感慨が湧いてくる。光州事件から三〇年、地域間差別感情は未だにつづいているとのことだが、この全羅南道の中心都市の変貌ぶりは著しいようで、高層マンションがやたらと目につくが、それはここに生きる人々の活気の現れとみるべきだろう。手にした日本語で書かれた「五・一八民衆抗争事跡地」と題する市内地図を見ていたら、そこに新しい韓国の、そして光州市民の気概が窺われるような気がしてきたのだった。

四月三〇日（金）、旅行もいよいよ最終日だ。さいわい天候もいい。私たちは光州から東南へ走って名刹・松廣寺を訪ねた。この地方随一の、お坊さんたちが修行をする大きなお寺である。ここにはつい先日亡くなられた、高名なお坊様がおられたとか。寺は大きく、韓国様式の立派な甍が軒を連ねていた。

週日の朝ということもあってか人影は少なく、境内はしじまの中に荘厳な気配をただよわせていた。私は参詣の記念にと、黄金色の風鈴を買い求めたが、その澄んだ高い音色は、いかにもこのお寺の雰囲気を思い出させてくれるような気がしたのである。

午後、私たちは東へ進んで慶尚南道に入り、金海市の西北に位置する、故盧武鉉(ノムヒョン)前大統領の生家を訪問した。金海は二千余年前の伽耶文化の中心地であって、そこには多数の文化遺産があるが、この生家とその周辺は、それらとは全く対照的な、悲劇的な、現代政治の記念地である。

盧武鉉は、貧しい農夫の、三男二女の末っ子だった。復元された小さな生家をみても、彼はまさに雑魚寝の中で育ったに違いない。そんな彼にとっては、大学への進学などはできない相談だった。しかしそういう逆境の中から、彼は弁護士となり、人権擁護のために活躍し、民衆の支持を集めてついに大統領になるに至った。記念館で映し出されているビデオは、その元気だった頃の姿を伝えて生々しい。

にもかかわらず、大統領を退いてからの、彼を取り巻く状況は暗転した。妻が息子の留学費のために多額の賄賂を受け取っていたとの嫌疑がかけられ、お金を渡したとされる当事者が、当初は貸しただけだと言っていたのが、裁判の過程で贈与したと前言をひるがえしていったからである。栄光から奈落へ、有罪とされる気配が濃厚となっていく、そんな中で、彼はついに自らの命を絶ったのだった。

生家の入り口の処で崔さんは言った。ほら向こうに見えるあの丘の、あの大きな岩の上から身を投げたのですよ、と。幼い頃から馴染んでいたに違いないその岩の上から、身を投じた時の彼の心境はどんなに悲痛だったろうか。初めはなにも死ななくてもと思っていた私だが、その最後の場所を眼前にし、死を覚悟するまでには、よくよくの苦悩があったのに違いあるまいと察するほどに、私は己の心が重苦しくなるのを抑えることができなかった。

崔さんが訳してくれた、ハングルで書かれた蘆武鉉の最後の言葉は、うらみつらみのまったくない、淡々とした、それでいて愛情の籠った短文だった。それを見ても、彼が焦燥に駆られていたとは思えない。彼は韓国政治の厳しい現実を前にしつつ、自分の役割もここまで、としたのではあるまいか。

故蘆武鉉大統領の生家にて（2010年）

蘆武鉉の死はつい最近の出来事である。その死後、裁判は立ち消えとなったが、その死を悼む声は、全羅南道の民衆をはじめとして日増しに強まり、その生誕の地を整備して記念地とする作業が、現在進行中である。歴代の大統領がソウルの国立墓地に葬られているのに対し、彼の遺骨はその遺言によって生家の横に埋葬され、生家の上の家屋に住む彼の妻がそれを見守っている。墓所はちょうど整備中でその前に立つことはできなかったが、おそらくここには、これから何万、何十万の人々が訪れてくることだろう。

隣国、韓国はいま、さらに新しい時代に向けて脱皮しつつあるということを、体験的に実感できたということ、そのことがこの旅の私にとっての大きな収穫だった。

かくて、私にとっては三度目の韓国への旅は、短い期間だったにもかかわらず、充足感のある旅となったのだった。

（『三金会雑記』第九二号、二〇一〇年）

6　ルーマニア、ブルガリアへの旅から

巨大なアラビア半島の北側に、ペルシャ湾に向かって突き出た小さな半島がある。一九七一年に独立した、人口わずか一六七万人の小国カタールである。独立当初の人口はその半分にも満たなかったというが、その八割は外国からの流入者である。周知のように、この国はクエートとならぶ産油国であり、天然ガスにも恵まれているとあって、近年急成長を遂げてきている。

このカタールの急成長を代表するかのように、国際航空路線に参入してきているのがカタール航空だが、そのカタール航空が本年新たに開設したのが、首都ドーハからブカレストを回ってソフィアに至る路線である。そこでこの路線の新規開設を記念しつつ、同航空が旅行各社と提携して、東北アジアからの客の呼び込みをはかって打ち出したのが、ソウルからドーハを経由してルーマニアとブルガリアを回る観光ツアーであった。

このキャンペーンのちらしを目にした時に、私の胸に少しばかりの波が立った。バルカン半島をもう一度覗いてみたいという思いが頭をもたげてきたからである。しかし、一昨年のトルコ旅行以後、私にはひどくはないが慢性的な腰痛状態があり、長時間座り続けるとつらくなる。大丈

夫だろうかと、しばしの自問を繰り返したあげく、カタール航空はその座席を「空の五つ星」と言っているし、ドーハで一旦は降りれるのだからと不安を持っている方の自分を納得させ、妻に話したら「私も行きたい」と言う。かくて八〇歳のヨーロッパ旅行の実行となったのだった。

一〇月一八日夕、私たちは福岡空港を飛び立って、仁川（インチョン空港）へ向かった。東京へ行くよりずっと近い。天気は快晴である。海側から空港に向かって高度を下げていく、その眼下の風景に私は目を凝らした。

記録をたどれば、一九五〇年の九月一五日のことである。日本を発進した米軍を主体とする国連軍の大船団は、ここから上陸作戦を敢行し、韓国南部に迫りつつあった北鮮軍を分断した。あれから六〇年、この国の変貌ぶりはすごい。仁川国際空港に立つのはこれで三度目だが、大韓航空スチュワーデスの容姿とマナーの良さにつづいて、空港内の整った施設と、そこにあふれる活気に目を見張る。

インチョン空港を離陸したカタール航空機は、しばし海上を西へ飛んで、そこから北西へと中国領空に入っていく。夜間だから、眼下はまったく見えない。だがカタール航空の新鋭機の座席では、すべて前席の背面にテレビ受像機がつけられていて、その中の進路地図を拾うと、搭乗機が現在どのあたりを飛行中であるかがよくわかるのである。

乗ってみて初めてわかったことだが、カタール航空機は、天津の北から中国領空に入り、モンゴルの南部を西へ飛んで、パキスタンへと南下していくのである。その背後に中国政府のカタールへの配慮を見て取るのは、さして難しいことではあるまい。心配していた腰痛は、予想どおり数時間後にはやってきた。しかし、事前に準備したエアークッションのおかげもあって、なんとか耐えられたのはさいわいだった。

ドーハの国際空港は、広さだけは十分で、タラップを降りてからターミナルに着くまでには、バスでほぼ一〇分を要した。気温は確かに高いが、こたえるほどではない。周囲が海に囲まれているせいでもあろうか。

乗り継ぎターミナルの中は、早朝だというのにごったがえしていた。待合室の通路側の椅子に座っていたら、前を通る旅行者たちの多彩さに目を奪われた。様々な民族や人種からなる、アジア系、アフリカ系、白人系の人々が、それぞれに思い思いの服装をして行き交っていく。その多様さは、おそらく世界でも有数の場所であろう。乗り継ぎ空港として活況を呈しているドーハ、それはこの旅での、最初の小さな発見だった。

ドーハを飛び立ったカタール航空機は、機体がやや小型ということもあってか、比較的に高くない高度を、海岸沿いに北西に進路をとって飛んでくれた。これは私にとっては願ってもないことで、晴天のもと、私は眼下の景色に釘づけとなっていた。

右にペルシャ湾の青い海、真下に長く続く海岸線、そしてそこからの西側一帯には、一面の赤茶けた砂漠が広がっている。クエート上空にさしかかるにつれ、当然のことながら、私の脳裏にはあの湾岸戦争当時のことが蘇ってきた。原油の流出によって、この海が汚されたこと、そしてそのペルシャ湾の空母から発進した米軍機が、この空を西へ向かって数百回も出撃したこと、その場面を私は追体験しようとしていたのであろう。

その砂漠の中を内陸に延びる一本の道路があった。これはイラクの首都バグダッドからクエートに繋がる道路ではあるまいか、そう思ったとたん、私はあるいまわしい情景への想像に捉われてしまった。

ペルシャ湾に、私が横須賀で見た原子力空母ジョージ・ワシントン号が停泊している。そこから最新型の攻撃機が多数発進している。パイロットたちには多少の緊張感はあるようだが、気持ちの上での余裕はあるようだ。おそらく攻撃される心配がないからだろう。そしてこの攻撃集団は、今私がいるこの空のこの場所から目標を発見する。戦意を喪失し、クエートから撤退する長蛇の車列だ。イラクの兵士たちは、もうただ家族のもとに帰ることだけを考えていたのに違いない。と、突然に上空から矢のように銃弾が降り注いできたのだ。吹き飛ぶ車、なぎ倒される兵士、反撃する術もなくただ逃げ惑うだけだが、そこは砂漠で隠れる場所もない。ただ悲鳴だけが飛び交い、おびただしい血潮が流れ、それが無情の砂の中に吸い込まれていくだけだ。他方、パイロットの方は、悲鳴を聞くこともなければ、血潮の流れを見ることもなく、ただレーダーに映る標的に発射弾が命中しているかを確認している。

回想にも似たこの情景への想像は、しばしの間、私の気持ちを暗くした。飛行機はそのまま真っ直ぐにイラクを縦断しているが、いったい今イラクはどうなっているのだろうか？　そんな思いにふけっていたら、いつの間にか飛行機はトルコの東部を横切って、黒海上空に出ていた。

飛行機はその海の真ん中あたりから進路を西にとる。右後方にかすんで見えるのはクリミア半島であろうか。あそこでは、かつて戦艦ポチョムキン号の反乱がおこり、そのあとにはロシア革命が進行した。そしてそのロシアの今はどうだろう。二〇世紀は本当に激動の時代だったなあとの思いが、改めて頭をよぎる。

この黒海の西側に接する国が、ルーマニアとブルガリアだ。若い頃の私は、これらの国にはまったく関心がなかったし、知識もほとんどなかった。学校で教わった記憶もまったくない。第二次世界大戦末期からの人民民主主義革命についても、目はポーランドやチェコ、ユーゴどまりだった。バルカン半島への関心が多少なりとも始まったのは、旧ユーゴスラビアの「修正主義」への関心から、一九六六年の夏に、ベオグラードを訪問してからだが、それでもこの両国についてて知ろうとしたことは、あまりなかったのである。それが何時頃からだろうか、たぶんチャウシェスク夫妻が処刑された頃からだろうが、漠然とだが、この両国は私にとって未知の国だなあ、という自覚が始まっていたのだった。

その未知の国へ入ろうとしている。私は初めて見るルーマニアの大地に目を凝らした。アルプスに源を発するドナウ河は、バルカン半島を西から東へ流れて、ルーマニアとブルガリアを分かつ自然の国境となって黒海にそそぐが、その海岸近くでは国境から大きく北に蛇行して、広大なドナウ・デルタを形成している。国連の自然遺産にも登録された、その「ヨーロッパ最後の秘境」

を遙か右に見ながら、カタール機は、ドナウの北に広がるルーマニア大平原の南に位置する首都ブカレストに、予定どおり午後一時過ぎに到着した。

空港に待っていたのは、現地ガイドのダンさんだった。私たちの一行三八名は、彼の案内で早速バスに乗り、一路北へ向かう。目的地は古都ブラショフである。

ルーマニアの人口は二二〇〇万人、面積は日本の本州にほぼ等しい。国土はドナウ河の北に広がる大平原のワラキア地方と、その北、トランシルバニア山脈を越えた地域一帯のトランシルバニア地方と、東北部のモルドバ地方とに大別される。それぞれの地方は、その地理的・歴史的条件の違いから、地域的特性をもっており、中でもトランシルバニア地方は「中世と現代が同居している地方」として知られている。ブラショフはその中心都市なのだ。

ブカレストからブラショフまでは約一七〇キロ、ほぼ三時間半の行程だ。バスはひたすらに平原の中を走る。左右には収穫の終わった小麦畑や玉蜀黍畑、それに牧草地が延々と続いている。その途中の小都市にあるスーパーでトイレ休憩となったが、聞けばこの国ではまだ高速道路は発達しておらず、車のためのサービスエリアはまだないとのことで、ここ以外でのトイレ休憩は、ガソリンスタンドに頼るほかはないのだという。スーパーの従業員に話しかけてみたら、ここには英語を話せる者はいない、ということだけはなんとか知ることができた。

やがてバスは、二〇〇〇メートル級の山々が連なっているという山岳地帯に入る。峰々はすでに雪を頂いており、道路沿いにもあちこちに残雪が見える。ダンさんによれば、車が通る峠の標高は一四〇〇メートルほどだとのこと、緯度から言えば北海道の北部に同じというから、これは当然のことだ。

この山越えをしてしばらく走った処に、中世の街並みを残す美しい古都はあった。しかも「キャピトル」という宿泊ホテルは、その名にふさわしく、旧市街の一角にあって、建築美を誇る市庁舎に面しており、窓からの景観も素晴らしい。ただ食事だけは褒められたものでなく、ドイツの影響を今に受け継ぐということの影響でもあろうか、やたらと馬鈴薯が多いのには閉口した。

ブラショフの街は一二世紀にドイツ商人が建設し、以後、ハンガリー人、ルーマニア人の三民族によって発展してきたという。窓からあたり一帯を眺めると、街は起伏に富んで色彩豊かで、向かいの小高い丘には城塞都市の面影も残っている。

翌早朝、私たちはホテル裏の旧市街の石畳を、「黒の教会」まで歩いたが、そこには中世の匂いが未だに残っているように思われた。

案内人のダンさんは、ご両親が駐日ルーマニア大使館に勤務していた関係で、日本語が身についたということだったが、なかなかのインテリで、このトランシルバニア地方における攻防の歴史についていろいろと話してくれたが、その多くは初めて聞く事柄で、大いに参考になった。

それにしても、紀元一、二世紀頃からの一〇〇〇年近くが空白なのはなぜですか？　と私が問うたのには、言葉を濁してただ「騎馬民族の時代でしたから」と言うにとどまった。

ルーマニア人は、東ヨーロッパにおける唯一のラテン系民族だといわれる。東ローマ帝国の時代に、多数のイタリア人がやってきたからだと思われるが、モンゴルの兵士たちもまた、かなりの長きにわたってこの地を蹂躙していたのであろう。現在のルーマニア人は混血の民族ですか？との問いに、ダンさんはほとんど答えてはくれなかった。あるいは話したくなかったのかもしれない。ただルーマニアが発生の地とされる「ジプシー」については、今は「ロマ人」と呼んでいるが、様々な誤解や偏見を生んでいるのは残念だ、と語ってくれた。いずれにしても、ルーマニアにおける民族や人種構成の歴史は複雑である。

ブラショフを後にした私たちは、そこから三五キロばかり離れたブラン城へ向かった。例のドラキュラ伝説の舞台となった城である。着いてみると、さすがにここにはヨーロッパ各地からの観光客がやってきていた。

この城は一三七七年、ドイツ商人がオスマン・トルコの侵入に備えて構築したが、その後ワラキア公ブラド一世の居城となり、その孫の「串刺し公」がドラキュラのモデルとされたが、むろん実際は伝説とは違う、とダンさんは語気を強める。ブラン三世が裏切り者を見せしめのために串刺しの刑に処したのが誇張され、さらに猟奇小説となって、世界に流布されたというわけだ。

この城は、外見もそうだが、中に入ってみると、典型的な中世の城塞であることがよく分かる。外敵からの攻撃に備えた工夫が至る処に見られるからである。中に、『ドラキュラ』（一八九七年）を発表したアイルランドの作家ブラム・ストーカーの紹介コーナーがあったが、今では話題づくりに一役かっていることが評価されているのであろう。

城への坂道の入り口周辺には、土産物を売る露店がきびすを接していた。私は記念に、城の輪郭を染め出したTシャツを一枚買った。二五レイだったから、日本円にすれば七〇〇〜八〇〇円といったところか。

ブラン城から次に私たちが向かったのは、山間部の保養地シナイアである。そこは標高八〇〇メートルの景勝地で、一八世紀以来、王侯貴族の別荘地として繁栄した場所であり、今も「カルパチアの真珠」として観光客の人気は高い。そしてその第一の観光資源がペレシュ城である。

ペレシュ城は一八七五年、カロル一世がルーマニア王室の離宮として、八年の歳月をかけて完成させた夢の城である。城はルネッサンス、バロック、ロココの様式を巧みに取り入れた、ドイツ・ルネッサンス様式の壮麗な建造物であるだけでなく、宮殿内の造りの美しさや、一六〇にものぼるという各部屋に配置された絵画や彫刻、様々な宝飾品や中世の武器などの見事さに、目を奪われる。ここは日本ではあまり知られていないが、ヨーロッパでも屈指の、芸術的価値の高い城だと言えよう。

このあと私たちは、シナイアの僧院を訪れてから、再び南の方ブカレストへと向かった。バスは平原の中の一本道を走る。さすがに幹線道路には断続的に車が走っているが、それと交差する横からの道路には車の姿はほとんど見えない。だからであろう、数十キロもの間、信号がまったくないのだ。

窓から見ているのは、走っているのは大半が小型乗用車で、トラックは少なく、バスとすれ違うこともなかった。小型車の多くは国産車ということだったが、え？ この国でも自動車を造っているの？ というのが大方の反応だった。それほど、この国は農業国だとの印象が強かったのである。このイメージが多少なりとも修正されたのは、やはりブカレストに入ってからのことだった。

ブカレストは人口二〇〇万、東バルカン最大の都市だが、垣間見た限りでは、活況を呈しているとは言いかねる印象だった。しかし街には緑の空間が多く、人々の表情は穏やかで、静かな大都会という雰囲気があるということを、付け加えておかなければなるまい。

旅行四日目、私たちは車窓から（第一次世界大戦勝利記念の）凱旋門を眺めたあと、市の中心部、革命広場へと向かった。そこは、テレビの映像を通して全世界に伝えられた、あの民主革命の舞台である。

ダンさんによれば、ルーマニア人の多くは社会主義を拒否していたわけではなく、チャウシェスク大統領の評判も、最初の頃は悪くはなかったという。だがその指導体制が長引くにつれ、まさに「権力は腐敗する」を地でいったのが、ルーマニアの現実だった。

一九八九年のことである。発端は国の北部で起こった抗議行動だった。それへの強権的な弾圧が、さらに各地での抗議行動を呼び起こし、騒然たる状況が広がり始めた中、危険を感じた大統領はヘリで脱出しようとしたものの、軍に阻止されて、遂には妻と共に銃殺されたのである。

「ほぼ一〇〇〇人の人が弾圧で殺されたんですよ」と言いつつ、ダンさんは、あのテラスからチャウシェスクは演説し、あの屋上から逃亡しようとしたのです、と旧共産党本部の建物を指さしてくれた。この広場で、群衆は口々に「ノー」と叫んだのか――その場面を想像しながら、当時日本で観たチャウシェスク夫妻銃殺の映像をあわせて思い出し、しばしの間、私はわが胸を凍らせていた。

あれからもう二〇年以上も経つのか。そして、今またカダフィ処刑のニュースをこの地で聴いている。独裁への抵抗、それはいつの時代にも、多くの犠牲を伴いながら、やむにやまれず遂行されずにはおかない人間の道なのだろう。私はかつて教壇から説いた、政治の重さということを、改めて嚙みしめたのだった。

この中心部からやや南に下がった処に、チャウシェスクが造らせたという豪華な巨大建造物「国民の館」がある。国民の生活を犠牲にして巨費をつぎ込んだこの建物は、大統領が死を迎えた頃にはほぼその外郭が出来上がった状態だったという。民主革命後、新政府はそれを完成させて「国民の館」としたというわけで、今では政府や議会関係の諸行事、それがない時には観光ツアー向けに一部が観覧に供されている。私たちがそこを訪問した日には、あいにく政府関係の行事が行われていた。

代わって私たちが見学したのは、国立の農村博物館である。ここにはルーマニア各地から集められた、主として一八世紀から一九世紀にかけての、農家や納屋、水車小屋や教会などが、野外にそのままの姿で展示されている。ここで、かつてのルーマニアの人々の生活の模様を窺うことができたのは、望外のことだった。

そしてこの日の午後、当地ではまだ珍しい私たち日本人の一行は、この国を後にしたのだった。


国境の町ジルジュウには、ブルガリアのバスと現地ガイドのシルビアさんが待っていた。ドナウ河を渡るとブルガリアへの入国ゲートがある。そのたたずまいは、日本の普通の料金ゲートとほとんど変わるところはない。いやそれどころか、いたって閑散としているのにはいささか拍子抜けしたほどである。実際、入国手続きを待つ一五分くらいの間に、このゲートを通過した車両は、わずか数台に過ぎなかった。両国の間では人の流れも物流も少ないというのが、私のこの国に対する初印象だったのである。

北側から入国してみると、道路沿いに農地は見られるものの、その先は牧草地か原野である。その人気のない道を一度間違ったあげく、予定よりやや遅れて、とある灌木の茂みにかこまれた小さな空地にバスは停車した。そこからは徒歩でイワノボの岩窟教会へ登るらしい。

「ほんの少しです。私だって行けるのですから」とシルビアさんは言う。今日が誕生日だという彼女は六三歳。まるまると太って、そのお腹ははちきれんばかりで、イヤホーンを通して聞こえてくるその言葉の前後には、はあはあという息切れの音が聞こえてくる。

イワノボ岩窟教会は、砂岩がむきだしになった、とある崖の上にあった。世界遺産とはとても思えないほどに、何の設備もない状態で、ただ一人の中年男性が少しばかりの土産物を並べて、あたりを睥睨しているだけである。

だが、この人里離れた岩窟の歴史的価値は高い。中に入ってみると、広さ三〇畳くらい、高さ三メートルくらいの空間の天井と壁面に、キリスト教を題材にしたフレスコ画が色彩豊かに描かれている。しかもこれらが描かれたのは、一三世紀から一四世紀にかけてであるという。「七〇〇年も前ですよ」とシルビアさんは強調した。

外に出て、私はあたり一帯を眺めまわした。野生生物が多いといわれるこの地域も、やがては観光開発が進んで、柵がはりめぐらされ、説明板が立ち、多くの人々が入ってきて、この場の雰囲気もいささか違ったものになっていくだろう。そうなる前の、あるがままの素朴な、自然の中の人とその祈りの姿に接することができたような気がして、私は少しばかり得をしたような気分になっていた。

つづいて目指したのは古都ベリコ・タルノボである。道路の状況は、ルーマニア郊外のそれと、さして変わらない。やや起伏のある道を南へ走ること約二時間、東西に連なるバルカン山脈の東部に位置するその観光地に着いた時には、すでに陽は落ちて夕闇が迫っていた。

ブルガリアの人々もまた興亡の民だった。そしてその中心にあったのがベリコ・タルノボである。ものの本によれば、ここらあたりはかつてタルノボと呼ばれ、一一八七年から一三九三年にかけて、第二次ブルガリア帝国の首都として栄えたという。その最盛期には、東ローマ帝国（ビザンツ帝国）をも圧倒して、バルカン半島の大半を支配し、文化の中心地ともなって、ルーマニアやロシアからも留学生が来ていたというのだ。

だがやがて、そのビザンツ帝国に屈服することを余儀なくされ、つづいて一四世紀末には、オスマン朝との三カ月にわたる首都攻防戦のあげくに滅亡する。以来、実に五〇〇年間にわたってオスマン・トルコの支配下に置かれていたが、一八七七年に始まった露土戦争の下、同七九年に至って悲願の独立を達成する。この新生ブルガリア王国の最初の国会はこの地で開かれたという。

私たちは、この街のボリャスキーホテルに宿泊したのだが、朝になってカーテンを開けてみて驚いた。薄れてゆく朝靄の中、眼下に素晴らしく美しい景観が広がっていたからである。私たちはしばしの間、その美しさに見とれたのだったが、そんな経験は、私の旅行経験の中でも滅多にないことだった。ちなみに、『地球の歩き方　ブルガリア、ルーマニア』はこう述べている。「森に包まれたいくつもの丘と、周囲を蛇行するヤントラ川の切り立った崖の独特の美しさは、中央ヨーロッパでも際立つものだ。どこを歩いても違う表情を見せてくれ、地図を見ているだけでは想像もできないほど立体的。自然と中世の町並みが鮮やかに溶け合っている」（九〇頁）と。その日の午前中、私たちがその街を歩き回ったのは言うまでもない。

歴史と景観の織り成す街ベリコタルノボを後にして、次に私たちが向かったのは「バラの谷の町」カザンラクである。この町で毎年開かれるバラ祭りについては、あるいはご存じの方もおられるだろう。だがその季節が過ぎれば、そこは静かな田舎町である。その北のはずれにあるバラ産業博物館に行ってみたが、その内容は参考にはなったものの、その施設の粗雑さにはいささか拍子抜けがした。早い話が、トイレひとつ完備していないのである。おそらくこれは、地域の人々がまだ観光資源といった意識を持つに至っていないからであろう。もっとも、これも素顔のブルガリアだと言えなくもないではないが。

そこへゆくと、同じくこの町にあるトラキア人の墳墓は、およそ歴史や考古学に関心のある方々にとっては、興味の的となることは間違いない。さすがにここは管理もゆきとどいていて、見学者も一度に一〇人しか入ることはできない。

それは第二次世界大戦中の一九四四年、防空壕の建設中に偶然発見されたものだとのことだが、紀元前四世紀後半から三世紀にかけて構築されたもので、東方からの移住者とされる古代トラキア人たちの、戦闘場面や葬送儀礼の様子が、数種類の色を使ってフレスコ画に描かれており、その学術的価値は高い。早くから世界遺産の指定を受けたのもうなずける。シルビアさんが熱を込めて説明してくれたのは言うまでもない。

このカザンラクから西の方、首都ソフィアまではほぼ二〇〇キロの道のりである。車窓から眺められる農村風景は、少しばかりの起伏はあるものの、基本的にはルーマニアのそれと変わらない。ここでも小麦につづいて玉蜀黍と馬鈴薯が主な農産物であり、羊と牛が牧畜の主たる対象である。ただ処々で目につくのは、ロシア文字に似たキリル文字の標識で、そのことがこの国の特異性を窺わせる。

ブルガリア共和国は人口七五二万人で、面積は日本のおよそ三分の一だというから、人口密度は低い。その八四％は南スラブ系のブルガリア人であり、トルコ人が九・四％、そのあとにロマ人、アルメニア人、ギリシア人、ルーマニア人がつづく。数年前にヨーロッパ共同体（ＥＵ）に加盟したが、現地通貨はレバである。北のルーマニア人がラテン系で、南のブルガリア人がスラブ系というこの対比は、複雑な過去の歴史の織り成す結果として興味を引くのだが、そのことについての話を聞く機会を持てなかったのは少々残念だった。それはひとつにはガイドさんが多弁で、聞くよりも話すことに集中していたせいでもある。

ソフィアで連泊したのは、「ベストウエスタン・エキスポ」という名の四つ星ホテルだった。まずまずのところだと言うべきだろう。

翌日朝、私たちはまず、郊外の山麓にあるボヤナ教会を訪れた。フレスコ画で有名なところである。建物は一一世紀に創建され、一三世紀と一九世紀に増築されたといわれるが、その聖堂もさることながら、より素晴らしいのは、一二五九年の制作という、その内部壁面に描かれた「最後の晩餐」をはじめとする一連のフレスコ画で、その生き生きとした表情に惹きつけられる。世界遺産になっているのも、むべなるかなである。

つづいて私たちが辿ったのは、リラへの途である。シルビアさんは語る。ソフィアは東西交流の拠点で、この道を真っ直ぐに進めばセルビア、左に南下して行けばその先はギリシアで、リラというのは、その南への道の途中にある山の名で、その麓に僧院が造られたのだと。

走ることほぼ二時間、途中、昔ながらの面影を留めている集落や、黄葉したポプラ並木に目をやりながら、この旅行の目玉の一つであるリラの僧院に着くと、そこは鬱蒼とした緑に囲まれた静かなお祈りの場だった。

ブルガリア正教の総本山とも言うべき世界文化遺産リラの僧院は、僧院中の僧院だと言っても過言ではない。僧院の歴史は一〇世紀に遡るという。その最初に造られた小さな寺院が、徐々に大きくなり、一四世紀に至って王の庇護を受けることとなり、そこに僧院文化の華が開いた。その知名度のゆえか、キリスト教を圧迫したオスマン朝の支配下にあっても、ここだけは祈りの修行が黙認されていたという。かつては三〇〇人を超える修行僧が寝起きしていたとのことだ。残念ながら当時の寺院は火事で焼け、現在のものは一九世紀に再建されたものだが、その規模は往時に勝るとも劣らない。

境内の中央に建っているのが聖母誕生教会で、その外壁も内壁も天井も、それらすべてに聖書などを題材とした色彩豊かなフレスコ画が描かれている。おそらく時代を代表した画家たちの手になるものであろう。くわえて教会内部の精緻な彫刻も素晴らしい。どうやらシルビアさんも熱心なブルガリア正教の信者なのだろう。その説明は詳しく、かつ熱を帯びていた。

僧院からの帰途に改めて思ったのは、観光と宗教的遺産との関係である。ブルガリアではまだ観光開発は進んでいない。早い話が、トイレ休憩ひとつとってみても、今はガソリンスタンドを利用するしかなくて不便である。しかしおそらく、政府観光局の力の入れ方からみても、遠からずこうした不便は解消されよう。その時、このリラの僧院はどうなっていくだろうか。

フランスのモン・サン・ミッシェルの事例が端的に示すように、聖地が観光資源化した時、この僧院に至る細い山道は拡幅補強され、車は大幅に増えるだろう。僧院前には樹木を切り倒して駐車ターミナルを造ることが必要になり、僧院内には観光客が絶え間なく出入りすることになる。その変化の後では、真冬でもない限り、あのおのずと襟を正したくなるような荘厳な雰囲気は薄れていくのではあるまいか、と。

昼間とは打って変わって、この日の夜は、ソフィア市内の大きな地下レストランでの、賑やかな夕食とフォークロア・ショーの宴となった。

ここでもそうだったが、ブルガリアではどこでも、出てくる食べ物の量が多い。その味はむしろん場所によって差はあるが、さして美味というわけではなく、いきおい残さざるをえなくなる。ワインの味はまずまずといったところ。ルーマニアもそうだが、お国料理というものも、さして言うほどのものではない。食文化の奥行は浅いと私は見た。ただ、よく知られているヨーグルトの日常食品化は学んでいいだろう。シルビアさんは言っていた。ヨーグルトほど健康にいい食品はありません、明治乳業の人たちの通訳をしたのは私です、と。

旅行七日目、私たちはソフィアの市内観光に出かけた。主として、その中心部を徒歩で回ったのである。一見しただけで判ることだが、ソフィアの街はブカレストよりも垢抜けしている。乗ってはいないのだが、おそらく地下鉄もそうなのだろう。だから歩いていても気持ちがいい。

私たちはまず、ソフィアの名の由来となった聖ソフィア教会を訪ね、つづいてそのすぐ近くの、代表的な教会アレクサンドル・ネフスキー寺院へ向かった。聖ソフィア教会の創建は六世紀といわれるが、オスマン朝支配の時代にはイスラムの寺院として使用され、二〇世紀に入ってから現在の教会が建てられたという。古い遺構をかかえたこの教会は、まるでソフィアの歴史的な苦難を象徴しているかのようだった。

そこへゆくと、アレクサンドル・ネフスキー教会は壮大にして華麗だ。それは実に五〇〇〇人を収容しうるブルガリア最大の寺院というだけでなく、金色のドームが輝くネオ・ビザンツ様式の骨格に、国外から運んできたという大理石とそのモザイクが至る処にちりばめられ、それらの内部装飾が、巨大なシャンデリアと三つの祭壇に収斂されている。

この教会は、露土戦争で戦死した二〇万のロシア軍兵士を慰霊するために建てられたとのことだが、そのことは、ブルガリアの人々がオスマン朝の支配からの脱出をいかに喜んだか、ということを示している。教会を出て、国会議事堂前の広場を眺めると、そこには露土戦争の英雄・アレクサンドル二世の騎馬像が立っていた。

この「解放者記念像」から中心部に向かって少し歩くと、セルディカの遺跡がある。地下鉄工事の際に偶然に発見されたとのことだったが、ローマ帝国支配下の二世紀から一四世紀にかけての城壁の遺構を、地下道の横に見ることができたのは幸いだった。五〇〇メートル四方の、高さ一二メートルの城壁があったというのだから、言うまでもなくそのことは、このソフィアがいかに古くからの政治・軍事の拠点だったかを示している。

この地下道のすぐ先は大統領の官邸だった。衛兵の交代があるというので、その模様を見物させてもらったが、その有様は、かつて見たいくつもの他国におけるそれと変わらない。社会主義の時代にも同じことをやっていたのだろうかと、ふと思った。

ブルガリア最後のこの日、午後は自由行動の時間だった。私と妻とはそれ以上歩き回ることはやめて、近くの考古学博物館を見学することにした。ここには、ローマ帝国時代の発掘品とイコンを中心とした中世教会文化の遺産とが集められている。私たちにとって、それは結果的に、ブルガリアの歴史を再確認することにもなったのだった。


ソフィアの国際空港は、ドーハのそれとは対照的に、旅行者は少なく、空港内は静かで清潔だった。喫煙室がないというのも、ここならではであろう。

夕刻、カタール航空機は予定通りに飛び立ち、ブカレストを経由してドーハへと向かった。ドーハに着いたのは深夜だったが、それでも空港内は旅行者で賑わっていた。この後の、ドーハからの航空路は、行きの時と同じである。我が家に帰り着いた時には、すでにあたりは暗くなっていた。

帰宅してからの数日間は、腰痛はそれほどではなかったものの、睡眠が断続的になって少々閉口した。だが悔いのようものはまったくなかった。それをずっと上回る満足感があったからだろう。今はただ、元気に旅行することができたことに感謝したい。

（『三金会雑記』第九八号、二〇一一年）

7 バルト海クルーズ紀行

日航機をチャーターして、福岡から直接乗船地に飛び、そこからバルト海周辺の七カ国を回るというツアーの計画を知ったのは、昨年の一二月初めのことだった。

もう七、八年前のことになるが、私は北欧四カ国を回ったことがあって、その時、フィンランド西南端のトゥルクからストックホルムへの、通称シリヤラインと呼ばれる航路の美しさに魅せられて、もう一度来てみたいと思ったものだった。加えてこの計画では、ずっと昔から一度は行ってみたいと願っていたサンクト・ペテルブルグを二日間かけて観光するという。もはや単独で海外を旅することが困難となり、時折腰痛にも悩まされている私にとっては、これは願ってもない最後の機会であった。

妻に話すと、行きたいが同行者があればなおいいと言う。そこで五高時代の同期生有吉泰徳君に声をかけたら、ぜひ参加したいとのこと、そこですぐ参加申し込みをしたのだったが、実施の半年以上も前のその時点で、早くも満席直前だったのには少々驚いた。

出発の前日、私はまったく思いがけない出来事に遭遇した。半世紀以上にわたって交流してきた親しき知人、石井康夫さんと「栄ちゃん」の悲報に接し、最後のお別れをすることになったのである。

石井さん一家とは、かつて小笹（おざさ）団地（福岡市中央区）で同じ棟に住んで以来の付き合いで、彼は飲み会グループ「四の月会」の仲間でもある。また彼は長年岩田屋に勤務していた関係で、吉増君とも近い。その石井さんのお通夜は今夜六時から二日市で、また「栄ちゃん」こと松崎ヒサエさんのお通夜は南薬院で七時からということで、その日は慌ただしかった。

吉増君と二人で「栄ちゃん」のお通夜に駆けつけたのは八時過ぎだったろうか。彼女の遺体に手を合わせていたら、惜別の憶いがどっと押し寄せてきて、しばし私は、明日からの旅行のことを忘失したような次第だった。

翌五月二二日朝、私たちは旅行への期待感と故人への哀悼の念がないまぜになったまま、コペンハーゲンに向けて出発した。

午前一〇時二〇分に福岡空港を飛び立った飛行機は、日本海を北上してシベリア東部に入り、そこからさらに北へ向かってから西進する。私にとっては初めての空路だ。

日航機は西に向かって進むので、いきおい昼間飛行が続くこととなる。おかげでシベリア北部の、未踏の大地を窓から俯瞰できたのは幸いだった。飛び続けること八時間、ようやく機は白海から南西へ向かい、フィンランドを斜めに横切ってバルト海へ出る。目指すコペンハーゲン空港に着陸したのは、出発して一一時間一〇分後の、日本時間の二一時三〇分（現地時間の一四時半）だった。おそれていた腰痛は、有難いことに三席を二人で使えたことと、エアー・クッションを準備していたことの効果のせいか、その再発をみなくてすんだ。

コペンハーゲンは、私にとっては三度目の街である。一度目は一九六六年の八月のことで、ヨーロッパ一人歩きの最後にこの街にやってきて数日滞在し、ここからアンカレッジに向けて飛び立ったのだった。また二度目は、退職した数年後に、北欧ツアーの一環として有吉君と共にここを訪れたことがあり、そして今回は、日航機をチャーターしての、総勢二二一人という大集団での訪問である。

一行は、利用する六台のバス毎に六つの班に分けられ、私たちは三号車組となっていたが、各班はそれぞれ別々に行動するようになっていて、宿舎もまた別だった。チェックインしたのは、都心部の古いホテル「グランド・コペンハーゲン」である。

このホテルから、近くのチボリ公園内にあるレストランへ夕食をしに行ったのだが、座席についてみると有吉夫妻がいない。慌てて妻と添乗員が二人を捜しに戻ったら、ホテルに舞い戻っていたのはさいわいだった。小雨模様の中、二人は歩き遅れて赤信号にひっかかり、私たちを見失ったらしい。この旅はまず、この小さなハプニングから始まった。

翌日（二三日）は、定番のコペンハーゲンの市内観光である。市庁舎周辺から、人魚の像、アマリエンボー宮殿と、いずれも私にとってはなじみの処だが、いつ来ても、この街は穏やかで親しみを感じる。ただその間に聞こえてきた日本人や韓国人集団のざわめきが、時代の移り変わりを思わせた。四七年前、この街をさすらった時には、観光ツアーの集団などにはお目にかからなかったのだ。

そんな昔のことを思い出しながら、この日の午後、私たちは港に向かい、お目当ての「豪華客船エメラルド・プリンセス号」に乗船した。ところが乗船早々、私たち二人は思いもかけぬハプニングに遭遇したのである。滅多にない出来事なので一筆しておこう。

私たちに予定されていたキャビンは、窓側ツインのP二〇四号室であった。Pというのは、この船では「プラザ・デッキ5」の意で、その部屋は五階左舷の前方にあった。私は早速乗船時に受け取ったクルーズ・カード（乗客証明・金銭支払い・キャビンキー兼用）でその部屋を開けたら、なんとそこには先客がいて、ここは私たちの部屋だと言うのである。

驚いた私は、咄嗟の判断だったが、この船内がもっともゴタゴタしている時に、添乗員を探していたのではらちが明かない、直接船と交渉しようと思い、通りがかりの船員

エメラルド・プリンセス号（2013年）

にその窓口の場所を聞いてそこへ行ったのである。

窓口の担当者は、調べてみるから少し待ってくれと言い、やがて日本人のスタッフもやってきて、下のカフェで飲み物でも召し上がっていて下さい、というわけである。

待つこと二〇分、やってきたスタッフが丁重に言う。「一四階のバルコニー付きのお部屋を用意しましたので、そちらへご案内申し上げます」と。私は内心これはダブル・ブッキングだなと思いつつも、願ってもない結果に思わず「よろしく」と答えていた。

船旅を知る方は皆ご存じのように、船の旅は、その日数が長くなればなるほど、キャビンのもつ意味は大きくなる。だがその選択は、むろん価格とのかねあいになるわけで、私たちの場合は、高い階のバルコニー付きのキャビンは理想だが、その差額（一人七万五〇〇〇円）を考えれば、窓付きキャビンで良しとすべきだろうとしていたのだから、これはラッキーな結果だったと言うほかはない。その背後に、船側の配慮があることは言うまでもあるまい。

「エメラルド・プリンセス号」は、総トン数一一万三〇〇〇トン、全長二九〇メートル、全幅三六メートル、航海速力二四ノット、乗客定員三〇八〇人、乗組員数一一〇〇人という巨大クルーズ船である。船体は一九階（うち一三階はないから実際は一八階）建てで、その豪華な施設や設備を誇る。その内容を説明すると長くなるので、ここでは船内案内をもとにその数だけを示しておこう。いわく「フッド&ダイニング」一〇カ所、「エンターテイメント&バー」一五カ所、「プール、スポーツ&スパ」九カ所、「ギフツ&メモリーズ」六カ所、「アザーサービス」一〇カ所というのがそれである。船内にはすべて上質の絨毯が敷き詰められ、テーブルやチェアなども見劣りがしない。「究極のバカンスを演出する客船」といううたい文句に偽りはないと言っていいだろう。

私はかつてニュージーランドのリトルトン港で、就航間もないこの船を望見したことがあった。地元紙の報ずるところによれば、乗船するにはかなりの高額の費用を要するということで、ちょっと手は届かないなと思ったものだ。それが競争の激化もあってのことであろうが料金も半額近くとなり、思いがけないハプニングもあって、今私がその一四階のバルコニーから遠ざかっていくコペンハーゲンの港を眺めている。その巡り合わせの妙に、ちょっとした人生の面白さを感じていく中で、この船旅は始まったのだった。

船というよりは海上の巨大ビルと言ってもいいこの船は、バルト海の西部、デンマークとスウェーデンの間の海峡を、最初の寄港地オスロに向けて静かに北上していく。その両岸がもっとも狭まっている処は、私にとっては想い出の場所だ。

今を去る四七年前、私は『ハムレット』の舞台に擬せられたというクロンボー城を見たくて、コペンからこの左岸にやってきた。城を一巡して一休みしながら、思いを遠くシェークスピアの時代に馳せているうちに、転じて日露戦争時の秘話が蘇り、日本海軍の情報将校がこのあたりでバルチック艦隊の出撃を確認しようと監視を続けていたのだっけ、と思念しはじめたのだった。するとあれが若さというものだったのだろうか、急にその海峡を自分の目で確かめたくなって、港へと歩き、そこから対岸のヘルシングポリへの連絡船に乗ったのである。東西を往復したその海路を、半世紀近くをへて、今度は南北に縦断しているわけである。

この海峡を抜けると、バルト海からは一時離れることとなる。白夜のせいだろう、外はまだ明るいが、時差の影響もあることとゆえ、早めにベッドに入る。揺れることがないから、室内は通常のホテルのツインルームと変わることはない。違いをしいて言えば、バスタブがないことと、日に二回ルームの清掃と整備が行われることくらいであろうか。

翌早朝、私は早速バルコニーに出て、双眼鏡を手に周囲の景観に目をこらした。ノルウェーの首都オスロは、フィヨルドのように切り込んだ入り江の奥に位置する。この入り江に入ってからの、変化に富んだ、島々と海の織り成す風景は美しい。それに見とれているうちに、船はオスロの港に接岸した。

オスロは二度目の訪問である。だから市内観光の定番であるバイキング博物館やフログネル公園なども二度目なのだが、飽きることはない。とくに人の一生をテーマにしたグスタフ・ヴィーゲランの彫刻群は、今度も人間のありようを改めて見つめさせてくれた。しかしそれ以上に印象的だったのは、前回には見ることができなかった、港とその周辺のたたずまいに触れられたことだった。

旧市街の中心をなす市庁舎一帯から、アーケスフース城にかけての都市景観は、この街の成り立ちを偲ばせてくれると共に、港の風景と一体化しているところがいい。この市庁舎が、ノーベル平和賞の授賞式の場であることは、ご承知の通りである。その夜、招待されたディナーの場で隣り合わせた画家の西川さんも、港一帯が素晴らしいということで私と同感だったようだった。

同日夕一九時、クルーズ船はオスロを出て、翌日（二五日）正午に、デンマーク第二の港湾都市オーフスに入港する。この街は日本ではあまり語られることがないが、ヨーロッパでは、古く（一三世紀頃）から、バルト海と北海とをつなぐ交易都市として知られてきたようだ。私たちは早速、班毎に上陸して、港にほど近いこの街の中心商業地を散策した。

そこは歩行者天国になっていて、船からの観光客と地元の若者たちとでごったがえしており、様々な言語が飛び交っていた。途中にスーパーを兼ねたデパートがあって、御婦人方の多くはそこにはまっていった。私はそこを一巡したあと、通りの横のベンチに腰を掛けたのだったが、先にそこに座っていた別の班とおぼしき日本の老婦人がいきなり話しかけてきて、しばし私はその聞き役となった。

なんでも、彼女は生涯独身で、宮崎県庁を退職したあとは毎年海外クルーズに出かけており、エメラルド・プリンセス号への乗船も数回目になるとか。差し出して見せてくれたクルーズ・カードは、われわれのブルー色のものとは違って金色だった。多少の恩典らしきものがあるらしい。なるほど追加料金を払ってでも乗船したいという、こういう単身参加者もいるのだ。そう言えば、私たちの班にも二人連れや四人連れの女性たちがいるが、中高年になってくると女性の方がやはり元気だな、と改めて思ったことだった。

船はその日の一九時に同港を出航してふたたび南下したが、夜間照明されているというコペンハーゲンとスウェーデンとを結ぶ大橋を通過する時刻は夜間となって、残念ながらそれを仰ぎ見ることはできなかった。もっとも、前回来た時に陸上からは眺めたことはあるのだが、途中に島をはさんだ数十キロに及ぶ自動車専用のその橋は、スカンジナビア半島とヨーロッパ大陸とを結ぶ大動脈をなしているのだ。

翌朝も早くから目が覚める。そうだ、部屋は左舷だから夜明けを正面から見ることができるはずだと、私は双眼鏡とカメラを持ってバルコニーへ出た。そして刻々に変化していく、バルト海の鮮やかな朝焼けを堪能することができたのだった。

その数時間後、船はドイツの北部、バルト海沿岸の要港バルネミュンデに入港した。ここはドイツ北欧航路の拠点である。しかし私たちには、この街を見て回る余裕はなかった。ベルリン観光が予定されていたからである。

五月二六日の午前八時頃、私たちはバスでベルリンに向けて出発した。その距離二四〇キロ、ほぼ三時間半の行程である。車窓から外を眺めると一面の田園風景で、小麦畑の緑と菜の花畑の黄色のコントラストが美しい。その途中には所々に赤松の林があり、その林の中には白樺の樹が点々としていて、これまた目をなごませてくれる。

添乗員の女性がこの地方の説明を始めたが、聞くともなしに聞いていると、おかしなことを言っている。「ドイツという国は、ほかの国と違って南に行けば行くほど寒くなっていくのです。アルプスが南ですから」と言うのだが、これには「中部地域から先では」との前提がなければばならない。そうでなければ、ドイツで最も暖かい地方はバルト海沿岸だということになってしまう。

またこんなことも言っていた。「チェコとスロバキアは戦後分離して、スロバキアはユーゴ連邦の一部となっていましたが、その後独立しました」などと。おそらくスロベニアと混同しているのであろう。私は思わず「それは違いますよ」と言おうとして、かろうじてその言葉をかみ殺した。それというのも、かつて似たような場面で訂正をしたところ、以後添乗員に冷たく扱われて閉口したことが、咄嗟に思い出されたからだった。

この種の問題への対応は、簡単なようで難しい。スジから言えば、誤りを正すべきである。そうしなければ参加者は間違った認識を持ったままになってしまう。だが反面では、一同の面前で誤りを指摘された添乗員は、多くの場合、やりばのない己の憤懣に傷つき、その無言の怨嗟をこちらに向けてくる可能性が高いのだ。一日限りのツアーならともかく、一〇日にもわたる共同の旅ともなれば、こうした面にも思いを馳せないわけにはいかないのである。

ところで、このバス旅行は長時間にわたるので、途中一回だけはトイレ休憩をしなければならない。だが、おそらくこのあたりに団体の観光客がやってくることはあまりないのであろう、降ろされた処は田舎の小さなスーパーで、厠は男女各一つしかなく、しかも有料なのだった。そこでどんな事態が生じたかは容易に想像されよう。要するに、トイレ待ちのために、その分だけベルリン観光の時間が減ったということである。

ベルリンに着いた時には、あいにくの小雨が降っていた。時間の制約もあって、私たちは主としてその中心部を車窓観光したのだったが、乗車してきた現地ガイドのドイツ人女性が優秀だったのはさいわいだった。短い時間での要所要所での説明が、いずれも的確だったのである。

中で最も印象的だったのは、やはり、ブランデンブルグ門だった。ここばかりは降車してその辺りを歩いたのだったが、壁が壊され、東西ドイツが一緒になってからすでに二十数年、門そのものには変化はないが、周辺のたたずまいはすっかり変わり、平和で穏やかな雰囲気が私たちを包んでくれたのだった。ちなみに、私たちの帰国後、オバマ大統領がこの場に立ち、核兵器の削減に向けての演説を行ったことは、まだ記憶に新しい。

半世紀近く前、私は一人この門の前にたたずみ、激しかったベルリン攻防戦の様子を想像しつつ、その後の東西対立の悲劇に思いを寄せていたことがあった。その時はなにがなんでも東ベルリンを覗かなくてはと、検問所での交渉のあげくに、東への一日の訪問をしたのだった。西ベルリンへ戻ってから、露天商のおばさんと身振り手振りをまじえながら話し合ったことがあったが、その中身は戦争の悲惨さだったと記憶する。

時代の移り変わりを改めて実感しながら、私は再び車窓の人となった。

翌二七日は、終日クルージングである。本船はバルト海の中心部を東北に向かって進み、エストニアの首都タリンをめざしている。日中私は、有吉君と持参の碁盤を囲んで過ごした。成績は私の四勝五敗。

この日は乗客の乗船下船がないからであろう、夕方からは船長主催のフォーマル・パーティが、中央の五階から七階まで吹き抜けのホールで開かれたのだが、そこでちょっとしたアクシデントが起こった。呼び物のシャンペン・グラスのピラミッドが崩れたのである。

このピラミッドは、二〇段くらいはあったのではなかろうか。私が見た時にはほぼ完成していたのだったが、決められた食事時間のためにそこを離れた間に崩れたらしい。目撃した人の話によれば、イベントのクライマックスであるシャンペンを注ぐ時に、船が少し揺れて一挙に崩壊したとのことで、私が戻った時には、砕けちった何百というシャンペン・グラスの片付けにクルーたちが大童であった。このイベントは、船の揺れがないことを前提にして初めて可能となるわけだから、シャンペン・グラスの損失もさることながら、船側の面目失墜ということになってしまったのだった。

二八日朝、船はタリンに入港した。ここは昔からバルト海交易の拠点の一つである。私たちは早速、港からほど近い旧市街の中心部に出かけた。

この旧市街は、一三世紀頃から形成された街で、当時からの広場や石畳、建造物などがそのままに残っていて、中世の面影を今に留めている。私たちはまずその真ん中にあるラエコラ広場に行き、そこから起伏のある石畳の道をたどりながら、旧市庁舎や古い教会、商館などを観て回った。すり減った石畳、古色蒼然たる建物のたたずまいは、この街と国の往時をしのばせるのに十分だったと言えるだろう。

だが他方、このタリン観光では、そのプランの作り方とその実施の面において、かなりの不手際があった。それは要約すれば、協力添乗員（プランナーであろう）と添乗員における、トイレ問題の軽視ということにつきる。参考までにその要点だけを記しておこう。

　タリンの旧市街に公衆トイレがないことは、事前に知らされていたのだが、所要時間は二時間と明示されていたから、高齢者である私たちは三時間くらいなら大丈夫だと考えて参加したのである。ところが現地ガイドが日本語も話せない若い素人の娘さんだったこともあって、散策に時間をとり、おまけに有吉君をふくむ歩行中止の三人についた協力添乗員と添乗員との連絡がうまくいかずに無駄な時間を費やし、現地で三時間を過ごしてしまったのである。参加者の中からは当然トイレへの願望が出る。そこで近くのレストランにトイレの借用にいったら、断られるという始末なのだ。もはや猶予はならない。かくて当初予定されていた、アレキサンダー・ネフスキー教会の見学をとばして、急遽船に直行ということになったのだった。

　港に着き、小走りに船へ急ぐ人たちを見ながら、似たような状態にあった私は、いったい二人の添乗員たちは、「失禁の脅威」にさらされた人たちの深刻さを判っているのだろうか、と思ったのだった。

　タリンから先は、バルト海の最深部フィンランド湾を東進することとなる。一晩の航海をへて、私たちは五月二九日（水）の朝、サンクトペテルブルグに入港した。この旅行の目玉となる場所だ。バルコニーから眺めていると、大型のクルーズ船があいついで入ってくる。ソ連時代、レニングラードと呼ばれていた、この東ヨーロッパでもっとも有名な街は、かねてより一度は訪れてみたいと願っていた処である。

専用バスで都心部へ向かっていくと、まず私たちは二つのことに気づく。一つはこの街が海と河によっていくつもに仕切られた水の都だということで、「北のベネチア」と呼ばれていることに合点がいく。またいま一つは、この街の観光の主体をなしているのは、一八、九世紀に建てられた建造物で、それらが一体となってある種の都市美をかもしだしているということである。さいわい、それらの建造物の説明をしてくれる現地ガイドは優秀で、私の目は窓外に、耳はガイドの声に釘づけとなって、車の渋滞もさして気にはならなかった。

そんな中、私たちは市の中心を流れるネバ河の船着き場に到着し、そこから観光客を主たる対象とした高速艇に乗船した。有名なピョートル大帝の「夏の宮殿」を訪ねるためである。西へほぼ三〇キロ、その宮殿へ行くには船の方がはるかに速いのである。おかげで私は、その間沿岸の海の模様を見続けることができたという次第だった。

この「夏の宮殿」は世界遺産である。その歴史遺産としての価値と壮麗な建造物、ならびに工夫をこらした数々の噴水を配した広大な緑の大庭園はその名にふさわしい。天気は快晴、その澄み切った空の下、私たちは観光客の間を縫うようにしながら、そのあたりをうろつき回ったという次第だった。

この日の昼食は、ボルシチを中心としたロシア料理で、船内料理に飽きはじめていたせいもあってか、「おいしい」という声があちこちで起こった。おまけに乗員からタリンでの失敗のお詫びのしるしにドリンクをサービスさせて下さいとの提案があり、そういえば今日はトイレのことにも配慮がみられるなと、ひとまず安心したのだった。

昼食後、私たちは専用バスでプーシキンへと移動し、これまた世界遺産のエカテリーナ宮殿を訪ねた。ここは一七五六年、イタリアの建築家ラストレッリの設計のもと、エカテリーナ二世の夏の離宮として建てられたもので、全長三〇〇メートルを超す、白と水色に配色された華麗な建物が美しい。しかもその内部が、これまた素晴らしいのだ。案内によれば五五の部屋があるというが、その一つ一つが美術品というべき調度類に彩られている。中でも有名な「琥珀の間」は、噂にたがわず観る者の目を奪うに十分である。

付け加えて言えば、この宮殿はかつて一七九一年に、日本の漂着民大黒屋光大夫がエカテリーナ二世に謁見した場所でもある。はるばるここにたどり着いた光大夫は、そのあまりの壮麗さにさぞ仰天したことであろう。私は、昔読んだその物語を、ふと思い出したのだった。

なお忘れてならないのは、これらの世界遺産はいずれもドイツ軍の攻撃にさらされたということである。それを今日の姿に復元するのには、実に半世紀を要したという。

帰途、私は肉体的には疲労を覚えつつも、気分的にはかなり高揚していた。これらの贅をつくした豪奢な逸楽の背後には、幾百万の農民が農奴制の下で苦痛を強いられていたのだったが、その富の産物は今は庶民の前にある。これでいいのだこれでと思っていたら、突然ガイドの声が耳に入ってきた。「右に見えるのはレーニンの像です」と。私は一瞬の間ではあったが、その像の横顔を食い入るように見つめた。

船に戻って早速外を眺めたら、目の前には三隻の大型観光船が停泊している。反対側にもう一隻がもやっていたから、合わせて五隻である。してみると、上陸する観光客は少なくとも一万人はくだるまい。明日のエルミタージュは混雑するなと思いながら、この日は早めに就寝したのだった。

五月三〇日（木）、この日も空は快晴だった。道路が予想以上に空いていたということもあって、私たちはまず市内観光をすることとなった。専用バスは、目抜き通りであるネフスキー大通りを中心に、その周辺をゆっくりと回る。三児の母だという現地ガイドはなかなか優秀で、目ぼしいところを要領よく説明してくれるとともに、私の質問にも的確に答えてくれた。

サンクトペテルブルグの歴史地区とその関連建物群は、そのすべてが世界遺産である。一七〇三年五月一六日、ピョートル大帝はスウェーデンとの北方戦争に備えて、この地にペトロパブロフスク要塞を造るための起工式を行った。それがこの街の始まりだとされている。つづいて同一二年、大帝は首都をモスクワからこの地に移し、以後この街は帝政ロシアの中心として発展してきた。

第一次世界大戦後、この街はペトログラードとその名を変えたが、一九一七年の二月革命と一〇月革命の発祥の地となり、同二四年、さらにその名をレニングラードとしたのだった。第二次世界大戦中、この街はドイツ軍とそれに加担したフィンランド軍に、実に九〇〇日にわたって包囲され、市民は街始まって以来の辛酸を強いられたのだった。餓死、戦死者はあわせて一〇〇万人にものぼったといわれている。ガイドはなぜかこの悲惨な歴史にはふれなかったが、あるいはドイツ人やフィンランド人観光客への配慮があったのかもしれない。

「あれがマリインスキー劇場ですよ」とのガイドの声に、バレエ「白鳥の湖」のことなどを思い出していたら、バスはほどなくデカブリスト広場に到着した。中央にプーシキンが名づけたという「青銅の騎士」ピョートル大帝の騎馬像がある。ここは、一八二五年、開明派貴族に指揮された連隊が蜂起した場所であり（デカブリストの乱）、また一九〇五年、食物と自由を求めて民衆が決起した場所でもある（血の日曜日事件）。その血に染まった痛恨の場は、温かい日差しのもと、それとは知らぬ観光客のにぎにぎしい笑い声に満たされていた。

さて、最大のお目当てであるエルミタージュ美術館は、歴史地区の中心を流れるネバ河に面して、その壮麗な姿を見せていた。写真や絵画でなじみだったその風景は、実際にその場に立ってみると、まさに「百聞は一見にしかず」という実感を感じさせる。

エルミタージュ美術館は、冬宮と称される本館と、その後に建て増されてきた「小エルミタージュ」「旧エルミタージュ」「新エルミタージュ」「エルミタージュ劇場」の五館からなる。冬宮は一七五四年から六二年にかけて造営されたが、美術館としての創立は、最初に美術コレクションを購入した六四年だとされている。建物は鮮やかな緑と白の組み合わせを配した、それ自体が美術的な造形を誇り、その中身はまた、それ以上に豪華である。

その中は見学者で一杯だった。現地ガイドはインタホン・マイクを使って目ぼしい処を解説してくれるのだが、時間が限られているせいか、なんとも慌ただしい。観るべきものが多すぎるからだろう。有名な「孔雀の時計」をはじめとする数々の調度や装飾品、オランダやイタリアの絵画コレクション、印象派からキュービズムに至る一連のフランス絵画など、じっくりと鑑賞するには、最低でも丸一日はかかるだろう。しかもそれは展示品に限っての話なのだ。解説書によれば、この美術館の収蔵品は、なんと三〇〇万点にのぼるというのだから、途方もない。

一般に、この美術館にルーブル、大英博物館、プラド、メトロポリタンを合わせて、世界の五大美術館という。私はこれに北京と台北の故宮博物館を一つとみて、六大博物館として、その価値を称えたい。さいわいにして私は、そのすべてを実地で鑑賞することができた。ただエルミタージュだけは、団体での鑑賞とならざるをえなかったのは残念だったが、それでも、念願だったこの美術館に来れたことに、気分はいささか興奮気味だった。

美術館を後にして、私たちはネフスキー通り横の中華料理屋で遅い昼食を摂ったが、それがことさらにおいしく感じられたのは、この気分があったせいかもしれない。

一八八一年三月一日、皇帝アレクサンドル二世は、「人民の意志派（ナロードニキ）」の活動家が投げた爆弾によって死亡した。「血の上の教会」は、その場所の上に、当時の技術の粋を集め、外装は色彩ゆたかな有色瓦で覆い、内装には大量のモザイク画をふんだんにあしらって建立された。それは反抗者に対する帝政誇示の象徴でもあったのだろう。だがそれらはすべて、今日では恩讐を越えた、貴重な文化遺産となっているのである。

かくて、わずか二日間ではあったが、私の最初にしておそらくは最後のサンクトペテルブルク訪問は、ほぼ満足すべきものとなった。

五月三一日朝、エメラルド・プリンセス号は静かに出港していく。私は一六階のデッキに出て、あたりの海景色を眺めた。もうしばらく進むと、クロンシュタット軍港が見えてくるはずである。そこはあのバルチック艦隊の根拠地であったし、今もそうである。

思っていたよりも、そこは街からは遠いようだ。港を離れてから一時間半後、ようやくそれらしき島が見えてきた。どうやら船内の放送もそれを告げているようだが、この上甲板までやってくる乗客はあまりいない。ロシア政府が許可したからであろう。船はこの軍港に接近していく。おかげで、双眼鏡を手にした私は、この軍港の外観をつぶさに覗くことができたという次第だった。

私の思念は日露戦争当時に飛ぶ。なるほどこれでは、バルチック艦隊の出航を見届けることなどはできなかったはずだと。つづいて私は「クロンシュタットの反乱」のことを思い出す。一九二一年三月、この軍港で多数の水兵たちは、ボリシェビキ政権に対して自由・平等を要求して反旗をひるがえした。権力を奪取して間もなかった政権は、事態の拡大をおそれて、これを軍事的に鎮圧した。革命の裏の悲劇であった。そして今は？　なんとロシア政府はこの島を観光客に開放しているという。

港の波止の内側には、一隻の潜水艦と数隻のフリゲート艦が認められた。その先の陸地には、マンションらしき建物や教会の尖塔なども望見される。バルト海には、もはや軍事的緊張はすっかり無くなっているのだと、改めて認識したのだった。

あるいは、外国の観光船に、軍港への接近を認めた背景には、観光客誘致への思惑もあるのかもしれない。だったら出入国の手続きをなぜもっとスムーズにできないのかとの疑問もわくが、そのあたりのちぐはぐさがこの国の現状を物語っているのであろう。

一夜明けて、船はフィンランドの首都ヘルシンキに入港した。あたりは「森と湖の国」にふさわしく、静かなたたずまいの中に、突如近代都市が眼前に迫ってくるといった感じだ。

この街も私は二度目で、シベリウス公園やヘルシンキ大聖堂などは、もう少し元気だった頃の自分の姿を改めて思い出させてくれた。中で興味を引いたのは、飯塚出身という現地ガイドの日本人男性の話で、アジア系の血の入ったフィンランド人が、いかに親日的で、いかに素朴で、いかに忍耐強いかを語って倦むことがなかった。私はこの国の人々が、どのような気候風土の中にあり、いかに過酷な大国の圧力にさらされてきたかを想像しながら、その説明にいつしか相槌を打っていたのだった。

五月三一日夕刻、私たち一行は、ストックホルムに向けて、本旅行最後の航海に入った。その途中からは、私にとっては二度目の航路である。先の北欧旅行において、フィンランド最西端のトゥルクの港から、風光明媚をもって知られる「シリアライン」を通ってストックホルムに渡ったことがあったからである。

その時の、夜明け頃からの島影と海の織り成す風景の美しさを思い出しながら、私は午前四時には屋上デッキの人となった。白夜に近いこのあたりでは、もうその時刻で周囲は明るくなり始めるのである。それからのおよそ二時間、私は飽かずに島から島へと、様々に変化していく海景色に見とれていたのだった。

ついでに言うなら、私の知る限りでは、海と島の織り成す自然の美しさでは、その静寂の海が三日間も続く南米パタゴニア南西部の多島海が断トツで、その次に美しいのが早朝に東からハロン湾に向かって進んでいく時の島なみの風景と、同じく東からストックホルムに近づいていく時のこの風景である。そして付け加えるなら、わが九州の九十九島はそれに準ずる。こうした天然の美の世界に身をゆだねることができるというのが、船旅の醍醐味というものであろう。

六月一日、「北欧随一」との評判をとるストックホルムの街は、今回も私たちを魅了してくれた。この街は、海と丘が多様に入り混じった立体的な景観と、中世から現代に至る歴史的建造物が、混然と一体化しているのである。加えて、折からの小雨模様が旅情をかきたててくれたせいもあったのかもしれない。ノーベル賞の授賞者を囲む晩餐会で知られる市庁舎やその周辺、王宮などは観光の定番だが、飽きることはなかったし、さらに今回は、丘の上の展望台に立ったり、旧市街ガムラスタンを散策できたのはさいわいだった。

ただ一つだけ違和感を覚えたのは、旧市街の中心部に位置する日本人経営の店の商魂の逞しさだった。旅も終わりに近づく中で、日本語で買い物ができる店となれば、いきおい女性旅行者たちはそこに群がる。それを見越してのことであろう。並べられた品々はすべて、消費税（二〇％前後）を考慮に入れても、三割から五割は高いのだ。

待たされている私たちの間では、期せずして声が出たものだ。「高すぎるわよ」「荒稼ぎをしていますね」と。思えばこれも、集団旅行にはつきものの現象なのかもしれない。

そんな人様々な反応を交えながら、同日深夜、私たちは機上の人となった。チャーター便ではアルコールの飲み物が出る。眠れぬままに、私はワインを手にこのたびの旅行を振り返ってみた。あれこれと、とつおいつ思いをめぐらせた次第だったが、その中から残った全体的な印象は、およそ次のようなものだった。

第一に、このクルーズ旅行は、全体的にみればほぼ満足できるもので、思わぬハプニングもあって、経費以上の内容を享受することができた。

第二に、このような船旅を満喫できたのは、この地域に平和的で友好的な国際環境が保たれているからで、過去の歴史を思えばとりわけその感慨は深い。

第三に、北欧の自然環境は、日本などよりずっと厳しい。しかし人々は穏やかで、空気は澄んでいる。一二日にわたる期間に、マスクをしている人に一人も会わなかったことに思いを馳せたい。

第四に、ひるがえって東アジアはどうなのか。いたずらにあらがい、自然環境よりも産業活動を優先しているきらいはないのか、今一度人の世の望ましい原点に立ち返ってみたいものだ。

最後に、かくほどにこのクルーズ旅行は私にとって有意義なものだったが、それでも若干の違和感は残った。いわゆる豪華客船の旅は、これをもって終わりにしたい。十分に満足とは言い切れないその足りないものとは何か、それを考えていくと、畢竟、豪華客船の旅とは、その主眼は観光と船内での食事やイベントにあって、海を好きな者からすれば、海にいながら海から離れているように思われてならないのだ。潮騒の匂いもそのざわめきも、ここでは無縁である。

だが私にとっての海とは、もっと身近なものである。その原点には、たとえて言えば、あのヘミングウェイの『老人と海』のような、どこまでも、あらがいながらも切ることができない人と海とのつながりがあって、それゆえに、海の上にいながらそのことを忘れさせる、あまりにも人工的な世界には、埋没しきれないのだ。

最近、地中海クルーズには一三万トンの船が就航し、カリブ海ではついに二〇万トンの巨大クルーズ船が登場したという。だが私にはもう、それに乗ってみたいとの望みはない。

（『三金会雑記』第一〇五号、二〇一三年）

二　読書を愉しむ

1　最近の読書から

私は子供の頃からの読書好きである。それが大学の教員という職業を選ぶ遠因の一つとなったことは確かだが、しかし研究者としての仕事は、私の読書好きを満足させるものではなかった。なぜなら、長い間、私は読みたいから読むということよりも、読まなければならないから読むということを優先しなければならなかったからである。

大学を去ろうと思い始めた時、私の密かな最大の期待は、さあ、いよいよ読みたい本を誰にも遠慮せずに思いっきり読むことができるぞということであり、それについだのが、旅もできるし、囲碁も楽しむことができるぞということなのであった。

退職をし、引っ越しをし、慌ただしい一カ月が過ぎた頃、私はこれからの残り少なくなってきた人生時間の、最も多くの部分を占めていくに違いない読書の跡について、簡単なメモをしていこうと思い立った。それから昨年末までに二〇カ月が経過したというわけである。

もっとも、思いっきり読むと言ったって、実際にはそう思うようにはいかないものである。振り返ってみれば、文字どおりの読書三昧の日々を過ごしたと言えるのは、一昨年の地球一周航海中の、洋上にあった七、八週間と、昨年秋のニュージーランドでの一人暮らしの後半五週間である。この時ばかりは、散歩と食事以外の時間の大半を、まったく気ままに本を手にして過ごしたのだった。

「本を手にして」という意味は、目が疲れるので、一、二時間読んでは、しばし目を閉じて瞑想にふけるという次第だったということである。だがそれでも、そういう時間の過ごし方をしたのは、私の人生では初めての経験であった。

このメモによれば、雑誌類や論文などを除いて、この二〇カ月間に読んだ本は、一三三点の一四一冊である。多いようで少ない気もするが、対象範囲は多岐にわたっている。メモには簡単な読後の感想と私なりの評価（A、B、C、のそれぞれをさらにa、b、c、に区分する九段階評価）を記しているのだが、もちろんそれにには私の主観がおおいに入っている。また移動に軽便で横になっても読みやすいということで、文庫本の比重が大きい。以下、A評価を下したものを中心に、印象に残っている本を紹介してみよう。

まず専門書の領域では、小畑清剛『法の道徳性』下（勁草書房）、毛利敏彦『明治維新政治外交史研究』（吉川弘文館）、山田浩『現代アメリカの軍事戦略と日本』（法律文化社）の三点が、知見をおおいに広めてくれた。小畑は私が姫路獨協大学在職中に学問的対話を交わした人たちの中ではずばぬけて傑出していたが、旧著にひきつづいての、そのマイノリティをめぐる論理構造、法の論理とコミュニケーションの歪み、の解明は見事である。何よりも勉強が好きだという、まだ四〇代の、この法哲学界のホープは、身体的ハンディキャップに苦しんでいる。その境遇に思いを馳せながら、私はひときわ厳粛な姿勢でこの本を読んだ。

毛利の本は、維新史に関心のある者なら誰でも引きつけられるだろう。その俗説や通説を批判する論旨は明快でしかも読みやすい。彼は五〇年来の友人である。それだけにまた、感慨もひとしおであった。

山田もまた、半世紀にわたって昵懇にしてきた先輩である。その研究生活の最後をしめくくった大著は、とかく賛否論が先行しがちなこのテーマを、腰を据えて真摯に追求する。原資料の点検が困難であったとはいえ、ここから学びとれるものは少なくない。著者を知るだけにその読後感もまた深いのであった。

これ以外のものの中では、若い頃に読んだレオ・ヒューバーマン『資本主義経済の歩み』（上・下、岩波新書）を再読した印象があざやかだ。かつて『マンスリー・レビュー』誌を通じてポール・スウィージーと共になじみだったこの著者の語り口は懐かしい。しかもこの本は、半世紀を経ても決して錆びついてはいないのだ。今日の、ハイテクに代表される現代社会の前史を、私は改めてつかみ直したのだった。

次はドキュメンタリーの領域だが、ここではとりわけ李志綏『毛沢東の私生活』（上・下、文春文庫）と徐勝『獄中一九年――韓国政治犯のたたかい』（岩波新書）の印象が強烈であった。

李は長年にわたって毛沢東の主治医を勤めていた人物だが、のちにアメリカに渡ってこの本を出版した。彼が実際に見聞したという毛の後半生の私生活の暴露は、その信憑性がかなり高いだけに改めて私たちを驚かす。中国革命の父ともいわれたこの指導者は、権力掌握後は個人崇拝の波にあぐらをかき、対抗するおそれのある勢力をおとしいれつつ、色欲をほしいままにする。毛への尊敬からその嫌悪へと至った李の暴露には、自分を束縛したそしてまた革命の理想を踏躙った毛とその周辺への憤懣がこめられていることは疑いないが、それにもまして今更のように思い知らされるのは、「権力は腐敗する」という昔からの格言である。この本には私がその名を知っている数多くの指導者がすべて実名で登場する。私は数年前に読んだユン・チアン『ワイルド・スワン』を思い出しながら、何度も本を置いては嘆息した。

後者、徐の本は、長期にわたって獄中におかれた苛酷な体験の文章化であって、かつての軍事独裁政権の暗部を語って余すところがない。私はかつてこの徐兄弟（弟も長期にわたって投獄されていた）救援の活動に参加していたことがある。それだけにまた強い関心を持ってこの本を読んだのだった。素晴らしい二人の息子のオモニもまた、見事な母であった。最後まで息子を信じたその母は、ついに息子の釈放を見ることなくこの世を去った。この書もまた、政治の悪魔性を告発してやまない。

他方、その真摯な生き方で胸をうたれたのは、徳永端子他『プサマカシ』（読売新聞社）であった。「プサマカシ」というのは、「強く力みなさい」という意の中央アフリカの言葉だという。この中の、様々な困難にもめげずに、ひたむきに健気に生きる女性たちの手記は、いずれも読者の胸をゆさぶらせずにはおかない力に満ちていて、それはまるで私たちを励ますかのようであった。また、その真摯な姿勢がより大きな社会性をもって迫ってきたのは、医師中村哲の『医は国境を越えて』と『医者井戸を掘る』（以上、石風社）の二著であった。アフガンの人たちを救うために献身するその姿は、政治（軍事）ゲームに引っ張られている政治家たちを告発しているとも言えよう。彼は九大医学部の出身である。それだけにまた、負うた子に教えられているような気もしたのだった。

あともう一冊、辰濃和男『四国遍路』（岩波新書）が印象深かったが、同書については既に語ったことがあるので、その名を挙げるにとどめておこう。

ところでこの間、最も多く読んだのはやはり小説の類いであった。それはおよそ全体の半分を占める。作家ごとに少し記してみると、一番多く読んだのは藤沢周平の作品である。長編では『海鳴り』（上・下、文芸春秋社）と『蟬しぐれ』（文芸春秋社）、短編集では『雪明かり』（講談社文庫）、『花のあと』（文春文庫）、『暗殺の年輪』（文春文庫）、『夜の橋』（中公文庫）などであるが、それ以前に読んだものを合わせればかなりの点数になろう。その半数以上は、私の評価ではAランクなのである。

周平の作品は、どれを読んでも温かくて優しい。だから、読んだあとの心がなごむのである。彼の死が惜しまれてならない。

周平の大先輩になる山本周五郎の作品も、初期のものの短編集『生きている源八』（新潮文庫）、後期のものの短編集『青べか物語』（新潮文庫）、長編『さぶ』（新潮文庫）を読んだが、中では『さぶ』がお薦めである。そこには市井に埋もれていく人間への、作家の温かい眼が光っている。

同じく時代小説の大家、司馬遼太郎については、すでにその代表作である一連の大河小説は読んでいるので、『梟の城』（新潮文庫）、『馬上少年過ぐ』（新潮文庫）、『この国のかたち』（文芸春秋社）などを読んでみたが、それほどの感銘はなかった。彼の真価はやはり大河小説と『街道を行く』にあると言うべきだろう。

このほかの読みごたえのあった作品を、読んだ順に挙げていくとこうなる。

杉本章子『間諜』（中央公論社）は幕末の「ラシャメン」を題材とした意欲作だが、かつて読んだ『写楽まぼろし』や『東京新大橋雨中図』ほどの感銘はない。

城山三郎の『男子の本懐』（新潮文庫）と山崎豊子の『華麗なる一族』（上・中・下、新潮文庫）は、やっと読むことができたのだが、期待どおりの力作で読み応え十分であった。

宮尾登美子の『春燈』（新潮文庫）と有吉佐和子の『木瓜の花』（新潮文庫）もいい。女流作家らしい、きめのこまかな観察の目と、その表現力が文章に生きているのだ。宮尾の短編集『菊まがき』（文春文庫）もこれに準ずる。

松本清張の『ゼロの焦点』（新潮文庫）と『霧の旗』（角川文庫）も読み応えがあった。先日訪れた小倉の清張記念館には、彼の全作品の一覧表がある。それを見ると、まだまだ読んでいないものがかなりあるようで、今後のたのしみだ。

また外国人作家のもので読んでよかったと思ったのは、古典ではシェイクスピアの『ハムレット』（新潮文庫）と魯迅の『阿Q世伝』（岩崎書店）、現代作家のものではジョルジュ・サンドの『愛の妖精』（旺文社文庫）とエラリー・クインの『エジプト十字架事件』（角川文庫）だが、訳文ですぐれていたのは、やはり福田恆存の『ハムレット』だった。

古典といえば、夏目漱石の二つの系列を示す『坊っちゃん』（旺文社文庫）と『三四郎』（新潮文庫）も再読してみたが、私にはさしてもう面白くはなかった。

このほか、Cランク作品の著者は除外して、それなりに読ませはするがBランクにとどまるという作品の著者たちの名前だけを挙げておくとこうなる。平岩弓枝、芝木好子、宮本輝、池波正太郎、井上光晴、吉村昭、渡辺淳一、五木寛之、塩野七生、大沢在昌、高村薫、伊集院静、馳星周、宮部みゆき、森瑤子、乙川優三郎、中上健次、田辺聖子、山岡荘八、ジャック・ヒギンス、レイ・ブラッドベリー、ウィリアム・サローヤン、ヘンリー・ミラー、マージョリー・ケロッグ、シルビア・プラス、等々。

中で比較的に数多く読んだのは、「流行作家」の渡辺と宮部のものである。なぜ売れるのかということに興味があったからだが、これもそれなりに納得がいった。

　要するに渡辺は、恋愛というよりは性愛小説なら読者がついてくることを熟知していて、それへ向けてのストーリー・テラーとしての筆のはこびが手慣れているのである。『失楽園』（上・下、講談社）はその典型というわけだが、私はむしろ、彼が以前に書いた『白き旅立ち』（新潮文庫）の方を買う。こちらの方は、医学部出の彼がその知見を生かしつつ、わが国における解剖献体の第一号となった遊女美幾の生涯を描いて読ませる。

　宮部の場合には、ストーリーの組み立てと文体に才気を感じさせるが、読者の興味に合わせようとする気分が透けて見える。彼女はやはり『本所深川ふしぎ草紙』（新潮文庫）の線を深めていく方がいい。注文に応ずるからだろうが、いささか書きとばしの感がある。かつて読んだ力作『山妣（やまはは）』（新潮社）の坂東真砂子とは対照的で、この二人がどう書いていくのか、今後がみものだ。

　ここで一言付け加えておきたいのは、小説本の多くが巻末につけている解説についてである。注意深く読んでみると、解説者の質的な差異が歴然としているということだ。そこには、作品の味読をめぐって大いに教えられるものもあれば、著者や出版社に媚びたおべんちゃらもあって、それらをそのまま信用していたら、世の中は「極めて優秀」な作家たちであふれてしまうことになる。


　読んだ冊数ということでいえば、小説につぐのはエッセイである。作家たちのものも多い。だがその大半は、時間つぶしにはなるといった程度のものだった。中で文章も含めて読めると思ったのは、作家のものでは五木寛之『生きるヒント』（文化出版局）、瀬戸内寂聴『いのち華やぐ』（講談社文庫）、田辺聖子『九時まで待って』（集英社文庫）、それ以外では須賀敦子『ヴェネツィアの宿』（文芸春秋社）などであった。

職業作家ではない須賀の文章は清冽である。数年前、私は彼女の一連の作品、『コルシア書店の仲間たち』（文芸春秋社）、『ミラノ霧の風景』（白水社）、『ユルスナールの靴』（河出書房新社）、『遠い朝の本たち』（筑摩書房）を、その文章に魅かれて味読したことがある。そこには文学的感性があふれていて、ひとときの間、私は須賀の徒であったと言っても過言ではなかったのだった。彼女の本に較べれば、あいついだ元女優たちのエッセイ集などはその香気においては足元にも及ばない。

だがこのあたりが本のおもしろいところで、香気の薄い本でも、それなりに読み続けられるのだ。ちなみに、私の場合、エッセイほど呟きを口にしながら（心中ではあるが）読める本はない。「そうそう」「ごもっとも」「なるほど」「うまいことというね」「それはオーバーでしょう」「いいかげんなことをいいなさんな」といった具合である。こうした対話は須賀との間ではしにくいが、山田風太郎や沢村貞子、三島由起夫や高峰秀子らとの間ではそれができるというわけである。

だが、やや評論に近いものの中には、その内容において感銘を覚えるものがあった。いささか古いが、丸木政臣の『教育に人間を』（民衆社）と『若ものよ君らは』（偕成社）がそれである。三

○年近く前のこの本は、今でも日本の教育界に訴えている。教育の原点はどこにあるのか、と。

また趣は大分違うが、日野原重明の『生きかた上手』（ユーリーグ株）はエッセイ集ではあるが、経験を積んだ医者の立場からの、高齢者へ向けての温かいメッセージであって、こういう医者が身近にいたら安心だろうなと思った次第であった。

最後に、これ以外の分野での忘れ難い本の幾つかを挙げておこう。その第一は大岡信『折々のうた』（岩波新書）である。これは「朝日新聞」に連載されたものの最初の部分だが、『万葉集』から現代俳句に至るまでの広範な領域から、かくも簡潔にして要を得た観賞の手引きをまとめた、その観賞眼の確かさとその手腕の見事さには敬服せざるを得ない。この本は、他の書物と並行して最も長く私の机上にあった。歌や句に素人の私には、この本は日本の文化の深さを改めて教えてくれただけでなく、人間の心情のこまかなひだへの共感をかきたててくれたのだった。

その第二は、名取洋之助・木村伊兵衛・土門拳・三木淳の写真集『ドキュメンタリーの時代』（東京都歴史文化財団・東京都美術写真館）である。土門の『筑豊のこどもたち』をはじめとする、ここにまとめられた一群の写真にこめられた写真家たちの、そのヒューマンな作家精神は、読者の胸を搏たずにはおかない。作品の解説も簡にして要を得ている。私は、写真の力というものを改めて感じたのだった。

そしてその第三は、いささか我田引水になるが、異色の棋士藤沢秀行が、その絶頂期に書いた

『藤沢秀行囲碁教室』六巻（平凡社）である。長い間ほこりをかぶっていたこの本を、私はようやく手にすることができるようになった。三〇代にして彼は言う。「碁の価値は創造にある」と。七〇代になって初めて私は、その意味をちょっとだけ判りかけてきた気がするのだ。

本というものは、面白くて愉しい。そしてまた本というものは、まことに色々なことを教えてくれ考えさせてくれる。そしてさらにまた本というものは、感動を呼び起こし、生きる力を与えてくれる。私はきっとこれからも、本を離すことはないだろう。

（『三金会雑記』第六三号、二〇〇三年）

2　気になった二冊の本　吉本隆明『宮沢賢治』と島尾敏男『死の棘』をめぐって

先にも書いたように、読まなければならないから読む段階から、読みたいから読む段階へ移れたことが、私の読む愉しみを倍加させたのだけれど、実際のところは、私が手に執ってきた本のすべてが、読まなければならない本と読みたい本とに二分されるわけではない。そのどちらとも言えない、微妙に気になる本というものがあって、多忙だった頃には「そんなものを読んでいる暇はない」と、自分に言いきかせていたものが、近頃は書棚の前に立つと、そういう類いの本が私の方へくっついてくるのである。

この春にも、そんな感じで私が手に執った二冊の本があった。そのいずれもが文庫版になっていたことが、読んでみようという気持ちを決定づけたのだから、いい加減なものではあるが……。

どうして文庫版ならばなのかと言うと、本の種類にもよるが、私は床の中や電車の中などで読むことが多いうえに、しばしば本を置いて思いを馳せることが日常化してきつつあるからである。とりわけ深夜に目が覚めて、眠れそうにもない時などは、文庫本でなければ始末がわるいのだ。少年の頃、寝床で隠れて読んでいた習慣が、本のサイズを小さくして再現しているというわけである。

この二冊の本とは、吉本隆明『宮沢賢治』（ちくま学芸文庫）と島尾敏雄『死の棘』（新潮文庫）であって、それらは、思っていた以上に、私を長期にわたって釘づけにし、ある時には私を沈思黙考させ、またある時には数十年前の自分を回想させたのだった。

私が中学五年生の時だった。臨時にやってきた国語の教師Mさんは、宮沢賢治のあの有名な詩「雨ニモ負ケズ」の謄写版刷りを配って、賢治の話をしてくれた。私はなんとなく賢治の名前だけは知っていたが、その作品に接するのは初めてのことだった。そしてこの詩は、肉体的にも、精神的にも飢餓状態にあった私の中に染み込んできたのだった。

当時私は一六歳、孤独感にさいなまれながら、この詩を繰り返し読み、やがては声を出して諳（そら）んずるようになっていった。賢治の詩集をどこで私は手にしたのだろう？　少年の頃の私の最初のアルバムには、妹を思う賢治の詩が書き付けられている。

　　妹よ、あまりにも心いたみたれば
　　柳の小枝も今日はとらない……

　それから五十余年たってから、私は念願だった東北の、花巻から盛岡、そして小岩井農場を訪れ、賢治を慕う気持ちが、いささかも薄れていないことを確かめたのだった。

だから、『宮沢賢治』とのタイトルを見れば、すぐ読みたくなるはずなのだが、ちょっとした躊躇があったのはなぜかというと、それはこの本の著者吉本隆明への、かねてよりの、説明し難い一種の抵抗感があったからである。

　東京工業大学化学系出身の吉本が、個性的にして鋭い、有能な評論家であることについては、誰しも異論はあるまい。暫くの間、彼の言説は、現状にあきたらない多くの知識人たちの注目的であった。だが私にとっては、吉本隆明は、気になる存在でありながら、どうしても好きになれない評論家だったのである。

　何故か？　と問われれば答えに窮するが、つまるところは、彼の文章は難しいということになりそうだ。彼の本を読んでいたら、なにもそんなに難しい言い方をしなくても、という気分が強くなってきて、ついつい辟易してしまうのである。

そんな彼が、宮沢賢治論を展開している。読んでみたい気がしつつも、いささかしんどいかなという予感もあったのだった。

しかし実際に読んでみると、私の懸念は杞憂であった。ここでは、吉本自身が、評論家というよりは詩人なのである。詩人であるがゆえにこそ、彼は賢治の深い理解者であって、そのうえに、知的評論家としての資質が、賢治の世界の読み解きを進めているのである。

吉本が語っているところによれば、彼は米沢高等工業に在学中の頃からの、賢治の徒だったというが、その賢治論の特質は、とりわけ次の三点にあるように思う。すなわちその第一は、書簡類の点検もふくめて、賢治の世界は、その青少年時代から、日蓮に代表される「法華経」の精神が通奏低音を成していることを強調していることであり、その第二は、『ひかりの素足』と『銀河鉄道の夜』を代表作として最も重視し、その読み解きを通して賢治の視線の高みを明らかにしていることであり、その第三は、賢治の表現における、擬音や造語のもつ創造性を明確にしたことである。

吉本によれば、『ひかりの素足』は、大乗教の理念とそれが行われる風景で到達すべき視線の体験であり、それを「地獄編」とすれば、『銀河鉄道の夜』は「天国編」ということになる。彼は言う。「宮沢賢治の作品には、自在にのびちぢみし、角度をかえながら景物にしみとおってゆく視線、またその視線の全体を生と死の境界の向う側から統御している眼がある」と。

賢治は一九三三（昭和八）年、わずか三七歳で夭折したが、「南無妙法蓮華経」を高らかに唱道しつつの最期であったという。

宮沢賢治を論じた書物は、吉本があげたものだけでも十三冊を数える。私はそのほとんどを読んではいないが、この吉本の本によって、改めて目を開かれる思いがしたのだった。しかも詩人吉本は「後書き」に記すのだ。「そのころは（五十数年前）まだ賢治ふうに生きられるかもしれないとほんのすこしおもいなしていた。それなのに身ゆるぎする方法さえわかろうとしない怠惰は、すでに身についていたような気がする」と。

そこへいくとわが青春時代は、もっぱら賢治の言葉の表層をただなぞっていたに過ぎない。賢治ふうに生きることなど、空想の中にしかなかったのである。

島尾敏雄は、私にとって最も気になる作家の一人であった。若い頃、文芸誌を通して読んだその透明感のある文体に魅かれていたし、奄美大島の古仁屋湾一帯を舞台とした、特攻艇の訓練の話や、死を予感しながらの鮮烈な恋物語に、いたく胸を揺さぶられていたからである。

だが、その後私は多忙となり、文芸誌からも遠ざかっていた。

そんな中で、ほぼ一〇年くらいの間をおいて読んだ『日を繋けて』（本書の第十章）の衝撃は、今でもかすかに覚えている。そこでは、あの最愛の妻だったミホさんが、夫の浮気を引き金として、精神に異常をきたしていたからである。

そしてそれからほどなくして、私は島尾さんと、はからずも面談をするということになる。

その頃、一九六〇年代から七〇年代にかけて、私はＮＨＫ福岡の仕事を幾つか持っていた。振り返れば、今は亡き福田昌子さんや松下竜一さんとは、「青年の主張」コンクールの審査委員で一緒だったし、博多文化の担い手だった西島伊三雄さんや太宰府の宮司西高辻信貞さんたちとは、番組でのお知り合いだった。またＮＨＫのスタッフ有志の方々とは、上野英信さんとともに同局内で勉強会もしていたのである。

そんなある日、某プロデューサーが、「明治百年」の記念番組を作りませんかという話をもってきて、聞けば、その中の一本は島尾敏雄さんとの対談を予定しているという次第であった。

一九六七（昭和四二）年の夏だったろうか。私は名瀬図書館の館長室で、島尾さんと初めてお目にかかった。お会いしてすぐ打ち解けたような気分になったのは、島尾さんのお人柄に加えて、私が多少なりとも島のことを知っていたからでもあろう。それより先、一九五〇年代の終わりに、私は鹿児島県の教研活動の講師として、復帰後まだ日の浅い奄美大島の各地を回っていて、古仁屋湾一帯も歩いていたのである。

島尾さんは、私のほぼ想像どおりの方だった。こころもちふっくらとした色白のお顔に、繊細さと優しさを感じさせる瞳が印象的で、静かに話されるその口調と声色も個性的で、余人のそれではなかった。

おそらく私なりの思い入れがあったせいであろう。私は三〇年以上たった今でも、その時の話題を忘れてはいない。それは奄美がらみの二つの事柄だった。

そのひとつは、奄美をふくむ琉球列島と日本文化との関連の話で、彼によれば、「琉球弧」を伝っての人と文化の交流が、日本人の精神形成の基定にあるという。私はあえて異を唱えずに聞き役に回ったのだったが、しだいに熱を帯びてくるその口調に、私は彼の「琉球弧」への深い愛着を感じとっていたのだった。

もうひとつの話題は、奄美大島の日々についての話で、戦時下の加計呂麻島での特攻訓練の話から、占題下に置かれた島の人々の苦難の姿に至るまで、話はおおいにはずんだ。だがその間、彼はミホさんのことについては、一言も口にしなかった。

おそらく彼は、テレビなどで口にすることではないと思っていたに違いない。そして私もまた、本当は島尾作品の話を一番聴きたいのに、ミホさんにかかわることをお聞きすることは、最後までためらわれたのだった。今にして思えば、あの時は、島尾さんが十六年もの歳月をかけて、心血をそそいで書き上げた『死の棘』を世に送り出した直後だったのだ。

読売文学賞を受賞した大作『死の棘』は、文字通り島尾文学の心髄であり、ライフワークである。同時に、この小説ほど読み通すのにしんどい作品を私は知らない。

一言で言えば、この作品は、しばしば発作を起こす妻に、毎日のように責められつづける夫トシオが、そのすさまじいほどの愛憎の葛藤を、驚くほどの自己凝視の眼で、冷静に温かく、しかも徹底的に克明に書きぬいた稀有の小説ということになる。

読み始めた最初の頃、私はこの小説の主題の意味を理解しているつもりだったが、そのあまりとだった。
にも救いのない暗い状況の連続に、幾度か本を置き、読み続けるのを放棄しようとまで思ったこ

だがそんな夜が一週間ばかりつづき、本の半ばくらいまできたところで、私の脳裏にかすかな戦慄が走った。この小説は、狂気にはしるミホに痛めつけられるトシオの贖罪の姿をとおして、ミホの魂を救うという、昇華された崇高な愛の物語ではないのか、と。そのためには、どんなに暗かろうと、息がつまろうと、書きぬかなければならなかったのだと。

ようやくにしてそのことに気がついた時、私は同時に島尾さんがカトリックの敬虔な信徒であったことを思い出してもいた。

この小説にもあるように、島尾一家は何度も転居を繰り返したあと、奄美大島へと戻る。それは妻ミホの鎮魂の過程であった。

私がお会いした時の、あの穏やかな島尾さんの風貌は、凄まじい修羅をへて回癒へと向かったミホさんとの、憩いの日々の表出にほかならなかったのだ。いやそうでなければ、『死の棘』のトシオが、テレビなどの取材に応じるはずはなかったろう。

深夜、読み終えた私は、しずかに目を閉じて、三十余年前の島尾敏雄の面影をいまいちど追ったのだった。

（『三金会雑記』第七二号、二〇〇五年）

3　人間ドキュメントを追って　最近の濫読の中から

二〇〇二（平成一三）年の五月から、簡単な読書メモつけはじめて、この四月でまる五年が経過した。数えてみたら四〇七点、四二四冊となる。その内訳を領域別にみると、やはり小説がもっとも多く、つづいてエッセイ、ノンフィクションの順となる。専門書中心を余儀なくされていた現役時代とは、たいした変わりようだ。

書物と人とのかかわりは、その人の関心のありようによって様々だが、私の場合にはそこに好奇心の広がりがからんでいるように思う。名作中心の読み方とか、系統的な読書とかができないのである。書棚の前に立って本の背表紙を見ていると、ついついあれこれの本を見境もなしに手にしてしまう。だからいきおい濫読になってしまうのだ。

そうした中で、近頃は人間ドキュメントとも言うべき、人の生き様をとらえた書物と向き合うことが増えてきたような気がする。

この種の本として先に興味深く読んだのは、李志綏『毛沢東の私生活』（上・下、文芸春秋社）、徐勝『獄中一九年』（岩波新書）、フジ子ヘミング『フジ子ヘミング魂のピアニスト』（求龍堂）、星野富弘『愛、深き淵より』、宮崎恭子『大切な人』（講談社）、佐木隆三『越山田中角栄』（徳間文庫）、沢村貞子『老いの楽しみ』（岩波書店）、横堀幸司『木下恵介の遺言』（朝日新聞社）、乙武洋匡『五体不満足』（講談社）、ゲイル・シーヒー『世界を変えた男ゴルバチョフ』（飛鳥新社）、小野田寛郎『わが回想のルパング島』（朝日文庫）、永畑道子『青春流転』（新評論）、文芸春秋編『藤沢周平のすべて』（文春文庫）、岡本太郎『須賀敦子のトリエステと記憶の町』（河出書房新社）、尾川正二『死の島ニューギニア』（光人社NF文庫）、小川国夫『回想の島尾敏雄』（小沢書店）、嵐山光三郎『追悼の達人』（新潮文庫）、などである。

中でも深い感銘を覚えたのは星野の文と絵だが、それとはまったく趣を異にする『毛沢東の私生活』もまた強い読後感を私に残した。どうやらこうした読書が、私にさらなる人間ドキュメント探索への道を進ませているのであろう。

そんな流れの中で、この春私がまず手にしたのは、澁澤龍彥の『サド復活』（角川ハルキ文庫）であった。マルキ・ド・サド侯爵のことや、その研究のわが国における第一人者である澁澤のことは、長い間私の脳裏のどこかにひっかかりながら、ついぞ読む機会をもちえなかったのだ。

読み始めてみると、期待に違わず本書は読み応え充分の力作である。あのフランス革命の時代の、パリの裏世界に妖しげに咲いた仇花は、悪人の噂をほしいままにしてやがて時代の中に抹消されていったが、わが国において初めてその実相にメスを入れ、その真価を問い直そうとしたのがこの本である。

それによれば、サドは決して単なる奇人ではない。人間の精神に巣くう闇の世界から、指弾されるのを承知で、己の魂の叫びを発した、稀有の「奇人」思想家であり、作家であった。

東大の仏文に学んだ澁澤は、そのサドの存在意味を改めて世に問うべく、若き日のその学識のすべてをかけて本書を刊行したのである。初版が出たのは一九五九年、著者わずか三一歳の時であった。

読んでみると、文章の生硬さや用語の仕方に多少のひっかかりはあるものの、それ以上に感心させられるのは、その西欧世界、とりわけ思想界、文学界についての博識ぶりで、それに裏打ちされていることが、その説得力を強めていることを認めざるをえない。

この直ぐあと、彼はサドの作品『悪徳の栄え』を翻訳出版し、やがてサド裁判の被告となるのだが、すでにこの『サドの復活』において、私たちは俊才澁澤の、サドにも通奏する闇の世界からの主張を嗅ぎ取ることができる。

二七年間にわたる獄中生活のあげくにサドが死亡してから一九二年、澁澤が逝ってから一九年、サディズムという言葉の流行の底で、サドと澁澤が提起した課題は、依然として人間世界の課題でありつづけている。


つづいて読んだのは、タッド・シュルツ、高沢明良・新庄哲夫訳『フィデル・カストロ』（文芸春秋社）である。サドとカストロとは、時代をへだてて対極に位置しているとも言えようが、こちらの方はかねてよりひと通りの予備知識があったので、さして難渋することもなく読み通すことができた。そして私は、シュルツが批判的立場を失うまいとしていることも含めて、キューバ革命の真相と、それを指導してきた偉才カストロの人間像にかなり接近することができたのだった。アメリカ合衆国の圧倒的な影響力の下にあって、しかも民度が低いうえに独裁政治が行われている国で、社会主義革命を実現するという仕事が、いかに困難を極めたものであったかということは誰しも想像がつこうが、そうであればなおのこと、そこでは指導者の資質と力量がことのほか大きな意味をもつ。フィデル・カストロはまさにそれにふさわしい人物であった。

ジャーナリスト出身の優れたノンフィクション作家シュルツは、カストロに密着取材をしつつ、しかもキューバを取り巻く全体情勢への的確な目配りを怠ることなく、克明に事態の推移を追及していく。「批判的ポートレート」と副題を付した本書の信憑度は高い。

私は本書を通して、二〇世紀におけるラテン・アメリカ最大の政治変動の実態を、細部にわたって知ることができたのだった。

それにしても、カストロの資質の高さとその盟友たちの強靱な精神には、目を見張るものがある。一時は彼等はわずか十数名になりながら、そこから巻き返していくのだ。カストロたちが死の危険に瀕した場面も少なくなかったが、それだけでなく、彼は合衆国CIAによって暗殺指令の対象とされていた。だがその中を彼は、たとえそこが合衆国本土であろうとも、必要とあらば平然と出て行くのである。

キューバ革命（一九五九年）から半世紀近く、カストロは未だにトップの位置にある。独裁者との非難もゆえなしとしない。近年は衰えも見える。いかにもラテン・アメリカにふさわしい指導者だったカストロ、その一刻も早い引退を望みながら、私は本書を閉じたのだった。

チェ・ゲバラも含めて、このキューバ革命の立て役者たちに比べると、批判を通り越してなんだかかわいそうな気さえしてくるのが、かつての共産主義者同盟（ブント）の武闘派であった、「よど号」ハイジャック・グループの姿である。

そのリーダー田宮高麿の友人であった高沢皓司の手になる『宿命―「よど号」亡命者たちの秘密工作―』（新潮社）は、執念と言ってもいいほどの苦心の取材を通して、その真相に迫った力作である。

六七〇頁を超えるこの大作は、「講談社ノンフィクション賞」を満場一致で受賞したというが、その理由の第一は、朝鮮民主主義人民共和国（「北朝鮮」）の闇の世界に探査のメスを入れた先駆的な作品であり、その第二は、著者の視線が若き日の己（ブントの活動家）を克服して客観的な批判的精神に支えられているからであろう。私たちは、本書によって初めて「よど号事件」のその後を知ることができる。

それによれば、彼等は北朝鮮への入国後ほどなく自分たちの革命路線を自己批判し、担当機関の指導の下、すすんで金日成賛美の信奉者となっていく。やがて彼等には、チュチェ（主体）思想に染まって入国した日本女性や、ヨーロッパから甘言で連れ出されてきた日本の女性たちが、妻としてあてがわれる。

　こうして九人のハイジャッカーたちは、死亡した一人を除いて八つの所帯を構成し、政府の手厚い保護と監察の下、特別な日本人「招待所」で訓練と学習の日々を過ごしていく。そしてこの招待所とそれを取り巻く教官と指導員ならびに関係服務員たちが一つの特殊村となって、各種の秘密工作を推進していくことになる。謎に包まれていた拉致事件の幾つかが、この秘密工作によって実行されていたことは、ほとんど疑いがない。

　しかし、「よど号事件」が起こされてから三十余年、異郷の地での暮らしの中で、自らのありように疑念を抱く者が出てきても不思議ではあるまい。だがそうした者たちの消息は不明で、田宮の場合を除けば、死亡したとされる者についても、粛清された可能性が否定できないのである。

　残っている者たち、妻と子（それももう大人になっていよう）を含めて数十人の、この特殊な集団の今後はどうなっていくのだろうか。高まっていくばかりの帰国への願望と、芯からの体制への信奉なしには身の安全は保証されないという事情に囲まれながら、彼等ハイジャッカーたちも早や老いへの入り口にさしかかっている。

　革命幻想にとりつかれ、血気にかられて日航機を乗っ取った若者たちの、その後は厳しい試練の日々だったと言うほかはない。

　そこへいくと、なんとまあ幸せな人生だったことよ、と思わせるのが加藤シズエである。その一〇四歳の最後を飾っているのが、加藤シズエ・加藤タキ『加藤シズエ凛として生きる』（大和書房）である。

加藤静江は一八九七（明治三〇）年の生まれである。女子学習院中等科を卒業してすぐ石本恵吉男爵と結婚し、二児をもうけてほどなく渡米し、ニューヨークのバラードスクールを卒業するが、その頃マーガレット・サンガー夫人と知り合う。

帰国して加藤勘十と知り合ったのは二三歳の時だという。そしてほどなくお互いが愛を感じあったというのだが、この二人が晴れて結ばれたのは、なんとその二四年後のことで、娘多喜子が生まれたのは、勘十五三歳、静江四八歳の時だったという。

華族制度の重圧の下で二十数年を耐えぬき、当時としては常識はずれの高齢出産をやりとげ、あの「産めよ殖やせよ」の時代に産児制限を説きつづけたのは、なみのものではない。そしてその愛情一路と苦難の日々は、戦後になって栄光の輝きに包まれる。女性議員第一号となってからの二八年間にわたる国会活動、国連人口賞の受賞、東京都名誉都民としての顕彰……と。

この本はそんな人生を過ごしてきた、傑出した一人の女性の、これまた並外れた長寿の、その最後の模様の人間ドキュメントである。

本書を読むと、その自然な老衰死への歩みに、思わず襟をただされるが、同時にまたその介護体制の恵まれた環境が羨ましくもなる。同じ世間への反抗者でも、サドのように獄中で悲惨な死を辿る者もいれば、加藤のように幸せに包まれての死もある。これもまた人生の縮図の一つであろう。

この四月、最後に手にしたのは、白洲正子『遊鬼―わが師わが友―』（新潮社文庫）である。『芸術新潮』をお読みになっていた方々は、その令名をつとにご存じであろう。

白洲正子は一九一〇（明治四三）年伯爵家の令嬢に生まれ、これまた学習院女子初等科を卒業して渡米、ハートリッジ・スクールを卒業して帰国、翌二九年白洲次郎と結婚した。次郎の祖父は正金銀行の頭取を勤めた明治の先達であり、その父もまたハーバードを卒業してさらにボンに学んだエリートであった。ケンブリッジに留学した次郎が吉田茂の側近であったことは、広く知られている。

正子はその恵まれた境遇の中で、ゆとりを持って日本の伝統文化を吸収し、その文筆の腕を磨いた。二度にわたる読売文学賞の受賞は、その成果でもあった。

ところでこの本は、その副題にあるように、日本の古美術を堪能していた筆者が、その堪能を深めさせてくれた人々について記した文章の集積なのだ。

取り上げられている人物はと言えば、書画もたしなんだという装幀家青山二郎、骨董の「目利き」秦秀雄、文学者小林秀雄、英文学者福原麟太郎、「織司」田島隆夫、歌人で琵琶も嗜む篆刻の名手早川幾忠、染色家菅原匠、「有職故実」の大家高田義男・倭男父子、画家梅原龍三郎、染織工芸作家古澤万千子、画廊の主宰で文筆家の洲之内徹、といった具合である。「有職故実家」というのは、王朝文化の粋を未だに伝える装束の専門家である。

これらの人々の世界は、先にみた人士たちのそれとはまったく別の世界で、文化とりわけ日本のそれの深さとそれを創り嗜む人々の生きようを伝えてくれる。

ちょうどこの本と並行して読んでいたのが、宮尾登美子の小説『伽羅の香』（中公文庫）で、「高貴の人」によって受け継がれてきた香の道の、その奥深さも教えられて、私のこの春は、日本の美の深さに改めて感じ入った日々ともなったのだった。

仮に直ぐ口に浮かぶ言葉だけをとってみても、ここには「ふくいく」があり「たおやか」があり、「みやび」があり「ゆうげん」がある。そこに込められている人間の感性の微妙なありようは、外国語を以てしては表現できないであろう。

人生の味はこうしたところからも深まる、と改めて思ったことだった。

異端の典型サドから革命家の虚像と実像、落魄する若者とまったき長寿の成功者、そしてまた、古き美の世界に「あそぶ」人々の姿と、桜の開花の頃から僅か一カ月の読書にして、人間のありようの多様さを改めて知る。

私の濫読は、まだまだ終わりそうにない。

（『三金会雑記』第七六号、二〇〇六年）

4　太宰治の『グッド・バイ』をめぐって

太宰治が、山崎富栄と共に玉川上水に身を投げたのは、一九四八（昭和二三）年の六月一三日のことだった。遺体が見つかったのは、六日後の一九日である。その時、私はまだ一七歳だったが、この作家に関心を持ち始めていたこともあって、その情死にひどく衝撃を受けたことを、今でも覚えている。

『グッド・バイ』はその太宰の絶筆である。この年の三月から五月にかけて、太宰は後に有名となる『人間失格』を執筆していたが、それにつづいて書き始めたのが『グッド・バイ』だった。それは「朝日新聞」の連載小説のためのもので、その一一回分を書いたところで、彼は自ら死を選んだのだった。この未完の作品が同紙上に掲載されたのは、その死後においてである。

当時の私はまだ稚かったが、それでも『人間失格』を通じてそれとなく太宰の苦悩とその死への予感を感じ取っていたから、『グッド・バイ』が掲載された時には、その紙面を食い入るように見つめたものである。

だが『グッド・バイ』は、私にとっては意外な代物だった。話はユーモア小説もどきで、『グッド・バイ』という言葉は、多情な主人公が女性と手を切る際のせりふなのだった。おそらく私は、そこに死に至るなにかを期待していたのであろう。

私はそれから実に六十余年ぶりに、その名を表題とした短編集（角川文庫）を手にしたというわけである。この太宰の再読にあたって、つとめて私が心がけたのは、できるだけ先入観をすてて、素直に読んでみるということだった。とどうだろうか、太宰最後の秘密が少しだけ見えてきたような気がするのだ。

改めて読んでみれば、『グッド・バイ』は作品としてはあまりいただけない。この小説のキイパースンとして登場するのは、主人公の正妻を演ずる女性なのだが、その女性は逞しい力持ちの担ぎ屋である。ところが太宰はこの女性を同時に絶世の美女でもあるとする。どうやらそう設定しなければ話を前に進められないようなのだ。無理をしているなあというのが、私の率直な読後感である。ユーモア作品としてなら『お伽草紙』や『新釈諸国噺』の方がずっといいし、晩年の作品との対比でいうなら、例えば音をめぐる心象風景の中からえもいわれぬ透明感を立ち昇らせてくる『トカトントン』には遠く及ばない。だからこそ、私はこの書きかけとなった作品の背後に、太宰の苦悩と焦燥を見るのである。

太宰が朝日の連載小説を引き受けたのは、『人間失格』執筆の前もしくはその最初の頃だったのではあるまいか。むろんその時点で、太宰に死ぬつもりがあったとは思えない。だが、『人間失格』という作品そのものからも推測されるように、それを書きあげた頃には、彼は心身共に疲労困憊していたに違いない。この前年には、本妻には次女（津島佑子）が、つづいて愛人大田静子にも娘（大田治子）が生まれたのである。

彼は疲れたまま、それを癒すゆとりのないまま、「朝日新聞」の連載に取りかからねばならなかった。締切りはまったなしにやってくる。だけど思うようには書けない。だから書いても満足できない。その焦慮の中で、『グッド・バイ』は書かれはじめたのだった。

太宰の死をめぐっては様々な説があるが、私はやはり、彼がその遺書に記していたという「小説が書けなくなった」というのが偽らぬ心情だったろうと思う。山崎との共鳴はいわばそのきっかけであったにすぎない。疲労と焦燥こそ、その死の主因である。衝動的とも言えるその死に方もその表れであろう。

今でも惜しまれてならないのは、彼に休養の日々がなかったことである。それも自らが招いたことだと言えばそれまでだが、その資質からすれば、「書けなくなった」というのは一時的なものだったと思えてならない。連載の開始がせめて半年先であったなら、おそらく『グッド・バイ』は違った様相を見せたであろう。

遺稿となった眼前の『グッド・バイ』は、追いつめられながら、無理を重ねて面白い物語をつくろうとした太宰の、その意味で未完とならざるをえなかった、死に至る病の産物だった。『グッド・バイ』がはからずもこの世への別れの言葉となったことが、私の胸を搏つ。

（『九州学士会報』第二六号、二〇一一年）

5　『雪国』を再再読して

私が川端康成を知ったのは、『伊豆の踊子』を読んだ時からである。当時一九歳だった私は、その主人公に己を重ねあわせて、いたく共鳴していた記憶がある。

それから暫くの間、私は川端の徒であった。その文章のたおやかさに魅せられ、その行間からかもし出される雰囲気に酔っていたのである。リリシズムだ、リリシズムだよとよく口にしていたものだ。『雪国』もそんな中で読んだから、おそらく上気した気分の方が先行していたに違いない。

その一〇年ばかり後、私は団地で読書会を主宰したことがあったが、そこで最初に取り上げたのも、この本だった。「この本ばかりは朗読でいきましょう」と提案したのは、むろんその文章の美しさを意識してのことだった。

それから半世紀近くの歳月が流れた。多忙だった日々から解放され、少しばかりのゆとりを持ち始めた時、懐かしく思い出されたのがこの本だったという次第である。

川端がこの小説を書き始めたのは、一九三五（昭和一〇）年のことである。その二つの連作短編は、さらにその後何年にもわたって書き継がれ、決定版としての『雪国』が刊行されたのは、戦後の四七（昭和二二）年になってからのことだった。

あの戦中から戦後にかけての激変の時代に、川端のこの小説世界は、そのままに継続していたのである。このことは、川端の文学世界の特質を示して象徴的だ。

小説の舞台は、雪の越後湯沢である。主要登場人物は三人、東京からやってきたインテリ風の男島村と、その島村になんとなく惹かれてねんごろになる芸妓の駒子、それに島村の憧憬の対象となる温泉街の娘葉子である。

「国境の長いトンネルを抜けると雪国であった。夜の底が白くなった」という、冒頭の書き出しは有名だ。その夜の底のすぐ先が「闇に呑まれて」いるという描写がそれにつづく。するとそこに娘が立ってきて窓を開け駅長を呼び止めるのだが、その情況を作者は書く、「悲しいほど美しい声であった」と。

この美的感覚に支えられた、葉子との最初の出会いの調べを序曲として、その調べを一貫しながら、川端は島村と駒子との、はかなき情愛の姿を描いていく。

その叙述は、一見さりげないようでいて、読み返してみれば、そこには巧みな情景設定と繊細な言葉使いがされていて、それゆえに冷たく清らかな雪国の風情と、ままならぬ男女の間の情感とが一体化され、それが私たちの美的感覚にこだましてくるのだ。

決して満たされることのない恋、その結末は容易に想像されよう。その逢瀬のはかなさへの共感を抱けば、そのなんでもないような言葉のやりとりも、美しく感じ取られてくる。雪国の中での、男と女の、そしてまた人と人との、はかなくも美しい情感の世界へと私たちをいざなってくれるということ、そこにこの小説の魅力はあるのだと思う。

だから、『雪国』はいわゆる物語小説ではない。それは、日本の自然と風土、それも雪国の温泉宿がかもしだすたたずまいの中での、男と女との間の、はかなくも美しい哀歓の情景を描いた、感覚的な抒情小説とでも言うことができようか。

それゆえにまた、ここには論理的思考や、リアリズム文学が志向するものが入り込む余地はない。この作品の原点は、むしろそうした視点とは対極のところに位置しているのだ。

おそらく、『雪国』さらには川端文学の評価をめぐっては、人は分かれるだろう。その世界に引き込まれるままであれば、そこに惑溺することも十分にありうる。しかしながら他方では、そこにおける社会的視野の弱さを見る立場も十分にありうるだろう。

『雪国』は戦中から戦後にかけて書き継がれた。だがそこには戦争の影響は窺われない。その文学的精神の勁さは、これを認めなければならない。だが同時に反面では、作家といえども、いやむしろ作家であればなおのこと、戦争と向きあわずにすませることはできなかったはずだということも、否定できまい。率直に言えば、川端における、現状肯定のもとでの美の探求をもって良しとすることには、どうしても疑問が残る。

彼は、海軍報道班員として特攻基地を訪問していた己の姿をどう問うていたのだろうか、その片鱗さえ、この作品からは窺われない。『雪国』は言うのだ、戦争とは関係ないと。

『雪国』の舞台は、昭和一〇年前後の、貧しかった片田舎の温泉宿である。そのあるがままの人々の暮らしを前提として、この小説は語りかけてくる。ままならぬ現実のもとでは、人の世はかくも悲しくも美しいと。そしてそれで終わっていく。妻子ある「無為徒食」の島村には、駒子をどうしてやることもできはしない。だが駒子はどうなる。その前途には美しさはあるまい。その予想される哀しき孤独を余韻に残しながら、この作品は幕を閉じる。

私は、『雪国』は、昭和期における新感覚派の流れを代表する作品として、その文学史上の価値は高く評価する。しかしもはや、私は川端の徒にはなれない。その文章という点では川端ほどには好きになれないのだが、その川端を批判する大江健三郎と共有するものがあるのである。かくて『雪国』は、私にとって懐旧の書にとどまることとなったのだった。

（『九州学士会報』第二九号、二〇一二年）

6　藤沢周平を偲んで

藤沢周平は、私の好きな作家である。惜しくも、六九歳にして病没した。その死を知った時、ふっと身体の中を寂蓼感のようなものが、駆け抜けていったような記憶が残っている。その死亡日一月二六日が、私の誕生日であったことも、重なっていたのかもしれない。

それから早くも、一五年の歳月が流れた。だが、私の中の周平像は、遠ざかるどころか、逆に、さらに近づいてきているような気がする。その死後に読んだ作品の数々が、私をさらに周平の世界に近づけていったからであろう。その読後感を記した一口メモの主なところを拾ってみると、次のような次第なのだ。

1　『義民が駆ける』――天保改革の時代に起こった、羽州庄内藩領民の、藩主国替え阻止をめぐる一連の騒動の全貌を描く歴史小説、主人公の老中から藩の各レベルの武士、商人、そして中心となった百姓たちの、多様な群像が生き生きと描かれていて惹きつけられる。周到な資料・文献の検討の上に立ち、巧みな構成と叙述に支えられている本書は、なみの時代小説のレベルをはるかに超えた力作である。

2　『蟬しぐれ』――再読だが、また読んでもみずみずしい。文章が素直で抵抗感がまったくなく、しかもその中身は温かい。こちらがなんとなくほのぼのとしてくるのだ。描かれているのは、私たちに身近な普通の人間であり、その普通の人たちにそそぐ作家の目が優しい。私は、この作品を初めて読んだ時から、周平を好きになっていたような気がする。

3　『風の果て』――上・下二冊五七〇頁に及ぶ大作である。だが、小藩の武士社会における、様々に葛藤する人間模様を巧みに描いて飽きさせない。ここでは「海坂藩」の名は出てこないが、舞台は同じである。そこにおける自然や風土の温かさと厳しさを背景に、新田開発をめぐる藩の財政事情や権力抗争の模様や、時代の中で変化していく人間関係の難しさや哀しさが活写されていて読者を離さない。作家の人間世界を見る目が確かだからであろう。美しい文章に出会えるのも魅力だ。

4　『夜消える』――表題ほか六編の短編集。同じ江戸市井ものでも、『用心棒日月抄』や『獄医立花登手控え』のような娯楽性は薄いが、裏店にそこはかとなく生きる庶民の哀歓を、それぞれに違った手法で淡々と描いて、読者をしんみりとさせ、しかもそのほのぼのとした情景が読後感に残ってすがすがしい。ここには、この作家の人間性が表出されていると言えよう。

5　『白き瓶』――歌人長塚節の人間像の全貌を、克明な資料点検を下地にしてとらえ直した力作である。私たちはこの作品を通して、同じ子規門下の伊藤左千夫をはじめとする歌人たちとの交流の実態を知ることができるし、同時にそこでの節の内面的な心の動きを感じ取ることができる。そこに周平の歌心への理解の深さがあることは、言うをまたない。「時代小説作家」藤沢周平の、もう一つの姿がここにある。

むろんこれらは、藤沢周平の作品の一部にすぎないが（別冊宝島編集部編『藤沢周平の本　全65冊完全案内』二〇〇五を参照されたい）、その持ち味を窺うことはできよう。

私が読んだ限りでは、周平の初期の短編には、読者を意識しての娯楽読物風の作品もあり、剣客ものの中には、物語の興趣を高めるための作為が過ぎている感のものもないではないが、文壇デビュー後の作品には、味わい深くて熟成されたものが多い。ここに挙げた五作品はその代表的なものである。

私見だけれど、藤沢周平の作品世界を、いま端的に箇条書き風に言うとすれば、およそ次のようになるだろう。すなわち、

イ　読みやすくて面白く、いつの間にか引き込まれてしまうというのが素朴な感想で、
ロ　情景や人物の心の動きの描写が生き生きとしていて、臨場感を覚えるのだが、
ハ　それは物語の構成が巧みで、人間類型の配置に妙があるからであろう。
ニ　しかもそのやや抒情的な文章には余韻があって味わい深く、その雰囲気からは、
ホ　作家の目の温かさや優しさが伝わってきて、読後感がすがすがしい、と。

こうした作品世界の原点にあるのは、庄内平野の温かくも厳しい風土と、そこに懸命に生きてきた人々への惜しみなき共感であり、その共感を培ってきたのは、周平その人の生い立ちに始まり、病床に伏し、妻を失い、不遇の中を悶々として生きた体験であろう。

この世の中、貧に生き、不遇に耐える人々は少なくない。しかしながら、その中にあって、明るさを失わず、おおらかに庶民への愛を育む人は多くはあるまい。ましてやその境地を優れた文学作品に結晶させる人はいかに。

四年前の三月初め、私は藤沢周平の原風景を訪ねて、庄内地方をさすらってみた。新庄より最上川沿いに下って、草薙温泉に一泊し、つづいて東側から庄内平野に入り、酒田から鶴岡と回っ

て、そのかつての城下町を歩いたのである。その日は海辺の湯の浜温泉に泊まり、翌日も鶴岡のそこかしこを訪ねたのだったが、日本海の白波は苛烈だったものの、鶴岡のたたずまいは穏やかで、中心部の公園一帯には、昔を偲ばせる雰囲気がわずかながらも残っていた。

周平の『半生の記』や『わが思い出の山形』には、その故郷への憧憬にも似た追憶がこめられており、そのことも合わせ考えながら現地に立ってみると、一連の「海坂藩」ものにおける、綿密な情景描写が改めて蘇ってくるような気がして、私の中の周平がさらに身近になったような気分がしたのを思い出す。

それにしても、啄木や賢治や太宰ほど若くはなかったとはいえ、六九歳にしてこの世を去ったのは、なんとしても残念だ。私は近頃、周平への哀惜の念がさらに高まってくるのを覚えている。

（『旧制高等学校昭和二四修全国連絡会会報』第九号、二〇一二年）

7　私の読書人生

私は子供の頃からの読書好きである。自分の精神世界形成の過程を振り返れば、その大半はこれを読書に負うてきたと言っても過言ではない。わが人生は、職務（仕事）に生きた日々（第一の人生）と、自適に過ごした日々（第二の人生）とに分けられるが、読書人生に関する限りは、「読書揺藍の時代」、「職業としての読書の時代」、「趣味としての読書の時代」の、三つに分けることができるように思う。以下、私の読書人生について、いまだに忘れ難い書物のことなどもふくめて、思い出すままに記しておきたい。

読書揺籃の時代

私は、一九三一年の一月に埼玉県の浦和市に生まれ、乳離れして間もない頃に、福岡県の小倉市に移ってきた。香川県小豆島出身の父が、島の醬油の販路を、九州一円に広げようと試みたからである。

だから、私の幼時の記憶には、大人の世界の慌ただしさと「もろみ」の匂いとが、いっしょくたになってまとわりついている。その中で眺めた絵本の記憶は、ほんのかすかでしかない。

小学一年生になった時、国語読本の「サイタサイタ　サクラガサイタ」「ススメススメ　ヘイタイススメ」は暗誦していたが、これは二年上級に兄がいたからである。我が家には、数冊の雑誌以外には、およそ本らしきものはなく、むろん書棚の類も見ることはなかった。

そんな中、小学二年生の二学期の初めに、一家の大黒柱だった父が亡くなったのである。もっぱら子育てに追われていた母は、東京生まれの東京育ちで地元に相談相手はなく、四人の幼子を前に途方に暮れたに違いない。あとで聞けば、大量の在庫を抱えて債務に追われ、生きのびるだけでやっとだったという。以来私は、一冊の本も買ってもらえない境遇で、子供時代を過ごすこととなる。

これまで私は、多くの方々の読書をめぐる文章を目にしてきたが、それらの方々に比べると、私の場合には、家庭での読書環境はないにも等しかったと言うことができるだろう。

だが小さな子供には、そんなことはさして気にはならなかった。貧乏な家の子は、みなそうだったからだ。本といっても大半は漫画だが、私はそれを持っている子から借りては夢中になっていた。

中でも子供たちの間で圧倒的に人気があったのは、田河水泡の「のらくろシリーズ」で、ほかに『冒険ダン吉』や『タンクタンクロウ』なども手にはしていたものの、「のらくろ」ばかりは、その新作が出るたびに、それを奪い合うように回していたものだ。

思えば私の場合、「のらくろ」は、我が家のもの哀しい寂しさを忘れさせる、カンフル剤のようなものだったのであろう。私は漫画の中の「ブル連隊長」に擬せられて、仲間から「ブル」という渾名を頂戴したが、そのことをさして嫌とも感じなかったのも、それだけ「のらくろ」の世界の虜になっていたからに違いない。

しかし、転機は小学四年生の時にやってきた。本を持っているクラスメートの家に遊びに行くうちに、次第に読むことに興味を覚えていったからである。最初の頃は、児童向けに書かれた童話集や偉人伝などを読んでいたのだが、中で決定的となったのは、『少年倶楽部』の「発見」で、それは私の想像の世界を一挙に広げてくれた。九歳の少年にとって、そこには未知の世界が様々に紹介されていて、しかも面白い物語が少なくなかった。江戸川乱歩、吉川英治、佐々木邦、佐藤紅禄、山中峯太郎、吉屋信子らの名を知ったのもその誌上においてだった。中でも乱歩の作品の主役、探偵明智小五郎は、私にとってはある種の輝ける星であった。

五年生になった頃には、もう私は漫画を手にすることはほとんどなくなっていた。読む興味の方がずっと大きかったからだ。その頃、自分の勉強部屋を持ち、自分の書棚を持っていた友人たちには、おおいに感謝しなければならない。中でも、もっとも多くの本を読ませてもらったのは青木謙一郎君（のち東北大学教授）で、数年前、その頃の御礼を言ったら、記憶はもうかすかになっているようだったが、私の方は逆に追憶を新たにしてきているのである。

『少年倶楽部』は別として、友人たちの本をひとわたり読んでしまうと、日がたつほどに、やがて私の中には、読書への欲求不満がたまっていったようだ。そこから第二の転機がやってくる。図書館との出会いである。

その頃、我が家は小倉市の中心部近くの大門にあった。小倉市立図書館は、その大門の電停から東へ二〇〇メートル、我が家から徒歩五分の距離にあって、むろん私はその存在を知っていたが、そこは大人が出入りする処だと思っていたのである。だが私は、よほど本を読みたくなっていたのであろう。その日時は定かではないが、たぶん五年生の夏休みの時ではなかったろうか。ある日、私はその扉を思い切って押したのだった。開架式の書棚が立ち並んでいる閲覧室に足を踏み入れた時の、嘆声が口をついたかのような興奮の記憶を、私は今でも覚えている。

書架には子供向けの本はほとんどなかったが、むろん私はそうした本を期待していたわけではなかったから、そのことに不満はなかったものの、それでも当初の間は、読みやすそうなものを物色するのを常としていた。そんな中で、私の心に本を通して感動を知るというきっかけを与えてくれたのは、石川啄木の『一握の砂』であった。啄木の名だけは知っていたものの、その歌を読むのは初めてで、中でも「東海の小島の磯の白砂に　われ泣きぬれて　蟹とたはむる」の一首は、私の心情に強い共感を呼び起こした。本というものは、「面白い」とか「ためになる」とかいったもののほかに、「感動を呼ぶ」ものもあるということを、私は知ったのだった。

我が国が太平洋戦争に突入した翌年に、私は六年生になったが、戦時下の緊張感よりも、私の胸を圧迫してきつつあったのは、中学に進学することはできないかもしれないという不安だった。現に兄は高等小学校へ進んでおり、漠然とではあるが、我が家の家計を推察すれば、中学受験を断念しなければならないということは、十分にありうることだった。私はそれを母に確かめたかったが、その返事がこわくてどうしても言い出すことができなかった。

そういう気持ちでいる時に手にしたのが、山本有三の『路傍の石』だった。図書館の閲覧室で、母に許された限られた時間の中で、私はこの本の虜となった。貧ゆえに中学への進学を断念せざるをえない主人公に、己の姿を重ね合わせていたのである。それは、涙のくもりでページが見えなくなった、初めての経験であった。

それだけに、小倉中学に進学できた時の喜びはまた格別だったが、その詳細は省略しよう。学校でもっとも楽しみだったのは国語の時間で、担任の三宅澄先生への憧れとあいまって、私はしばしばその教科書を音読した。中でも魅せられたのは芥川龍之介の短編「蜘蛛の糸」で、先生の解説によって、私は初めて文章を味読するということを知ったのだった。

中学生になってからは、私は図書館から本を借り出すという術を知り、そのことが私の精神世界を潤いのあるものにしてくれた。借り出した本の大半は『明治・大正文学全集』で、その立派な装丁のＡ４判の大きな本を、目に悪いといい顔をしなかった母の眼を盗んで、布団の中で読んでいたのである。

隠れるようにしてその一冊一冊を胸に抱いた秘密のひと時は、戦時下の緊張した日々の下での別世界であって、私はこのあたりから、読書の愉しみを知ったような気がする。中でも面白かったのは、漱石の『坊ちゃん』と紅葉の『金色夜叉』で、鷗外や秋声、四迷や花袋らの作品を、さして面白いとは思わなかったのは、やはり私がまだ少年だったからであろう。

しかし、図書館との繋がりは、敗戦前後からしばし途絶する。本を借り出して読むという心のゆとりを持てなかったからだというほかはない。敗戦直後の混乱が過ぎても、この時期、私の記憶に残っているのは、吉川英治の『宮本武蔵』と、宮原先生に触発されての『宮沢賢治詩集』に止まる。

ただこの頃、私の読書人生における一つの出来事があった。中学四年生の夏、私はアメリカ海軍の掃海艇に雑役夫として乗船し、生まれて初めて給金というものを手にしたが、その自分のお金で本を買おうと思ったのである。なにか目的の本があったわけではない。なのにただ本を買おうと決意したのだ。

そんな次第で、小倉井筒屋の書籍部の前でやたら本の背表紙を見ていたら、一冊の本が私の注意を引いた。ドストエフスキーの『罪と罰』（米川正夫訳）である。その事情はこうだった。この少し前のことだが、小峰という英語の先生が、授業中にこの本について話をしてくれたことがあったが、私にとってはチンプンカンプンだったのである。宮沢賢治の時もその名だけしか知らなかったし、ある友人から「太宰を知っとるか」と聞かれた際もそうだった。自分の無知を悟らされたそんな経験が、おそらく背後にあったのであろう。

生まれて初めて自分で買った本だったが、読み始めてみるとひとつも面白くない。小説の世界は重苦しく、主人公ラスコーリニコフの心情も、もうひとつぴったりこないのだ。おそらく借りた本だったらそれで終わっていたことだろう。だがこの本は、なけなしのお金で買ったものだったから、いつも手元にある。だから結果的に、繰り返し手にすることとなる。そしてやがて、一九世紀のロシア社会の現実や、そこにうごめいて暮らす人々の姿を、少しずつ理解しはじめていったのだった。

こうして『罪と罰』は、私のロシア文学への入門書となっただけでなく、後から考えてみると、わが精神史における、子供から大人への発展のきっかけとなったような気がする。

このわが読書人生における揺籃の時代の変化の過程は、私が旧制五高の寮に入り、さらに九州大学で学生生活を送っていく中で、急速化する。

五高の寮では、月に一、二回は上級生と語り合う機会があったが、その中ではしばしば読書のことも話題となった。その内容はすこぶる刺激的で、啓発されることも少なくなかった。戦前から高校生の間で読まれていた『出家とその弟子』や『三太郎の日記』などに始まり、西田幾太郎の『善の研究』におよぶ話題の対象の多くは哲学的で、私にとっては難解だったが、彼らにおいてもそうした書物が十分に理解されていたとは思えない。いささか高尚な話題に酔っていた節もある。初めて聞いた「ニーチェのツァラトゥストラではなあ」という言葉にぎょっとした記憶があるが、それでもこうした経験は、私に己の知的未熟さを自覚させるのに十分だった。当初の頃は「太宰が死んだぞー」と叫んでいた私も、心中ではもっともっと本を読まねば、と己に言い聞かせていたのである。

そんな雰囲気の中で、私が自らの意思で読み出したのは、トルストイと柳田謙十郎の一連の作品で、とりわけトルストイの『人生論ノート』は、書物との対話というものを初めて実感させてくれたのだった。

そしてこれが九州大学の学生時代となると、さらに多彩になっていく。戦後の時代はまだ続いており、加えて朝鮮戦争が始まっていくという時代の下、社会科学や戦争の記録などへの関心が高まっていったからである。学生運動の渦中にあって、友人たちと交わした議論がそれを促進したことも疑いない。

中で強いインパクトを受けたのは、エンゲルスの『空想より科学への社会主義の発展』とルイ・アラゴンの『フランスの起床ラッパ』だったが、他方では川端康成の美的世界にも魅かれていったのだから、異質なものが私の中には同居していた。

またこの学生時代には、『展望』や『群像』、『文学界』などの文芸雑誌などの古本をよく手にし、加えて演劇部、映画研究部に所属していたこともあって、『テアトロ』や『悲劇喜劇』、『キネマ旬報』や『映画芸術』などに目を通す機会も少なくなかった。

言ってみれば、そういう濫読の中で、私もまた、人間いかに生きるべきかを悩んでいたように思うが、そうしたある種の混沌とした精神的模索の中から私が辿りついたのは、人間世界のありようを大きく左右するのは、つまるところは政治であり、その政治とどう向き合うかが私の課題ではないのかということだった。その自分なりに引き出した結論が、私をして法学部の政治専攻に進学させ、さらには職業としての政治の研究者、政治学の教員への道を進ませることになったのである。

職業としての読書の時代

以前にも記したことだが、私は卒業直前になるまで、大学教授になりたいなどと思ったことはなかった。ただもう少し政治のことを勉強したいと考えていただけである。それが法学部の助手に採用され、いくつかの幸運にも恵まれて、政治の勉強をもって職業となすということができるようになったのだから、これはなんといっても有難いことだった。むろん文系の研究者になろうと志向しはじめた背後には、生来の読書好きがあったことは確かだが、それを可能ならしめたのは、なによりも具島兼三郎先生のご高配があったればこそであった。

かくて一九五三（昭和二八）年の春、卒業と同時に研究助手として研究室に入った私は、二〇〇一（平成一三）年の春に大学を辞すまで、実に四八年もの間、職業としての読書の時代を過ごすこととなる。

今日では若干の例外はあるが、文系の研究者にとっては、その活動の大半を支えるのは、文献・資料の渉猟と点検である。この間に私が手にしたそれらのものの過半数は、「目を通す」対象であって、本来の読書の対象と言いうるものではない。だがそれでも、必要にかられて読んだ文書類は、総計すれば三〇〇〇点を超えよう。ここではそれらの中から、読書に相当するものに限って、想い出を語ろう。

助手時代の私の研究対象は、アメリカの現代政治だった。当然のことながら、私はその主題にかかわる書物を読むことに努めたのだったが、なぜか未だに忘れ難いのは、当該文献そのものではなくて、スタインベックの『怒りの葡萄』と松本清張の『日本の夜と霧』である。後から考えてみれば、この二冊は、いずれも政治の舞台裏に目を向けさせるきっかけとなったように思う。

ところで、私は一九五七（昭和三二）年に九大教養部の講師に採用されて、生活の糧を保障されたのだったが、それからの三〇年は、私の生涯の中でも最も多忙きわまる時代だった。私は何冊かの本を書き、数十の論文を執筆したが、その間の読書の中心となっていたのは、政治学の古典とマルクス主義の古典、ならびに現代の政治学原論であった。それらの著作名を挙げるのは煩雑にすぎるので、その代表的な著者名だけを記すと、次のようになる。

すなわち、アリストテレス、プラトン、マキャベリ、ホッブス、ロック、ルソー、モンテスキュー、マルクス、ヘーゲル、フォイエルバッハ、エンゲルス、レーニン、ウェーバー、ラスキ、デュベルジエ、ラスウェル、イーストン、丸山眞男らがそうである。これらの先達の、学殖豊かな書物は、読み返すほどに政治の学の奥深さを改めて教えてくれたのだった。私の濫読ともいうべき読書歴の中で、いささかなりとも系統的な読書を行ったのは、これらの方々の著作についてであった。

もっとも、これらの書物の中には難解なものもあって、帝国主義論や『資本論』については、経済学専攻の人たちとの輪読会や研究会、ヘーゲルについては河野和正・信子夫妻との『小論理学』の輪読会に援けられたことを、付け加えておかなければならない。

そういう中で、私がもっとも感銘を覚えたのは、安藤昌益の『統道眞傳』であった。幕藩体制の真っただ中、しかも東北八戸の寒村において、昌益はただ一人で、封建身分制社会を真っ向から批判する平等思想を創出している。読むほどに、私はこの「忘れられた思想家（ノーマン）」の、世界的な先駆性を改めて知ったのだった。

しかしそれにもかかわらず、私の興味が多岐にわたるせいであろうか、職業としての読書のほかに、大学教員時代の私には忘れ難い本が少なからずある。たとえば、朗読会で取り上げた川端康成の『雪国』、列車の中でも頁を追った五味川純平の『人間の条件』、新聞連載中から愉しみにしていた大岡信の『折々のうた』、しばしば夜更かしを強いられた山崎豊子の『大地の子』、友に薦められてその文章空間に共感した須賀敦子の『ミラノ霧の風景』などがそうである。

ついでに言えば、研究者である以上、読まねばならない本は多い。だから読みたい本を我慢しなければならない。そんな日々の中で、結果的に良かったと思うことが二つある。そのひとつは二〇代の後半からほぼ三〇年にわたっておこなった、新聞記事の切り抜き作成の作業で、いまひとつはＫＢＣラジオで三年にわたって行った「週刊誌展望」の経験であった。

新聞の切り抜きと貼り付けの作業は、毎週末にやっていたのだが、一週間が経過するのは早く、それ自体は苦痛に近い負担だったが、よく考えてみると、それはスクラップ・ブックが直接役に立ったというだけでなく、目には見えないものの、もうひとつの大きなプラス効果をもたらしてくれた。というのは、平易な分かりやすい文章とより親密に接しながら、短い時間で記事のもつ価値を峻別していく能力を養わせてくれたからである。また「週刊誌展望」の方も、毎週一一種類の週刊誌に目を通して、それを論評するというのは、かなりの負担だったが、この活動は私の眼を社会の様々な領域にゆきわたらせてくれると同時に、いつの間にか、私流の速読術を身につけさせてくれたのだった。

こうして私は、大量の文書類を、流し読みするもの、通読するもの、精読するものの三種に峻別していく術を体得していったのである。

だがそれでも、読まなければならない本に追われるという日々は、読書の醍醐味にひたるという状態には遠い。学者の中には、少数ながらも、仕事の上で必要な本が同時に読みたい本でもあるという方々がいて、そういう人々は最後まで学者の道を全うされるのだが、残念ながら私はそうではなかった。それゆえ、七〇歳を迎える日が近づいてくるにつれ、私の胸中では、もっぱら読みたい本を手にとって過ごす、明日への期待感が高まっていったのだった。

趣味としての読書の時代

二〇〇一（平成一三）年の三月、私は大学教授の職を辞するにあたって、自分の人生ノート『蒼茫はるかなり』を私家版で上梓したが、その扉にはこう記した。

人生の時計の針は一回きり
されど過ぎし時の速さよ
時代を駆けつつ不条理を知り
人を恋いつつ哀歓を嚙む
蒼茫いまだはるかなり

そこから私の第二の人生は始まった。蒼茫の世界にひたりながら、自由自在に泳ぐために。

退職をした直後に、私はピースボートの船に乗って、一〇〇日間の世界一周の旅をした。娑婆を離れたこの船上生活において、私は生まれて初めて、すべての時間をわがものとすることができたが、それは私なりの第二の人生にふさわしい出発点だった。

読書に関して言えば、船内には図書室があり、そこから好みの本を取り出しては、毎晩船室に持ち帰って自由気儘に読みふけっていたのである。合計すれば三〇冊くらいになっただろうか、誰にも邪魔されることなく、何事にも気を使うことなく、己の気分のおもむくままに、本を広げては閉じ、ひと呼吸おいてはまた頁を追う。それはまさに、読書の醍醐味にひたれた至福の時であった。

この時に味わった解放感は、日常の生活に戻ってからも、多少の制限はあるとはいえ、消え去ることはなく、いやむしろ、消させまいとする意思となって、今まで持続してきたと言ってよく、そのことがその後の読書の愉しさに繋がっているように思う。

七〇代になっても、私の濫読傾向には変わりはなかったというよりは、さらに拍車がかかったような気がする。好奇心の範囲が広いせいなのか、要するにあれもこれも読んでみたいのだ。

それでも当初は、若い頃に中途半端な読み方しかしていなかったものを、落ち着いて読み直してみるというところに重点があって、太宰治、川端康成、夏目漱石、島崎藤村などの作品を再読していたが、やがて藤沢周平の作品世界の魅力に取りつかれ、一時はそのために図書館や書店をあさるという仕儀となった。

対象がなんであれ、あまりファンなどになったことのない私なのだが、周平その人への関心も昂じて、とうとう私は「海坂藩」に代表される舞台の背景を実感したくて、庄内平野と鶴岡の現地を訪ねるに至ったのだった。それはその一〇年前に、啄木と賢治、それに太宰の故郷を知りたくて、渋谷村や盛岡に花巻、それに津軽へと足を延ばした私の文学散歩につぐ、第二の文学散歩だった。

ついでながら、文学散歩に準ずることとでも言えようか。私は海外ではシェークスピアの故郷を訪ね、上海の魯迅記念館を見学し、『老人と海』が書かれたハバナ郊外の漁村で、ヘミングウェイを偲んだりしてきたが、国内でも各地で文学館や有名作家の記念館を見学してきた。おかげで、愛読した本の味を、その背景と共に再吟味することができたように思う。

他方、いかに解放気分に酔おうとも、政治や社会への関心は、私とは不可分である。ために憲法問題、原発問題、日本外交に関連する書物も、昔ほどではないにしても、私の手許から消え去ることはなかった。加えて、これまであまり読んでいなかったシベリア抑留に関する本も読むようになった。山下静夫の画文集『シベリア抑留１４５０日』や辺見じゅんの『収容所（ラーゲリ）から来た遺書』などはその代表的なものである。

しかしながら、それでも私の読書生活の中で多くを占めるのは、ちょっとした興味から気まぐれに手にする本たちであった。むろんこうしたことは、第二の人生に入って初めて可能となったわけだが、同時に気持ちの上でのゆとりがなければ、実現させることはできなかったであろう。

読書の愉しみのひとつは、名作を系統的に読むやりかたとは別に、いったいどんなことが書かれているのだろうと、期待に胸をふくまらせるところにもあり、私はそちらの方からの誘惑に引かれていったのだった。

そうなると、私の興味の対象は広がる。フィクションではS・Fや怪奇小説などは苦手だが、恋愛小説から歴史小説、社会派小説からはては推理小説に至るまでがその対象となるが、ノン・フィクションとなるとこれがさらに多彩となる。趣味に関連する分野だけでも、美術書から旅、囲碁、釣り、酒にかかわる本に目が行くし、戦記ものや事件もののドキュメンタリーや関心のある人たちのエッセイ集も読んでみたいというわけだ。

退職一カ月後から、私は数行の読書メモをつけはじめ、その中でその本に対する私のいささか主観的な評価を、九段階評価で行ってきたが、数年もするとC段階評価の本はなくなり、事実上六段階評価となって今日に至っている。

C段階評価の本とはどういうものだったかというと、文章が粗雑すぎるもの、内容が薄っぺらで得るところがほとんどないもの、一方的な宣伝または誹謗・中傷の類としか読めないものなどである。初めの二つに相当するものは、読み進める気がおこらなくなって放棄するのだが、三番目に相当するものは最も不愉快なのだが、我慢して読んだ。それらが一定の読者を持っていることを無視できなかったからだ。それにしても世の中には、なんの足しにもならない本や害毒を流すだけの悪書が、けっこう少なくないようだ。

反対にAランクに相当する本の比率は、年を経るほどに高まっていく。これは気まぐれとはいえども、本を選ぶ目が自然と肥えていったせいであろうが、同時にそこには、自分に残されている時間が少なくなってきつつあるという自覚が働いているものと思われる。

今日までの一二年間に、私がAランクと評価した書物は数百点にのぼるが、その中でも特に印象に残っているのは、藤沢周平『蟬しぐれ』、山本周五郎『さぶ』、宮尾登美子『春燈』、大西巨人『神聖喜劇』、瀬戸内寂聴『般若心経』、杉田久女『句集』などである。またエッセイでは、竹西寛子さんの流麗な文章に魅せられたことを付け加えておこう。

ついでながら、女流のエッセイといえば、女優さんたちのそれも、それを書いている人の面影が同時に瞼に浮かんできて、なかなかに乙なものだった。高峰秀子、沢村貞子をはじめとして、岸恵子、有馬稲子、吉永小百合などの皆さんがお書きになったものがそれである。

ところで、本好きの私にとって、とても辛かった時のことも話しておかねばなるまい。それは蔵書の処分という問題である。

三八年間にわたる九州大学在職中に、自ずと蔵書が溜まっていったのは当然のことだが、その最初の処分の必要に迫られたのは、姫路獨協大学に転職する時である。その頃、私は約二五〇〇冊の単行本とほぼ同数の雑誌類を所有していたが、その姫路での置き場所は大学の研究室しかなく、その収容可能の限度は二〇〇〇冊くらいだった。この時に私は、友人や後輩の人たちに思い切って雑誌の大半と数百冊の単行本を譲ったのだが、そのこと自体はさして辛くはなかった。それらの本がまた活用されるのだからだ。辛かったのは、文字通りの手作業で長年かけて作成してきた新聞の切り抜き帳を、廃棄するほかなかったことである。それらは、譲るとすれば一括でなければならず、それにはその量が膨大すぎるうえに、反面では切り抜き作業の継続を強いることにもなるからだった。

姫路にいる間に蔵書は若干増加したが、その分は福岡に戻る際に一部は譲り、一部は廃棄してさして問題はなかった。だから私が第二の人生に入った時点では、約二〇〇〇冊の書物を抱えていたが、福岡市長住の自宅はさして広くはないものの、小さい書庫も造っていたから、その収容については問題はなかった。だが私も人の子、老化の兆しが徐々に表れてくるにつれ、やがてこの蔵書をどうするかという問題に直面していくこととなる。

七〇代の半ばにさしかかった頃、私は諸般の事情を考慮したあげくに、都心部で近くに緑地帯のあるマンションに転居することを決意した。蔵書の大半を手離すことの辛さに悩んだ末の決断だった。

私はまず、マル・エン全集やレーニン全集の原書や訳本をはじめとする、いわゆる左翼関係の書物を、後輩の佐藤大助君に譲った。段ボール箱にして一八箱だったと記憶している。続いてその数カ月後に、石川捷治君の助言をいただいて、残りの六〇箱近くを九大の文系キャンパスに運んでもらった。その行方は、一部は大学図書館に、一部は若手研究者の手に、残りは展示販売となって学生のボランティア活動に役立てられた。

本の価値は、その価値を知る者の手にあってこそ生きたものとなるし、その人がいない場合には、図書館に置かれることが最も望ましい。戦前に出版された『日本資本主義発達史講座』の初版本を、経済学史専攻の中村広治君にゆだね、そのほかの、多少なりとも希少価値のある本を九大図書館に引き取っていただいたのはなによりであった。

ただなによりも辛かったのは、長年の間にそれぞれの著者から贈られてきた書物を手離すという措置をとるということだった。むろん道義的に言えば、終生手許に置くのが当然であろう。だが一〇〇冊を超えるそれらの本をマンションに持参することは、事情が許さなかった。この点については、「謹呈」というご高配を下さった方々にお詫びするほかはない。

マンションに転居するにあたっては、家財の半分以上を処分したものの、それでも書棚を置くスペースは二連が限度で、冊数にすれば三〇〇冊がぎりぎりというところだった。そうなるとも う、よくよくのものでない限りは、本を購入して保有するということは控えなければならない。買うとすれば文庫本で、それもその大半は、読んだ後には手離さなければならないというわけだ。

これに私自身の体力の低下が重なっていくのだから、しぜん私の読書スタイルは変化せざるをえない。かつてのように、机の上に本を広げて、その感触に触れながら読むということが少なくなり、ベッドに入ってから小さな文庫本を読むという恰好が定着し、あわせてインターネットからの拾い読みが増えてきたのである。その昔にちょっぴり味わった、書をひもとくといった感じの読書が、もはや過去のものとなってしまったことはいささかさみしいが、本を読みたいという意欲だけは衰えてはいないので、これをもって良しとするほかはあるまい。

なお、私は福岡に戻って間もなく、天神ビルの八階にある九州学士会（旧学士会福岡支部）に入会し、いつの間にかその常連のようになっているのだが、三年前には有志と共に、そこに読書会を発足させた。私はそこで毎年数回は発表を行うのだが、専門書以外の本の話をするのも、しんどくはあるのだが、同時にそれは愉しくもあり、精読の機会にもなっていて、毎月の例会にあわせていい刺激となっている。

ただいま現在、私の書棚には二五〇〜二六〇冊の本があるが、そのうちの半分近くは、G.D.H.Cole:A History of Socialist Thought（七巻）、丸山眞男『丸山眞男集』（全一七巻）、同『講義録』（七冊）、『オックスフォード・カラー英和大辞典』（八巻）、『メトロポリタン美術全集』（全一四巻）、伊藤整『日本文壇史』（六巻）、ならびに拙著と拙論掲載の書物や辞書・事典類が占めている。たまに読書気分を変えてみたくなると、私はそれらを拾い読みしてみたりする。面白いことに、大きなものなら辞書でもけっこう読む対象にもなるのだ。

ここにきて、ようやく私は静かな読書の愉しみを知り始めたような気がする。我に返れば、世の行く末への危惧の念は尽きないが、それを忘れて読書の渦中にひたれば、蒼茫の世界はもう身近である。

まとめてみれば

これまでの、私の読書人生をまとめてみると、およそ以下のようになるだろう。まずその特徴としては、次の七点を挙げることができる。

一、家庭の読書環境はゼロに近かった。戦前の貧乏家庭一般と同様である。

二、子供の頃から近年に至るまで、図書館に親しみ、それをよく利用してきた。中でも、子供の頃に図書館が近くにあったこと、ならびに大学図書館を日常的に活用できたのはさいわいだった。

三、読書人としては、先入観なしに本を手に取りたいと念じつつも、戦争を問うという思いがいつも根底にあったような気がする。

四、職業としての読書の時代が長かった。むろんそこには読みたい本も含まれてはいたが、この間には、文献・資料に目を通さねばならぬという圧力がいつもかかっていた。

五、比較的早い時期に我流の速読術を身につけ、職業としての読書を効率的に行うことができた。もっともこれは、読書というよりは情報処理に近いというべきか。

六、読書傾向を全体としてみれば、名作中心型ではなくて、興味に任せての濫読である。したがって対象となった書物の種類は多岐にわたる。

七、近年は、原書はもちろん翻訳ものもあまり読まなくなってきている。詩や短歌、俳句などを再見したり、エッセイを読む機会が増えてきたりしているのは、そのためであろう。

次に、私はいったいどれくらいの数の本を読んできたのだろうか、概算してみると、こうなる。大雑把にみて、書物約七〇〇〇冊、雑誌類約三〇〇〇冊、計一万冊というのがそれだが、うち書物約四〇〇〇冊、雑誌類約二〇〇〇冊は、職業上の必要から読んだり目を通したりしたものである。

だから一市民としての読書量は、書物約三〇〇〇冊、雑誌類約一〇〇〇冊となるが、この読書量は、「かなり読書好き」の部類に属するが、多読というほどではない。ちなみに、私が知る最も多読の人は立花隆氏だが、その読書量は三万冊に達する。

ところで私が最も数多く読んできたのは、どういう人の本なのだろうかと、改めて振り返ってみると、そこに挙がってくるのは、マルクスや丸山眞男を別とすれば、あとは小説家、それも日本の作家たちである。その上位一〇人は、順にこうなる。

松本清張、瀬戸内寂聴、藤沢周平、司馬遼太郎、川端康成、宮尾登美子、山本周五郎、夏目漱石、田辺聖子、太宰治というのがそれで、いずれも各一〇冊以上、合計すれば二〇〇冊くらいにはなるだろう。

最近の読書傾向としては、「流し読み」する本はほとんどなくなり、「通読」する本も減って、逆に「精読」する本が増えてきている。これは時間的余裕ができてきたということもさることながら、本を読む姿勢の中に精神的なゆとりができてきたからであろう。追われる読書から愉しむ読書へ、そういう境地に立ち至ることができたことに感謝する日々なのだ。

もっとも、加齢とともに机上での読書は減り、読書時間も漸減しつつあるが、他方では読書への意欲そのものは決して衰えてはいない。小説を中心とした愉しむ読書に加えて、真実を知りたいという思いからの、ノンフィクションへの関心も依然として強い。ついでながら、私が注目してきた、大学人以外のノンフィクション・ライター一〇人の名を挙げておこう。

立花隆、本田勝一、澤地久枝、保坂正康、佐高信、鎌田慧、中村哲、辺見じゅん、柳田国男、白岩禮三がそれである。これらの人たちの報告や言説は、そのまま鵜呑みにするわけにはいかないが、多くの示唆と知識を与えてくれた。感謝したい。

私のメモによれば、この一二年間に読んだ本の数は、八五〇点約九〇〇冊である。それらの本と共に過ごした時間は、心潤うものだったと記しておこう。

それゆえに最後に一言しておきたい。

私は、基本的には活字世代の人間である。テレビからスマホの時代へと移り変わってきても、私の精神生活の大半は読書によって支えられてきた。読書の喜びを堪能できたことを、仕合せに思う。

ひるがえって、スマホの時代からその先はどうなっていくのだろうか？　そこでは、断片化された情報の氾濫が人々の志向や行動をうながす傾向が強い。書物との対話が過去のものとなり、思考方法の問い返しよりも、直接的な感覚的反応が先だっていく時、精神的文化ははたして豊かになっていけるのだろうか？　危惧なしとしない。
若い世代に読書の喜びをどう伝えていくのか、そのことが大きな課題になってきているのではあるまいか。

（『三金会雑記』第一〇六号、二〇一三年）

8　山本周五郎『栄花物語』を読む

時代小説の世界はなかなかに多彩だが、娯楽読物の域を超えて、人や人の世のありようを問わずにはおかないような、深い味わいをもつ作品ということになると、その数はそれほど多くはない。『栄花物語』はそうした小説の中の一つである。周五郎の作品の大半はいずれも広く世に知られているが、有名な『樅の木は残った』の前に書かれたこの作品には、周五郎時代小説の特徴が集約されて示されているように思う。

舞台は一八世紀中葉期の江戸、将軍家重・家治の時代である。老中筆頭の田沼意次の施策をめぐって、江戸城内外は不穏な状態にあり、巷では田沼一族を誹謗する噂が飛び交っていた。

この噂をまく戯作文を、反田沼派から流れる金をめあてに書き散らしているのが、いささかニヒルな小身旗本の青山信二郎である。この信二郎にはその子という愛人がいるが、彼女は四千石の旗本の娘であり、そこへ信二郎の無二の友とも言うべき貧乏旗本の三男河井安之助が婿養子に入ってくることとなる。

安之助は堅物で真面目な武士であり、養家のために尽くそうとするが、その立ち位置が、己の意思とは無関係に反田沼派の陣営内にあることを知る。他方その子は、その自由奔放な生き方を改めようとはせずに、この二人の武士を悩ませる。

物語はこのあたりから始まるのだが、ドラマはこの二人の武士が田沼意次その人を直接に知ることで、巷間の噂がまったくの虚像であることを確認することから、急速な展開を見せはじめる。信二郎は己の戯作者稼業を恥じて反田沼派の要請を拒否したことから追われる身となり、安之助も意次暗殺の手引きを断ったことから、迫害を受け始める。しかも安之助の場合には、養家への義理やその子の行状が改まらないことからの懊悩もあって、精神的にも苦境に立たされる。

ところで、ここにいま一人の小身旗本が実名で登場する。佐野善左衛門である。この佐野は、己の出世のために田沼親子に取り入ろうとするが無視されてその恨みが嵩じ、殿中において意次の息子で若年寄をつとめる意知に刃傷におよぶ。一族のために、抜くに抜けなかった意知は、やがて悲憤の中で絶命するが、この事件をきっかけに田沼政権は凋落の途をたどりはじめていく。

安之助はこの佐野が大嫌いだったが、その佐野が世間の喝采を浴びていくのとは対照的に、廓で知った薄幸な娘おふくとの愛にのめりこんでいくままに逃避行に走り、追手に捕らわれる前に心中する。他方信二郎の身辺にも反田沼派の刺客がまとわりつき、その前途には明るい未来はないことを暗示して、この小説は終わる。

以上がこの小説のおよその筋書きだが、読むほどに、この物語がただならぬ狙いを持った歴史小説であることを、読者に感じさせずにはおかないところが、この作品の真骨頂であろう。

周五郎の狙いは、なによりも、田沼意次は栄耀栄華に明け暮れていたのであり、その没落のきっかけを作った佐野善左衛門は「世直し大明神」だとした巷間の俗説を、小説という形を借りて真っ向から否定するところにある。善左衛門の人となりの卑劣さについてはいささか強調のきらいがあるとはいえ、意次の改革政策の検討や、巨魁松平定信を黒幕とする守旧派の暗躍、商人や農民の複雑な利害関係などへの周到な目配りは、歴史の虚像を崩すだけの力がある。それはあの伊達騒動の真相に迫った『樅の木は残った』に通ずるものである。

本書の構成について言えば、物語は作者が創出した異なるタイプの二人の武士の生きざまを中心として展開されるが、そこでは彼らの市井の中での私生活のありようをいわば横糸とし、その公儀との繋がりの中での行動の変化を縦糸として進行する。

横糸の面において特徴的なのは、男女関係のもつれとせめぎあいが、武家社会の建前やしきたりを一貫して突き破っていることであり、目先の面白さを期待する読者への配慮があるとはいえ（ちなみに本作品は『週刊読売』の連載小説として書かれた）、そこには封建道徳に捉われない裸の人間像を描こうとした、作者の意図が読み取れる。醒めた目で世間を見る信二郎や、奔放なその子はその表出であろう。

また縦の面では、「奢る意次」の清廉ぶりとその識見の先駆性、「名君定信」の曲者ぶりとその特権意識をとらえつつ、その実像にふれて己を見つめなおしていく、佐野とは対照的でいてしかも個性を異にする二人の武士の姿が描かれる。

この二つの糸が、分かちがたくからまりあって進行するその構図の背後には、商業資本の蓄積期における財政改革の必要性を自覚する田沼派と、それを専横としか見れない守旧派との対立があり、しかもそこに、あいつぐ災害の襲来のもと、生活の窮迫に反発する農民や、時代の閉塞感に不満を持つ武士や町民の反田沼感情が、結果的に反田沼派の追い風になるという、錯綜した構造があり、それらへの目配りを忘れない作者の姿勢が、この作品に味わい深い奥行をもたらしているのである。

加えてこの小説には、著者自身の主張が含蓄のある言葉となって語られていることも、見逃してはなるまい。たとえば、信二郎は初めの方で、「罪は人間と人間とのあいだにあるもので、法と人間とのあいだにあるものではない」と的を射た言葉を語るのだが、終わりの方では安之助の死を前に、さらに進んで「そうだ、人と人との関係だけではない」「人間と人間との交渉は、つねに他のなにかの支配を受ける」と述懐するのである。

そして、「私怨ではない天下のためだ」と叫んだという佐野善左衛門について書くのだ。「世間の人々は善左衛門の言葉を信ずるであろう。長い年月にわたる田沼氏の努力は理解されないで、口からでまかせに喚いた一偏狂者の言葉が『真実』として迎えられ、喝采されるのだ」と。それは、事件以後の世間の評判への、周五郎の悲憤のように聞こえる。

ちなみに私はこの三月に、佐野の墓を訪ねて浅草の徳本寺へ赴いたのだが、そこで手にした案内書には今でもこう書かれていた。曰く「天明四年（一七八四年）三月二十四日、佐野善左衛門政言は、江戸城で田沼意知に刃傷いたし、四月三日には切腹を命じられました。

それ以後、悪政による暗黒時代は幕をとじ、米価は下落しましたので、善左衛門は『世直し大明神』とあがめられ、その墓参はあとを絶ちませんでした」と。

田沼追い落としに成功して覇権を握った松平定信の、田沼一族に対する苛斂誅求（かれんちゅうきゅう）はすさまじかった。軽輩から身を興し、五万石の大名にまでなっていた意次は、老中職を剥奪されただけでなく永代蟄居の身となり、その石高は次々と召し上げられてついには数百石の身分にまで落とされるが、この小説はそこまでは触れていない。だが周五郎は、その没落の運命までを射程において、この作品を「栄華物語」ではなく「栄花物語」と命名したのではなかったろうか。

意次は花を愛したという。『栄花物語』といえば、平安時代の藤原一族の栄枯盛衰を語ったそれを思い出すが、ともに「えいがものがたり」とされてはいるものの、私はあえて「えいかものがたり」と読み取りたいと思った次第であった。

山本周五郎は、苦学力行の人であり、その中で培われてきた人間観や社会観が、その作品に滲み出てきているように思う。他の作品たとえば『さぶ』や『赤ひげ診療譚』などを読んでいても感ずることだが、その作風は、一方では、名もなき庶民や辛酸をなめた流れ者の哀歓を描いて秀逸であり、他方では世のしきたりや風評、その元となっている権力や権威の虚飾をついて鋭い。

しかも、その底に流れているものは、様々なしがらみの中に生きる、人間の営為に対する温かい眼差しである。

しかしながら、同時に痛ましいとも思われるのは、周五郎その人の具体的な人物像である。それは一言にしていえば、我の強い強烈な個性の持ち主ということになろうか。彼は直木賞（『日本婦道記』一九四二）を固辞し、毎日出版文化賞（『樅の木は残った』一九五四〜五八）も辞退したが、それはその独自な価値観や個性と無縁ではない。文学賞といえども、彼は権威に慣らされることを自ら拒否するのである。

この我の強さは、外見的には一種の頑固さとなって周囲の者を辟易させた。このあたりの模様は、ほとんど唯一の内弟子であった土岐雄三の『わが山本周五郎』に詳しい。ありていに言えば、周五郎は文壇にそっぽを向いていただけでなく、家庭の中でも畏怖される存在であった。その作品の中に滲み出てくる優しさや愛と、現実の作者の姿との乖離は、彼自らが、矛盾的存在としての人間を体現していたように思われてならないのだ。

『栄花物語』が刊行されてから六一年、周五郎が逝いてから早くも四七年が経過した。彼と比肩しうる作家、藤沢周平や司馬遼太郎ももはやこの世にはいない。だが両者を比較していると、その人物像と作品との乖離は周五郎において際立っている。本書を改めて読み直しながら、私は周五郎その人にも改めて思いを馳せたのだった。

（『旧制高等学校昭和二四修全国連絡会会報』第一一号、二〇一四年）

9　東野利夫『汚名――「九大生体解剖事件」の真相』について

あの大きな戦争が終わってから、早くも七一年の歳月が流れました。戦後生まれの人々が人口の大半を占めるようになり、戦争の苦い記憶は益々遠ざかっていくようですが、現実の世界や日本においては、戦争は決して過去のものとなってしまったわけではありません。それゆえにこそ、戦時体験を振り返り、そこからの教訓を語り継いでいくことが大切なのだと思われます。この東野さんの本が出版されたのはもう三〇年以上も前ですが、その本を今また取り上げるのはそのためです。

東野利夫さんは、一九二六（大正一五）年生まれで、九州大学医学部専門部を卒業された、産婦人科のお医者さんですが、事件当時は医学部解剖学教室の平光吾一教授の研究補助員として同教室に詰めていて、はからずも事件についての数少ない目撃者の一人となられました。同氏によれば、恩師平光教授の冤罪をそそぐために、多年にわたる調査をもとにこの本を刊行されたとのことです。

事件の詳細については本書を読んでいただくほかはないのですが、その大要はこうでした。

一九四五（昭和二〇）年五月九日、西部軍参謀加藤直吉大佐が軍医大森卓見習士官（偕行社病院外科医師）に、捕虜を肺摘出手術の実験材料とすることを提起します。翌日大森氏は、母校九大の外科教室に石村教授を訪ねて手術への協力を依頼し、石村教授はそれに応じます。これが発端でした。

五月一七日、平光教授は不在でしたが、白人捕虜二名が解剖学実習室に連れ込まれ、手術されて死亡します。同実習室を使用したのは、比較的に人目につきにくく、空いていることが多く、部屋も広かったからだということです。

五月二二日、続いてまた二名の捕虜が連れてこられ、さらに二五日に一名、さらにまた六月二日に三名が連れてこられ、いずれも手術対象とされて帰らぬ人となりました。平光教授はこの二五日の時に実習室に行き、施術者の質問に答えています。またこれらの手術の直後には、大森軍医が遺体から抜血し、肝臓を持ち去ったことが目撃されています。

当時、西部軍にはB29爆撃機の捕虜が四〇名ほどいたということですが、「生体解剖事件」の対象となったのは、五月五日に阿蘇地域で撃墜された搭乗員だったということで、東野さんはその逮捕時の状況を現地で調べ、また後に、東京送りとなって助かった機長をアメリカに訪ねておられます。

以上が事件の概要ですが、このあと六月一九日に「福岡大空襲」があって、西部軍司令部は焼け落ち大森医師も被弾しますが（のち死亡）、翌二〇日、西部軍は市立高女の校庭において、白昼公開のもとに八人の捕虜を斬殺します。さらに、八月九日には油山で八人を、さらにまた八月一五日の午後に、同じ油山で残っていた捕虜の全員一七名を処刑したのでした。

当然のことながら、敗戦となれば事態は急変します。関係者は事件の隠蔽に奔走したようですが、一九四六（昭和二一）年七月、九大ならびに西部軍の関係者（総数二八名）は一斉に逮捕され、厳しい取り調べに続いて、「横浜戦犯第一号」法廷において裁判を受けることになります。この間に石村教授は拘置所において縊死し、目撃者だった東野さんも「拷問」と感じるような尋問を受けたとのことです。

一九四八（昭和二三）年八月二七日、横浜法廷は借行社病院関係者を除く被告全員に対して、絞首刑、終身刑、重労働からなる厳しい判決を下します。九大関係の被告では、執刀にかかわったとされた外科教室の助教授二名、講師一名が絞首刑を、同教室の医員二名が終身刑を、そして平光教授は重労働二五年を宣告され、あと八名もいずれも有罪として重労働の判決を受けたのでした。被告はその後、朝鮮戦争の勃発（一九五〇年六月）という事情もあって減刑されますが、その心境は察するに余りあるものがあります。

本書を読んでいく中で最初に受ける衝撃は、この異常な事件の内容ですが、あわせて伝わってきますのは、著者の尊敬する恩師の無念をはらしたいという熱い思いです。そしてその意図は十分に果たされていますし、同時にそのことは、勝者によって裁かれた戦犯裁判が持っていた不当な一面を衝くという、意義を持っていたと言うことができます。

さらに言うなら、本書は矛盾的存在としての人間の、裸の姿に迫っています。東野さんは事件の過程における人々の動きを追いながらこう書いています。「そこに展開されているのは、生と死の極限に追いこまれた人間同士の阿修羅の姿であった。対立、虚飾、陰謀、責任転嫁、人間の最後のあがきとはこんなにも醜悪なものだろうか。しかし、あの状況下では、私とて同じ運命におかれていたら、もっと醜くあがいたに違いない」と。この言葉の持つ重さから、私たちは目をそらしてはならないでしょう。

だが今日、私たちが本書を読み返す時には、さらにもう一つの大きな課題と向き合わなければならないと思います。それは、この悲劇的な事件がなぜ起きたのかという問題です。医学の根本にかかわるようなこれほどの大事件が生ずるのには、それを可能ならしめた背景があったからだと考えるのが順当でしょう。端的に申しますと、九大においても、軍に対する追従もしくは同調あるいは暗黙の了解が、広く存在していたのではなかったか、と自問することが大切ではないでしょうかということです。

私は東野さんのご努力に注文をつける気はありません。だが本書を読んで、平光教授は冤罪だけれども「無実」とまで言い切れるのか？　また「私とて醜くあがいたに違いない」とは仕方がなかったということなのか？　という疑問は残ります。

ちなみに、本年四月一日、西南学院の皆様は「西南学院創立百周年に当たっての平和宣言」を発表されました。そこでは、先の戦争で殺された人々への「加害責任」を心に刻み、武力・暴力の行使によって人々の尊厳を抑圧するという過ちを二度と繰り返すことのないよう行動する決意が表明されています。

私たちもまたそうありたいものです。

（『九州学士会報』第三七号、二〇一六年）

10　古きをたずね新しきに学ぶ　八八回目を迎える読書会

毎月、月末の火曜日に開催している読書会は、この一月には八八回目を迎えます。誕生以来、七年と四カ月続いてきたことになりますが、これはひとえに、参加される皆様の意欲の表れだと思います。

現在、読書会へのご案内は富澤義敬さんの手によって三二名の方々にお出ししていますが、出席者は若干の増減はあるものの、平均ほぼ二〇名から二四、五名といったところでしょうか。一同みな、熱心に発表に耳を傾け、意見を交わし、会終了後の懇談会でも談論風発といったところで、「学士会では最も中味のある集まりではなかろうか」といった声も聞こえます。手前味噌になってはいけませんが、まずは活発な集まりになっていると言うことはできましょう。

ではその中味というのはどのようなものかと申しますと、百花繚乱とまではいきませんが、実に多彩な内容の話を聴くことができて、私たちはそこから各人各流に知的刺激を受け、そのことが知らず知らずのうちに脳の活性化に繋がっているということではないでしょうか。これはひとえに、参加されている方々ご自身が、様々な人生経験と多様な問題意識を持っていらっしゃるということの反映にほかなりません。

実際、読書会では、たとえばシェークスピアからトルストイ、平安女御物語から永井荷風、はては『資本論』逸話に至るまで、「古きをたずねて新しきを知る」思いを感じさせてくれますし、他方では最新の国際政治の動向から科学技術の進歩にも触れさせてくれます。これは「新しきをたずねて未来を思う」ことにも繋がっているとも言えましょう。

読書会の持ち方にはいろいろな方法があると思いますが、学士会の読書会では、なによりも参加者の方々の自主性を尊重し、決して無理をせず、誰でも参加しやすいようにしていくことを心がけています。ですから、共通のテキストを使ったり、事前に読んでくることを求めたりすることは一切ありません。ですから、いきおいその中身は、発表者による本の紹介が中心となってまいります。それでも参考になり刺激になるというのが、参加者の方々の実感のようです。

当初は、毎回、フィクションとノンフィクションからそれぞれ一つずつ取り上げてはどうかなどと言っていたのですが、近頃はノンフィクションの本を紹介される方が多くなってきました。そこからは、話題になっている本の中身を皆さんに知らせてあげたい、というお気持ちが伝わってまいります。

むろん、発表なさるかどうかは各人の自由なのですが、それでも発表者が途切れることなく続いてきているのは、そこに自らの精神の老化に立ち向かう前向きの姿勢があるからで、そのことがまた、お互いを刺激しあっているのではないでしょうか。言葉を換えて言えば、読書会は精神の老化防止の場ともなっているように思われます。

では私の場合には、具体的にどうなのかと申しますと、昨年私は一月に、ジェイ・パリーニの『終着駅――トルストイ最後の旅』（新潮文庫）を、七月に友人だった永畑道子の『恋の華・白蓮事件』（文春文庫）を取り上げて発表しました。いずれも再読でしたが、発表にあたって改めて精読しました。そして新たな収穫を得ました。その一端はこうです。

トルストイは晩年、徹底した人間愛の境地に到達するのですが、妻ソフィアの理解を得られず老化に伴う焦燥の中で家出に至ります。他方ソフィアは三大悪女の一人とされてきましたが、妻としてまた母としての愛情で一家を支えてきた女性としてはむしろまともな女性だったのですが、ただ夫の心境を共有できなかったことが悲劇に繋がります。

また柳原白蓮は、大正という時代の中で、世間の荒波に抗して宮崎龍介との恋を貫きますが、やがてその個人愛は虐げられた女性への愛へと拡大し、息子の戦死という試練を受けつつ世界連邦運動へと進んでいきます。

この二人の主人公における愛の精神とその姿に、私は初読の時よりもずっと深い感銘を覚えました。そこにはこの間における私自身の問題意識の変化も働いているのかもしれません。言ってみれば、この二冊の本は、愛という根底的な人間現象は、科学のいう合理主義では決して把握できないということを改めて教えてくれていて、そのことが、「政治学は人間の学でなければならない」という私の考え方の琴線に響いたのでした。

そんな次第で、目下のところ私は読書会においては、これまで濫読をしてきた様々な書物の中からいくつかを選んで精読をさせてもらっており、新刊書のフォローはこれを他の発表者に授けていただいているのです。

人生の残り時間が少なくなってきているせいでしょうか、私も自分の歩いてきた跡を振り返ることが多くなってきましたが、その中でも時に思うのは、自分の知識の大半は読書によって得られ、心の糧もまた書物に負うところが大きかったなあということでして、その「書物様様」という思いが、私を読書会に繋いでいるようです。

以上、感謝の意もふくめて読書会の報告といたします。

（『九州学士会報』第四〇号、二〇一八年）

三　現実政治を問う

1　新世紀の光と影を思う　テロと報復戦争の行方

政治について語ることは、この『雑記』にはあまりなじまない。今更、意見の相違を際立たせることもないからだ。だが小生、これまでの全生涯を、政治を見つめることで過ごしてきたこともあって、好きではないが、どうしても眼が政治の方を向いてしまう。今回のような事態が生じてしまうと、なおさらである。

とはいえ、すでに引退を表明した身である。論文もどきのものを、改めて書く気はない。しかしそうは言いつつも、これが習い性というのであろうか、己の目は新聞やテレビに止まらず、インターネット情報や関連の書物を追っている。

そんな中でも印象に残ったのは、中村哲の『医は国境を越えて』（一九九九年、石風社）と『医者 井戸を掘る』（二〇〇一年、石風社）の二冊と、その中村を把えた丸山直樹の『ドクター・サーブ 中村哲の15年』（二〇〇一年、石風社）の三冊だった。アフガニスタンの実情をどう見るかは、事実関係を正確につかむだけでも容易ではなく、加えて、今日の事態をどう認識するかは、その人の人間観や世界観によって決定的に左右される。安易な判断は慎まなければなるまい。

ところが他方、現実の政治社会はいやおうなしに進行していくし、そのこと自体は「沈黙してはならない」という歴史の教訓を絶えず蘇らせている。そこへきて私の場合には、この問題が最大関心事となっているのであるから、一言しないわけにはいかないのである。

もとより私はアフガニスタンの専門家ではないし、中近東事情にとくに詳しいわけでもない。以下に述べるのは、この五〇年間、政治学の立場から政治を見てきた者が、今日の事態を前にして抱く感想の一端である。


九月一一日、アメリカ合衆国の中心部を襲った同時多発テロと、それに対する報復戦争のおおかたの経過は周知の通りである。富者の国アメリカでの惨劇は、貧者の国アフガニスタンでの惨劇を呼び起こし、そしてそれはさらに新たな惨劇につながろうとしている。

超経済大国アメリカの象徴であった世界貿易センタービルの崩壊、超軍事大国アメリカの象徴ペンタゴンの破壊が、アメリカ国民に与えた衝撃の強さは想像に難くない。多くのアメリカ人にとって、その悪夢はまさに「晴天の霹靂」であったろう。

私もまた、数日の間はテレビと新聞に釘づけとなり、ほとんど息を呑む思いで、かつて見慣れた二棟の高層ビルに旅客機が激突する様を凝視していた。

だが、事が起こった後で言うと、「もっともらしく言うな」と顰蹙をかうかもしれないが、こんな形で起こるとは予想しなかったものの、正直なところ、もうずっと前から、なんらかの形でアメリカ本国に対する大胆なテロ攻撃が行われるのではないか、との予感はあったのである。

このような予感を持っていたことは、決して格別のことではない。多くのアメリカ人たちは、自分たちの視座からしか世界を見ていなくて気がつかないのだが、事柄を、憤懣やるかたないイスラムの人々の気持ちになって見てみれば、ありうることなのだ。

早い話が、この数十年来の中近東で起こってきた出来事、とりわけパレスチナ紛争を振り返ってみるとよい。いつもいつも歯ぎしりしてきた彼等の姿が見えてくるはずだ。むろんここでは、事の善し悪しを言っているのではない。あいつぐ中東戦争での敗北から、湾岸戦争、抵抗しては叩かれるイスラエルとの紛争、それらのある時は背後に、またある時はその中心に、超大国アメリカが厳然として立ちはだかっていることを、彼等はいやおうなしに思い知らされてきたという事実関係を言っているのである。加えて、圧倒的な貧富の差が、そこに生ずる苛立ちを強めてきたことは言うまでもあるまい。

一般的に言っても、仮に一〇〇人の人間がいれば、その中の一人や二人は強突張りだ。その強突張りが一〇人いれば、その中の一人や二人は、身をかえりみずにあえて秩序に反抗する。ましてやイスラム世界では、そうした行動を刺激せずにはおかないような事件が起こりつづけてきたのであり、「ジハード（聖戦）」に代表されるような、独特の、第三者からみれば狂信的な、イデオロギーの再生産が繰り返されてきたのである。

テロリストの発生は、個人の資質にかかわる部分が少なくないが、テロリズムの広がりとテロ活動の激化は、社会的な環境、とりわけ政治への反感を醸成させる政治の産物であることを、決して見逃してはならない。

抵抗手段をまったくもたない下での、一方的なミサイル攻撃や爆撃は、それ自体がやられる側の憎悪感を深めるが、その攻撃が無辜（むこ）の民をまきぞえにしていくならば、そこから生ずる怨念は、さらに多くの同胞をまきこまずにはおかない。「テロの根絶のため」の報復戦争は、かくてまた、テロの温床を作り出してもいるのである。

突然に中枢部をやられたアメリカ人の衝撃は、想像するに難くないし、そこから生じた怒りの心情が「報復」につながる経緯も理解できないことではない。だが事柄の性質は、それだけでもってしては解決できないというところにこそ、問題の困難性があるのだ。

アメリカ合衆国の政治は世論によって動く。大統領も議員も、その世論と価値観を共有しているがゆえに、こうした事件に遭遇すると、両者の同調作用はとみに強まる。メディアはそれを媒介し、軍産複合体をはじめとする多数の圧力団体がそれを支え、軍人たちは士気を高揚させる。

通常「ナショナル・インタレスト」と集約されている、ここでの共通目的の背後にあるのは、国家の利益と国民の利益とを重ねあわさせる大国意識であって、その大国意識は、経済大国、政治大国、軍事大国という現在的条件によって、不可避的に発生する。もとよりアメリカは広い国であって、そこには大国意識にとらわれない人々も存在しているのだが、それがマイノリティにとどまるのは、アメリカが超大国であるという現実があるからにほかならない。

報復戦争を宣言したブッシュ大統領への支持率は急上昇したし、世界の多くの国々の指導者たちもそれを支持している。そこでの共通のスローガンは「テロの根絶」である。どうやら彼等は、テロをなくすにはテロリストを軍事的に抹殺するしかないと思っているらしい。

テロをやった犯人たちをひっとらえて処罰すべし、ということであれば、誰にも異論があるはずはない。簡単にひっとらえることができないので、多少の軍事力の行使もやむをえないということも、理解できないことではない。問題なのは、そうした行動を起こすにあたって、新たなテロリストを生み出すことがないように、細心の注意がはらわれているとは思われないということにある。彼等は、まきぞえに無辜の民を殺傷し、数百万といわれる難民を作り出してもいる。そこを貫いているのは、まさに戦争の名が示しているように、目的遂行のために手段が軽視される、非情の論理である。しかもその目的の遂行たるや、目の前のビン・ラディンとその一派と、それを擁護するタリバン政権をつぶしうることは自明だが、本来の目的であるはずの、テロの根絶にはほど遠い状態にある。

ひるがえってわが国の対応ぶりはどうであろうか。事の次第については繰り返す必要はないだろう。ひとまとめにして言えば、それは世界覇権システムの一翼としての対米協調体制の強化であり、「専守防衛」から世界的領域での軍事作戦への出動への転回である。

リアリストとしての眼からすれば、戦後の日本における日米関係、とりわけ経済関係と安保体制のしくみ、ならびに半世紀にわたる長期保守政権下での、政・財・官の癒着の構造、環太平軍事演習に象徴される自衛隊の構造的機能からみて、こうした事態は十分に予想されることであった。ただ、基調は同じであっても、その上での政策選択の幅はある。幸か不幸か、旧世紀の終わりからの、小泉・田中人気の異常な高まりと、新世紀の初めでのテロの撲滅という大義名分の国際的唱和が、さらなる踏み出しを可能にさせたのだった。

日本の進むべき道の方向については、私の意見は異なる。憲法の精神はさらに大切になってきており、非軍事的貢献こそ、日本が目指すべき方向だと考えるからである。それへむけての軌道の修正こそが必要なのに、現実はそれとは逆の方向に、舵は切られつつある。

アメリカの世界戦略が新世紀に光をもたらすものであるならば、それへの同調を強めていくことは好ましい。だがそうではなくて、むしろ影をましていくおそれがあるならば、日本はそれへの距離をおいて、独自の平和戦略を志向すべきであろう。

国会では、それに似たようなことを言うと、お前はテロを容認するのかと野次が飛ぶという。中村哲さんは、おそらくアフガンの実情を最もよく知っている人だと思われるのだけれど、その中村さんが国会の参考人として、自衛隊の現地派遣は有害無益だと述べたところ、その発言を取り消せとの声が上がったとも聞く。予算委員会などでの低調な論議とあわせて、国会の模様は全体として緊張感に欠ける。テロ対策特別措置法と自衛隊法の改正という、日本の針路を左右しかねない重要法案が、あっという間に成立したのもその表れだろう。

むろんこうした事態がまかり通るのは、国民の間での緊張感が薄いからである。小泉・田中人気が今日に至るもなお続いているということを、私たちはいったいどう理解すればよいのだろうか。

田中真紀子さんを例にとってみよう。そもそもの人気の始まりは、伝統型保守政治の古い体質から離れて、歯に衣を着せずにものを言うということの、フィーリングと話題性であった。政治リーダーとしての見識や力量は、ほとんど問われてはいなかったといっていい。だが自民党と小泉総理は、その人気を利用し、こともあろうに外務大臣に起用したのだった。

多くの場合、大臣は官僚の政策立案能力に依存してその責を果たす。官僚をコントロールするには、とりわけ高い見識と、それに支えられた政治能力を必要とする。ところが田中さんは、鼻っ柱の強さとは裏腹に、大臣としての見識と能力には著しく欠けると言わざるをえない。与党の中でさえ、ひどすぎるとの声が出てきているというのだが、それでも彼女は外務大臣を続けている。この重大な時期にである。その理由は、小泉内閣の失点になるということだけではなくて、なによりも彼女が今日に至るもなお、高い人気を保っているという判断があるからにほかならない。

日本の世論もまた、アメリカのそれと同様に情緒的な反応を示していて、その上に、目先だけを見た世論政治がまかり通っている。もう四〇年も前からかなりの政治学者が指摘していた、大衆民主主義の負の側面が、ますます広がってきているのである。

アメリカも日本も、その経済力や軍事力に比して、政治の貧困ぶりは覆うべくもない。しかもこの状況はまだまだ続くだろう。私はそこに新世紀のかげりの深さを感じずにはおれない。むろんアメリカは最も深刻である。すでに炭疽菌の脅威にもさらされているこの国は、今後もずっとテロを警戒しつづけなければなるまい。それが市民生活への監視に容易につながりやすいものであることは、言うまでもなかろう。同時にその国家利益優先の戦略、それは多数世論に支えられているのだが、それが改められない限りは、徐々に世界世論の支持を失ってもいくだろう。端的に言うなら、報復戦争と地球環境政策での国家的立場の主張とは、ともに大国意識に根ざすという意味において同根なのだ。

日本もまた、そのあとを追っていくのだろうか？　統計の示すところによれば、近年、わが国では犯罪の発生件数が激増しており、反対にその検挙率は急減してきている。殺人の件数は横ばいだが、窃盗犯と強盗犯が急増しているのである。物が豊かになってきているはずなのに、なぜこうなってくるのだろうか。私はその底に、日本人の精神状態のあやうさを感じずにはおれない。

いま日本では、政治家も含めて人々の最大関心事は、どうやって景気を良くしていくかということに向けられている。そしてその風潮は今後もつづくだろう。景気を良くすることが、さらなる大量生産、大量消費につながるとすれば、これまた困難な課題を一層深刻化させることになる。なぜなら、エネルギーのさらなる消費、地球資源のさらなる消耗は、地球環境の危機を深めずにはおかないからだ。

新世紀の展望が定かでないのと同様に、日本の未来も不透明である。そこに見えるのは、光よりも影の方が大きいと言ったら、果たして言い過ぎだろうか。

（『三金会雑記』第五八号、二〇〇一年）

2　「生活の政治」の確立をめざして　二一世紀世代への伝言

はじめに

私は、今年の一月で満八五歳となりました。少々衰えてきているのですが、あえて参上しましたのは、これが最後の講演になるかもしれませんので、戦争を知る最後の世代の一人として、また不十分ながら生涯かけて政治と向き合ってきた者の一人として、伝えておきたいことがあるからでございます。

いま世界と日本は、次から次へと起こる事件の連続の中で、大きく揺れ動いています。人々の幸・不幸を左右するこの大きな揺れに対して、政治は果たしてまともに応えているのでしょうか。端的に言って、「いい世の中になってきたと思いますか？」と開かれて「イエス」と答える人は少ないでしょう。多くの人たちが、漠然としたものではあっても不安を感じていらっしゃる。その原因はどこにあるのでしょうか？　そしてまたそれを克服していくにはどうすればいいのでしょうか？　言ってみれば、この現代政治が直面している基本的な課題について、私なりの一つの提言をさせていただきます。

（一）立憲主義の危機

ご承知のように、二〇世紀は世界中が戦争に巻き込まれた一〇〇年でしたが、同時に、その戦争を克服していく過程を通して、植民地支配体制は崩壊し、民主主義が一定の前進を見せた世紀でもありました。私たちはその経験と教訓を胸に、二一世紀こそは希望の世紀となるだろうと期待をしてきました。ところが現実はどうでしょう。

いま世界は、大多数の人々の不安と懸念の只中にあります。中でも目立つのは、テロの続発と厳戒態勢の強化、移民をめぐる軋轢の増大、国家間の緊張関係の激化、所得格差の増大、世界経済のゆらぎなどですが、注意しなくてはならないのは、それらへの対応がますます「力の政治（パワー・ポリティクス）」への傾斜を強めているということです。力の政治の行使は、一時的に事態を局所的に抑えることはありますが、反面では事態をさらに悪化させるリスクも伴いますし、市民生活の統制につながるおそれも大きく、しかもそれだけでは、事態の抜本的解決とはなりません。人々の不安と懸念はそこに根差しているのです。

しかるにわが国は、この力の政治を支える日米同盟を基軸として、さらにアクティブな行動に出ようとしています。近年における日本政治の主要な動きを見つめてみましょう。民主党の敗退のあと、政権党となった自民党が、安倍内閣のもとで行ってきた一連の政策の特徴は、「アベノミクス」の提唱で国民の目先の関心に対応しつつ、その長年の懸案であった強権国家への道を一挙に推し進めようとするものでした。秘密保護法から安全保障法制の実現、緊急事態法案への流れがそれですが、中でも集団的自衛権行使容認への強行は、立憲民主主義の原則を踏みにじるものだったと言うほかはありません。その安全保障法は三月末にはとうとう実施段階に入ってしまいました。目下はその新段階に対応した日米合同演習に取り組んでいるところです。

ご承知のように、過去自民党は憲法九条をめぐって拡大解釈を続けてきたのですが、それでも自衛権については個別的自衛権を限度としてきたのが、ここにきて、集団的自衛権の行使も憲法違反ではないという暴論で国会を押し切ったのです。憲法というものは、時の政府が勝手なことをすることがないよう政治の原理・原則を定めているものなのに、それを無視したのです。しかもその事柄の中身は、他国（アメリカ）の戦争に加担できるという、かつてはおよそ考えることすらできなかったあからさまな立憲主義の否定でした。これはまことにゆゆしき事態だと言うべきでしょう。

加えて注意を喚起しておきたいのは、事は突発的な事件として生じたのではなくて、民主主義の根幹への侵害の歩みの表出だということです。立憲主義は民主主義と同義語ではありません。

民主主義は自由と平等を原理とした、思想・運動・制度にまたがる広い概念でして、立憲主義は議会主義とならんで、その政治システムを支える原則の一つです。ゆゆしき事態と申しますのは、一連の知る権利の制限や報道の自由への規制の動き、所得格差の拡大に代表される不平等関係の増大といった、自由と平等の原理への圧迫の流れが、制度を支える原則への侵害にまで進んできたということなのです。

当然のことながら、野党はむろんのこと、市民の間からも、その暴挙に対する批判の声が上がってきていて、知識人の声明やシールズ（SEALDs）に代表される若者たちの行動も注目されるのですが、それでも私は、有権者の多くはなお事態の重さに気づいてはいないと思います。

早い話が、あの六〇年安保の時のことを思い起こせば分かりやすいかと思います。当時は、数万から十数万の抗議運動の波が連日のように国会を取り囲んでいましたし、福岡市でも、数千から数万の市民からなる街頭デモが繰り返し行われ、夜間の提灯デモまで湧き起こっていました。それでも岸内閣は安保改定を強行しました。空前の規模といわれたその大衆運動の中心にいたのは労働組合員や学生たちでしたが、それに比べて、現在の労働組合はどうなっているのでしょうか？　そしてまた若者たちの多くは何を考えているのでしょうか？　ありていに言えば、政治的無関心や傍観者的姿勢に留まっている市民や若者たちの方が、数のうえでは今なおずっと多いのです。安倍総理は、「じい様の時にくらべればたいしたことはない」と思っているのかもしれません。引き続いての、国会軽視の動き――説明責任の不履行、野党提出法案の無視、全面黒塗りの報告書の提出など――はその表れではないでしょうか。
民主主義が危殆に瀕しつつあるのに、それを正すべき有権者とりわけ若者の多くがいまなお気づいておらず、政権への支持率もさして下がってはいないというこの我が国の現実に、危機の深刻さがあると言わざるをえないのです。

(二) 平和への脅威の増大

次にこの民主主義の危機は、戦争も辞さないという強権国家への道と表裏一体となっていることを重視しなくてはなりません。

いったい集団的自衛権の行使を容認するということは、何を意味するのでしょうか？　それは一言にして言えば、同盟国、具体的にはアメリカと一体となって、いざという時には「自衛のため」に武器を取って戦うということです。すべて戦争は大義名分を必要としますから、「自衛のため」という言葉は欠かせないわけですが、この踏み切りは、専守防衛から海外での戦争も必要となれば行うという基本路線の転換でして、日本の将来にとって極めて重大な事柄なのです。その路線が政権党のかねてよりの狙いだったとはいえ、ここにきてその強行がまかり通っているのですね。そしてとうとう「核武装も自衛権の範囲内だ」という主張までが公然と述べられはじめています。

北朝鮮の独裁政治はもとより、中国やロシアの覇権主義的政策を、私たちは批判しつづけなければなりません。だがその批判は、緊張緩和路線の上に立っての、言論・外交・国際交流の場において行うべきです。それを軍事的圧力の強化によって行おうとすれば、批判はただ反発を招くだけです。為政者は、緊張関係が激化している状態のもとでは、ちょっとした武力衝突が一気に戦争へと拡大する危険性をはらむということを、歴史の教訓として学びとらなければなりません。

ご承知のように、二〇世紀は戦争の世紀でした。我が国もその前半期に、戦争の真只中にいました。その戦争の悲惨さは、どんな言葉をもってしても語りつくせないほど深刻な殺し合いの連続で、徹底した人間破壊そのものでした。その体験の中から私たちは歴史的な教訓を学び取り、二度と戦争はしないという不戦の誓いをしたのでした。日本国憲法はその表現であったと言えるでしょう。その誓いが、ここにきて覆ろうとしているのです。日本人だけではありません。世界中の人々が、二一世紀こそは平和の世紀であってほしいと願っているのに、政治の現実はその願いを裏切っています。

アメリカという国は、その独立宣言以来の自由と民主主義の伝統を持っている国ですが、同時にこの国は、二〇世紀の全期間にわたって最も多くの戦争を行ってきた軍事大国であり、世界最大の軍産複合体を造り出してきた国でもあります。その構造的基盤のうえに、軍部をはじめとして、政治家の多くが、二一世紀においても対テロ戦争の音頭を取り、軍事的威圧こそが紛争解決の道だと考えている国です。北朝鮮に向けての米韓軍事演習の強化などもその表れでしょう。その名も「斬首作戦」と称する北朝鮮首脳部の殺害演習の実施などを見ていると、北朝鮮の暴発をうながしているかのような感じがします。そのアメリカの期待に応えて、いざという時は戦いますというのは、まことに危険な政策だと言わざるをえません。

実際問題としては、オバマ政権は中国やロシアと全面戦争をやろうなどとは思っていないでしょう。それは習近平政権もプーチン政権も同じです。しかしこれらの国々の軍部は、南シナ海やバルト海できわどいせめぎあいをやっていますよね。危険極まりないことです。我が国にとって可能性があると想定されるのは、アメリカ側からの要請のもと、こうした特定の紛争問題について軍事的行動に踏み切るケースです。この可能性は、トランプ氏が大統領になったりすると更に大きくなりましょう。しかしそこでの武力行使は、まぎれもなく戦争なのであって、それゆえにまた戦争拡大のリスクもはらむのです。

85歳にての講演（2015年５月）

私がここで声を大にして強調しておきたいのは、戦争をするのとしないのとの違いは、とてつもなく大きいということです。戦争というものは、為政者の側からすれば、非常手段による政策の貫徹ですが、人間の立場からすれば、正義の名のもとに行われる大規模な殺人と破壊です。端的に申しますと、殺し、殺されることを褒めたたえなければ、戦争はできません。ですから徹底した戦争の正当化が、政策の要となります。それに疑問を持つ者が「非国民」とされるのはそのためです。ここでは「非常事態」の名分のもとで基本的人権が制限されるのは当然だとされるでしょう。

(三) 危機克服の方途

それでは、この危機を克服していくにはどうすればよいのでしょうか。誰しもが思うのは、少しでも多くの人々と、現政権が進めている政策が意味しているものについて意見を交わしあい、疑問があればその疑問を、批判があればその批判を、何らかの形で表明していただき、とくに選挙において、その意を反映させていくということでしょう。

問題は、そうした話し合いや声を出し合う人々が、数の上で多数となることが、現実にはそう簡単ではないというところにあります。この簡単ではないという現実を乗り越えていくのには何が必要なのでしょうか。私はいま最も必要なのは、広く人々の間に生じている、平和や民主主義に対する漠然たる不安感を、共通の生活感覚を媒介にした社会意識に、さらには政治意識に転化させうるような、意識基盤を醸成していくということなのです。そのためには、第一に、私たちを取り巻いている環境、とりわけ生活意識や政治意識を育む日常的生活環境を正確に認識すること、第二には、私たち自身が、それに適合しうる運動のありようを展望しうる視座を構築していくことが必要となります。

第一の現代社会の認識に関しては、特に次のような特徴を把握することが肝要かと思います。我が国は、第三次産業の肥大化につれて早くからポスト工業化の時代に入っていて、社会形態面での変化が急速に進んできています。この企業社会が市場原理によって動き、その根底に資本の論理があることは忘れてはなりませんが、同時にこの社会は、一方では大組織における官僚化と、他方における階層的・職能的分化の進展に伴う個別的分散化が併存する社会となってきており、加えて科学・技術の発展とりわけ人口頭脳の開発と情報機器の発達によって、人類がかつて経験したことのない高度情報化社会へと突入してきています。

これを社会的意識との関連で見ますと、一方では権力追随型の巨大な官僚組織と大企業とその系列における、組織内イデオロギー教育の強化とその外部への影響力の拡大、他方における分散化された大衆における情報の消化不良とその視野の狭隘化となって現れてまいります。政権集団はそうした条件を利用しながら、その政治目的を実現しようとするわけで、メディアの協力でもあれば、大衆がこの時代の支配的風潮に流されていく可能性が大きいのです。

しかし、政権集団がいつも大衆の多数を引き付けるとは限りません。大衆に欲求不満がたまっているような場合には、大衆はしばしば目先の利害に目を奪われて、情動的に動くからです。ヨーロッパにおける移民問題を契機とした右派勢力の台頭などはその表れでしょう。この点、アメリカではもっと危険な兆候が顕著になってきていますね。アメリカ民主主義の名の下で、扇動的な言辞で大衆の不満をあおりたてつつ、国家利益なるものをしきりに強調するトランプ氏が、共和党の大統領候補にのし上がってきています。そうした現象をポピュリズムですよと言うだけではなくて、そこへ走る大衆をどう引き戻すのかが切実に問われているのです。

そういう中で、危険な政治に対して、大衆の善意を民主的な政治力に転化させうる足がかりをどう創り出していくのかが課題となってきているのです。我が国では、この課題をめぐって識者の間では、「立憲主義の擁護」を対抗軸として示していくべしとの声が高まっています。このスローガンは、幅広い見地から対立の性格をとらえていて、間違っていませんし、必要でもあります。だが私が言いたいのは、それだけでは不十分だということです。なぜなら、このスローガンと大衆の日常的な生活意識との間には距離があるからです。ここで大切なのは、ほとんどの人々がその根底に持っている、人が人らしく安心して生きていけるような世の中であってほしいという普遍的な願いを、実体的に自覚化できる共通の認識枠組みを、私たちが共有するということだと思います。それは言葉を換えて言えば、理論的には分かりやすく、実践的には有効な、今日的な政治状況に対応しうる、新たな政治空間を創り出していくということです。

この政治空間は、イデオロギー集団とはその位相が違います。それはどこまでも人々の日常的な生活意識を基礎とした社会的空間であり、様々な政治態度を生み出す母体であって、それらが全体として政治的に機能する時に、政治的空間へと転化するのです。かかる意味での、誰でもが共有しうる新たな政治空間の実質を形成するものを、言葉はまだ熟していませんが、私は「生活の政治」と呼ぶことにしたのです。

(四)「生活の政治」を視座に

「生活の政治」と言いますと、すぐ思い浮かぶのは、数十年も前から政治学の世界において指摘されていた「ライブリー・ポリティクス」という言葉で、我が国では、一九八〇年代に、東京大学の篠原一教授によって提唱されました。篠原さんは、「抵抗」と「参加」を契機とする生活主体の新しい政治スタイルの必要性を説かれ、その流れに立つ市民運動は今日まで続いています。私はその政治概念の先駆性は評価しますが、同時にその限界も指摘しておきたいと思います。では私の言う「生活の政治」と「ライブリー・ポリティクス」論とはどこが違うのでしょうか。その違いは主として次の三点にあります。

その第一点は、篠原さんたちの議論が、政党とは区別された市民運動を支える政治概念を示すことに主眼があるのに対し、私の言う「生活の政治」は、政党をふくむより広域的な政治空間を示そうとするものでして、そこでは、市民運動は政治の舞台における政党の主導的役割との相関の中に位置づけられます。

その第二点は、現実政治における実践的有効性への志向性の違いです。「ライブリー・ポリティクス」という英語は、学界では国際的に通用する言葉ですが、日本の一般的な大衆にとっては、なじみにくい言葉です。実践的な観点に立てば、キー概念は大衆に分かりやすい日本の言葉でなければなりません。その点では、参議院選挙での候補者擁立を目指して最近発足した「国民怒りの声」の実践性との違いは明白ですが、両者はいずれも政治の全体像の中での、市民運動の位置と役割が不明確です。

第三点は、「ライブリー・ポリティクス」論とは、日常の生活要求を重視するという点では共通するものがありますが、「生活の政治」は人間の命の尊さを根底におくがゆえに、それらの要求が反核平和の追求と不可分となるというところが異なります。

皆さんご存じのように、いまアメリカでは大統領選挙が進行中ですが、格差社会の是正を説き、国民皆保険を主張するサンダース氏が予想を超えて支持者を増やしています。私はそこにアメリカ政治の希望の灯を見るのですが、それでも外交・軍事政策における平和追求の主張には限界があるようです。私の言う「生活の政治」は、テロの根拠地を潰すためには爆撃が必要であり、その巻き添えで無辜の民が少々死んでも仕方がないという考え方とは相容れません。それは人の命を軽んずる政策であり、憎悪の連鎖を生み出すだけだからです。

次に、この平和への希求と一体化した、「生活の政治」という概念を視座にすえるにあたっては、ここでも以下の三つの意味内容をしっかりと把握しておくことが大切です。

その第一は、人間が人間らしく生きる政治を目指すということを原点にすえる、ということです。この原点は、人間よりも国家を優越させようとする力の政治とは、原理的に相容れません。「生活の政治」は、共生の思想とその位相を同じくするものであり、同時にシビルミニマムの思想を内包するものなのであって、それゆえに強権的な力の政治の論理に対決しうる、最も幅広い概念なのです。

その第二は、「生活の政治」は普遍性をもつけれども、現実の政治的な諸条件との関連においては、そこに様々なイデオロギーの対立や利害関係の相違が生ずるのは不可避なのだということです。政治学の言葉で言いますと、「ハイポリティクス」（イデオロギー政治）や「インタレストポリティクス」（利益政治）が存在しているわけで、「生活の政治」は、それらの対立や葛藤が競い合う共通の土俵の場ということになります。ただしこの共通の政治空間は、「生活の政治」という場ですから、そこで競合する諸集団は、公共性の実現という方向性の下で、鍛えられ、淘汰されていくでしょう。

そうであれば第三に、「生活の政治」は民主主義の政治システムと不可分ということになります。意見の違いを認め合い、反対意見の自由を尊重する、言葉を換えて言えば、政治活動の自由の保障を必須条件としていく中で、その実現を目指していく政策決定システムの共有が不可欠です。この民主主義のシステムは今日では自明の理となっているように見えますが、現実政治の中では、主として権力サイドによって機能不全にさせられるおそれがあり、その確保のためには、絶えざる緊張関係が必要であることを忘れてはなりません。

もともと、デモクラシーの語源であるデモクラチアとは、民衆が自らの支配者であること、つまり人民の主権を意味するものでした。近代における「草の根民主主義」もタウン・ミーティングに代表されるものでした。自分たちのことは自分たちで決める、という自治の精神からそれは出発したのです。ジョン・レノンが歌った「パワー・トゥ・ザ・ピープル」という言葉は、この精神の表現だったと言えるでしょう。しかし社会の規模が大きくなれば、間接民主制をとらざるをえません。いわゆる代議制民主主義の成立がそれです。この民意の尊重という精神に立った議会制民主主義こそが、人間が生み出してきた最良の政治システムなのです。

ただ、民主主義という言葉がこれほど一般化した時代にあっては、その侵害もまた民主主義の名の下に行われるのでして、そのような現実政治の条件下においては、「民主主義を守れ」といった抽象的な概念ではなく、より実体的な意味内容をもつ「生活の政治」をという主張がなされることが、よりリアリティをもつということなのです。なぜなら、「生活の政治」は、根源的に、政治の第一義的な課題を国民生活の尊重におくがゆえに、国際的には緊張の緩和を、国内的には民生の安定を求める方向性をもっていて、強権的な力の政治を掣肘（せいちゅう）するものだからです。その意味では、「生活の政治」は、新しい民主政治の実質を示す概念であり、それゆえにまた、今日的な民主主義思想の実体をなすものだと言うことができましょう。

（五）日本国憲法の位置と役割

こう見てまいりますと、平和主義、国民主権、基本的人権の尊重を原理とする日本国憲法が、「生活の政治」の規範的表現そのものであることがよく分かります。しかもわが憲法は、加えて「健康にして文化的な生活」を営む権利を保障し、地方自治の尊重を規定しているのです。

憲法九条については、憲法研究者の間でも、現状に合わないからそれを整合させようというだけのことだ、との声が増えつつあるやに聞いていますが、その人たちは、自民党の改憲案が意図しているものをつかみとっているのでしょうか。その視野は狭すぎると言わなければなりません。むしろ総合的に見れば、テロや戦争の脅威が身近にある今日、その条文は前文と合わせて、全世界的な平和への願望を基本法という形で宣言するという、その画期的な意義を益々高めてきていますし、現実政治の場においても、戦争への歩みにブレーキをかけているからです。

憲法をめぐる議論には様々な論点がありますが、大事なのは、それらの全体の主軸をなしているものを、これまでの現実政治の流れに照らして見抜くことです。そうすれば、九条とそれにつながる前文の変更がその中心にあることは明白です。そしてこの対立こそは、実はここにいう「生活の政治」と強権国家を目指す力の政治との、日本の将来をめぐる基本的な対立を象徴しているのです。「九条の会」が果たしている役割の重要性はここにある、と言って差し支えないでしょう。

いま日本では、参議院選挙を前にして様々な動きが現れていますね。政府・与党は「アベノミクス」がうまくいっていないことや、安全保障法への国民の疑念が残っている中で、支持票が減ることを恐れていろいろと工夫をこらしているようです。憲法問題を正面にすえることを避けたり、野党間の対立をあおったり、さらにはあれほど断言していた消費税の値上げ時期を延ばそうとしたりしています。それに対する野党の動きは様々ですが、その中では、市民団体をふくめて、ようやく野党間の連携をはかる動きが表面化してきていることが注目されます。共産党の柔軟路線の選択から、最近の各地における市民連合の結成を経て、小選挙区での候補の一本化に至る過程は、大きな前進です。

こうした動きの全体を通じて、私たちがしっかりと見据えなければならないのは、この基本路線の対立なのです。それは個々の政策をめぐっての政見の相違というのではなくて、政治のありようについての、基本的な考え方や価値観の違いなのであって、それを支える共通の政治基盤として、「生活の政治」はすでに具体化の段階に入りつつあります。

この対立の前途はまだ不明です。しかし、改憲阻止の力が多数派を形成できなければ、改憲が政策日程に組み込まれることは確実でしょう。こうした事態であればこそ、この改憲阻止の運動においては、直接的な抗議運動とならんで、持続的な運動の力を生み出していきうる根っこを育てていくことが大切なのだと言わなければなりません。そのためには、日常的な生活感覚と憲法とを繋げられるような空間づくりが必要です。絶対多数の人々がひとしく願っている、平穏でつつがない日々を過ごしたいという、「生活の政治」への自覚化の過程は、その媒介となるでしょう。それは時代の変化に適合しうる新しいアイデンティティ形成の基盤作りにほかなりません。

(六) 希望の世紀の実現をめざして

以上申し上げてきましたことを根底において、「生活の政治」を共通の基盤とする諸集団に期待される事柄を要約してみますとこうなります。

第一に、一般的に言えば、政治行動は、政党レベルの党派的集団によって代表され、いわゆる市民団体はその補完的な役割を果たすのですが、そのありようは国政レベルと自治体レベルとでは違った様相をとります。前者では政党政治が中心ですが、後者では市民運動のウエイトが大きくなっています。その全体を通して、すべての集団が「生活の政治」を基盤とすることが求められているのです。

第二に、今日のような複雑に多元化した社会的条件下にあっては、政党への帰属意識をもたない市民の方が多数を占めるのは避けがたいのです。テレビ世代からスマホ世代の多くにとっては、よかれあしかれ、抽象的な言辞は耳に遠く、その行動パターンを左右するのは日常的な生活感覚であって、その生活感覚を共有しうる活動から出発して、そこからやがては政治に向き合っていけるような、そういう多種多様な市民活動の役割が大きくなってきていることを認識しなければなりません。

つづいて第三には、政党と市民団体との連携もしくは協力関係を強めていくことが必要です。そこでは市民団体の自主性を尊重することが大切ですが、同時に政党間の一時的妥協も必要となります。この点については、すでに市民連合や民進党、生活の党、社民党、共産党などにおいてそうした動きが始まっていることはご承知の通りですが、沖縄での経験にも学びたいものです。またこの場合、知名度の高い知識人の果たす役割も小さくはないでしょう。参議院小選挙区での候補者一本化の成功はその大きな成果であって、そこから得られる教訓を大事にしていかなければなりません。言ってみれば、それはかつての人民戦線とは趣の異なる、ゆるくて幅の広い民主戦線の形成が日程に上ってきていることの証明だと言えましょう。

加えて第四には、こうした「生活の政治」に立脚する広範な運動には、個別的な政策要求から、基本路線の転換を求める運動までが含まれているわけですが、その中心には、最大公約数的な課題としての、市民自治の確立という課題が踏まえられていなければなりません。市民一般の、様々な日常的な生活要求を所与の諸条件の下で調整し、政策選択の優先順位を決定しうる、ガバナビリティを育てていくという視点が必要なのです。そこでは、場合によっては、自助努力や経済的合理性の追求も視野に入れなければならないこともあるでしょう。つまり反対だけの運動から、政策の実現可能性を展望しうる視点をもたなければならないということです。そこまで進んだ段階において、初めて「生活の政治」は、政治的に機能する政治空間から政策を生み出す政治空間へと脱皮していくのだと思います。

あともう一点、第五に忘れてならないのは、メディアとの積極的な取り組みが不可欠だということです。今日のような高度情報化社会にあっては、メディアを制するものが政治を制すると言っても決して過言ではありません。政権サイドからしょっちゅうメディア規制の動きが出てくるのはそのためです。言論の自由や報道の自由、出版の自由などの保障、放送の政治勢力からの自立は、民主政治の存立と一体だと言ってもいいでしょう。メディア規制やメディア内部からの自己規制とどう取り組むのか、そしてまた、ますます増大するソシアル・メディアとの取り組みをどう進めていくのか、この課題への積極的な対応が望まれてなりません。

おわりに

人間には様々な人たちがいて、その生き方もまたいろいろですが、熊本地震への支援活動にも見られますように、その多くは隣人愛を持った善意の人たちであって、その人たちが社会とのかかわりを持ち、世の中のありようについて疑問を感じて一歩前に踏み出す時、そこに政治への関心が生まれ、その関心はやがて政治の世界における真と偽とを見分けようとしていきます。その流れを創り出していくのは、人間の英知でしょう。この人間への愛と英知への信頼こそは、未来へ向けての希望の源泉です。

福岡県自治体問題研究所は、以上私がお話してきたような諸問題について調査・研究を行い、そこから得られた情報を積極的に発信しておられます。それは事実上、私の言う「生活の政治」の充実と発展を目指すものであって、私はその活動を高く評価するものです。

またつい先日のことですが、西南学院の皆様が「西南学院創立百周年に当たっての平和宣言――西南学院の戦争責任・戦後責任の告白を踏まえて――」を発表されました。そこでは、自分たちがキリストの精神を守ることができずに、戦前・戦中に国策に追随していたこと、ならびに戦後においても、そのことへの厳しい自己批判を怠ってきたことを痛烈に反省されてこう宣言されたのです。

私たちは、創立百周年のこの時に、そのような過去と将来に想いを馳せ、自国本位の価値観を絶対視し、武力・暴力の行使によって人々の尊厳を抑圧するという過ちを二度と繰り返すことのないよう、西南学院に学ぶ者たちや教職員が目をさまして行動し、国際社会の真の一員となり、「平和を実現する人々」の祝福の中に生きる者となるよう、今その志への決意をここに表明します。

二〇一六年四月一日

学校法人西南学院

私は、戦争を許さないという強い意志の表明が、学園をあげて、しかも戦争を知らない世代の方々によって行われたことに、深い感銘を覚えました。

こうした人々の努力の積み重ねこそが、光ある未来を創っていくのだと思うのです。

かつてルイ・アラゴンは、ナチ占領下の苛酷な状況の中で、「フランスの起床ラッパ」という詩を書いて、神を信ずる者も神を信じない者も、共に手を取り合って明日へ向かって立ち上がれ、と呼びかけましたが、その貴重な戦争体験の中にあって、「教えるとは共に希望を語ること　学ぶとは真実を胸に刻むこと」という言葉を残しました。その言葉を忘れずに、私も人間に英知がある限り、人はきっと連帯することができると信じつつ、「人間を大切にする政治の中にこそ真実はあり、その実現に向けての歩みの中にこそ希望はある」と申し上げて、このお話を終わりたいと思います。

（徳本・松見・金子『自由を愛し平和を貫くために』自治体研究社、二〇一七年）

あとがき

かつて私は、長年在職した九州大学を去るにあたって、それを「わが晩春への旅立ち」だとし、そこから改めて時代とその中の自分を問うてみたい、と述べたことがありました（『大学広報』No.759、九州大学、一九九一年）。それから早くも四半世紀を超える歳月が流れましたが、この本はその間の「わが晩春の記録」です。

世間では、七〇代の半ばからを「後期高齢者」と呼び、時には六〇歳を過ぎた人たちを、退職者といい、引退者とも呼びますが、それに対して私は、それは職業を基準にした言い方にすぎず、人生を引退したのではないよと言いたいのです。端的に言えば、かかる年齢上の、また職業の有無による線引きに対して、私には五〇代から八〇代までを熟年の時代とし、それが熟考に支えられた実りある時代なのだという思いがあります。そのありようは人様々でしょうが、動ける間はできるだけ動き、人々との歓談の場を多くもち、ちょっぴりでも何らかの社会貢献を絶やすことがなければ、生き甲斐を持続することは可能でしょう。私は、幸運にもこの「八十路の青春」を実感することができました。感謝の念があふれてまいります。

とはいえ、私の熟年の時代も、そろそろ終わりに近づいています。昨年私は、オセアニア一周からガダルカナルとラバウルの地を踏みましたが、現地で、そしてその報告の過程で(『九州学士会報』四一号、二〇一八年、参照)、己の限界を自覚することができました。それは至極当たり前のことで、これから先は休息の余生ということになりましょうか。ただこの晩年は、ウルマンが言うような、霊感が絶えたら「人はまったくに老いて、神の憐みを乞うるほかはなくなる」などとは思いません。足腰が弱ってきているのは確かですので、「老人」という言葉は素直に受けますが、書物の世界に親しむことができる限りは、そしてまた、世界の動きや沖縄の現実から目をそらさないでおれる限りは、精神の活力を失うことはないでしょう。それから先は、ただ静かに眠るだけです。

近影(2019年3月)

あとになりましたが、本書の出版にあたりましては、花乱社の別府大悟さんにお世話になりました。同氏は、かつて私が長い交流の中で知的刺激を受けた松下圭一さんのゼミ生だったそうで、松下さんが、二人を引き合わせてくれたのかもしれません。丁寧な本造りをして下さったことに、厚く感謝申し上げます。

二〇一九年一月　「米寿」を迎えて

徳本正彦

徳本正彦（とくもと・まさひこ）
1931年，埼玉県浦和市生まれ，幼時に福岡県小倉市（現北九州市）に移住
1953年，九州大学法学部（政治専攻）卒業，同学部助手
1957年，九州大学教養部講師，63年，同助教授
1965年，米国ハーバード大学留学（1年間）
1973年，九州大学教養部教授
1984年，九州大学法学部教授
1992年，九州大学退職，同年，姫路獨協大学法学部教授
2001年，姫路獨協大学退職，以後，自適の日々を過ごして今日に至る
九州大学名誉教授，姫路獨協大学名誉教授，法学博士
●著書
『政治と人間と民主主義』（法律文化社，1977年）
『政治学原理序説』（九州大学出版会，1987年）
『北九州市成立過程の研究』（九州大学出版会，1991年）
ほか

熟年を生きる
学問と人生のはざまで
❖
2019年6月1日　第1刷発行
❖
著　者　徳本正彦
発行者　別府大悟
発行所　合同会社花乱社
〒810-0001 福岡市中央区天神 5-5-8-5D
電話 092(781)7550　FAX 092(781)7555
http://www.karansha.com
印　刷　モリモト印刷式会社
製　本　有限会社カナメブックス
ISBN978-4-905327-99-8